DIE GEFANGEN VON CASTILLAC
MOLLY SUTTON MYSTERIEN
BUCH III

NELL GODDIN

Die Gefangene von Castillac, Molly Sutton Mysterien 3

Von Nell Goddin

Urheberrecht © 2015 und 2024 bei Nell Goddin

Alle Rechte vorbehalten.

Kein Teil dieses Buches darf in irgendeiner Form oder mit irgendwelchen elektronischen oder mechanischen Mitteln, einschließlich Informationsspeicherungs- und Abrufsystemen, ohne schriftliche Genehmigung der Autorin reproduziert werden, außer für die Verwendung kurzer Zitate in einer Buchrezension.

ISBN: 978-1-949841-35-0

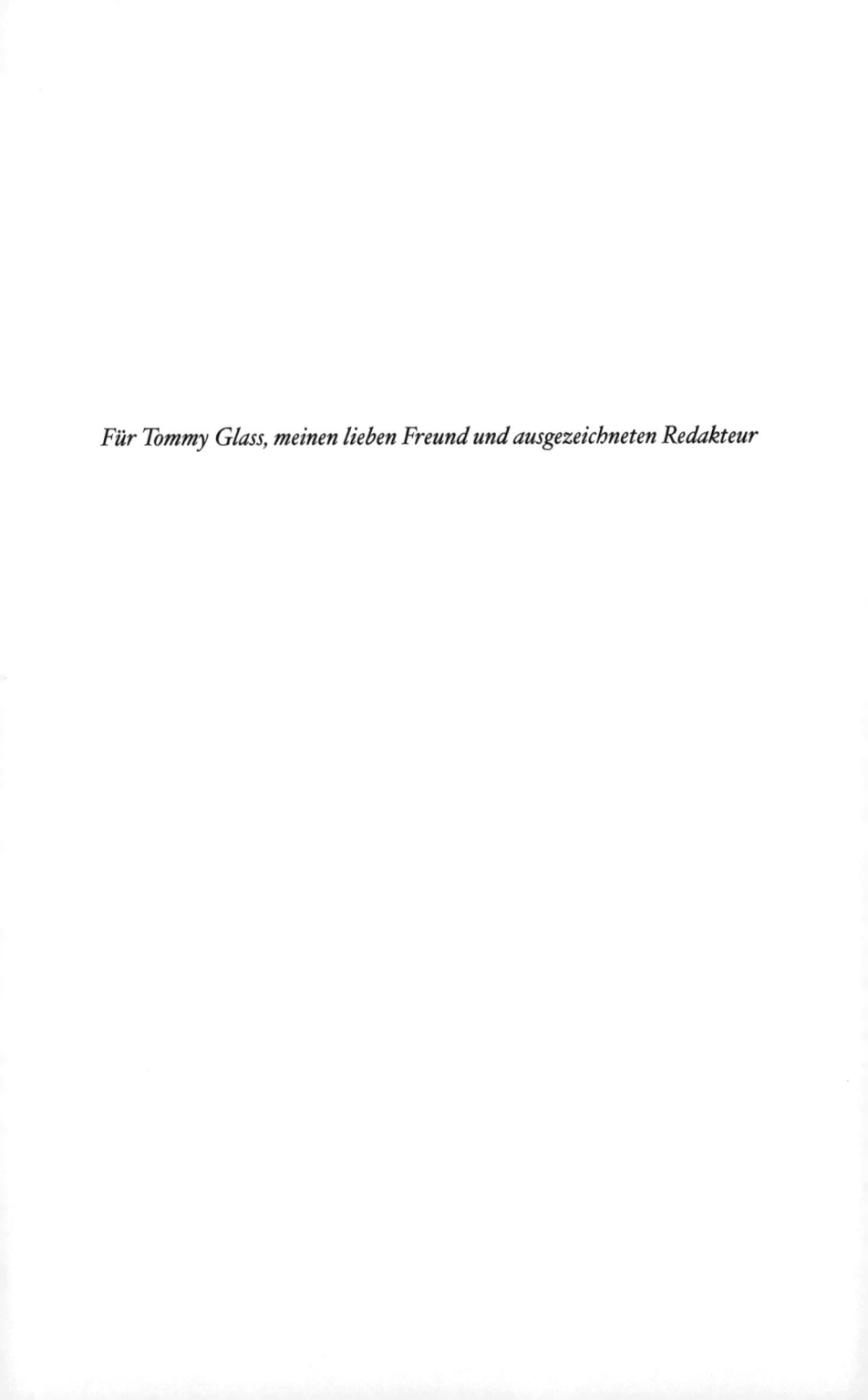

Für Tommy Glass, meinen lieben Freund und ausgezeichneten Redakteur

I

I

2006

Seine Mädchen waren am Morgen unruhig, drängten sich an den Zaun und muhten.

„Denkt ihr, ich würde euch vergessen?", sagte Achille Labiche zu der einen mit einem schwarzen Fleck über dem rechten Auge. Er streckte die Hand aus, um sie hinter dem Ohr zu kraulen. „Ich bin jeden Morgen pünktlich wie ein Uhrwerk hier. Ihr wisst, dass ich euch niemals im Stich lassen würde, egal was passiert."

Er hatte zweiunddreißig Kühe in seiner Herde, alles Holsteiner. Es war keine große Herde, aber für Achille war es genug und alles, was er allein bewältigen konnte. Mehr, und er müsste Hilfe einstellen, was außer Frage stand.

Er pfiff nach Bourbon, und der Hund rannte hinter die Kühe und trieb sie durch das Tor. Sie trotteten auf den Betonboden, in den Stall hinein. Der Geruch von Mist war tief und süß und vermischte sich mit dem Duft des Frühlingsschlamms und all der Pflanzen auf den Weiden und in den Wäldern, die wieder zum Leben erwachten. Bevor er hineinging, um zu melken, legte Achille den Kopf in den Nacken und atmete tief ein. Ein Lächeln breitete sich auf seinem Gesicht aus. Er war die Art von Mann, der meistens einen eher ausdruckslosen Gesichtsausdruck hatte – nicht wütend, nicht verärgert, sondern unerschütterlich – und das Lächeln wirkte unbeholfen an ihm, als wären seine Gesichtsmuskeln verwirrt.

Bourbon wusste, was zu tun war, und die Mädchen auch. Sie drängten sich vor, jede Kuh wollte als erste zu den Melkständen kommen, und Achille ging die Reihe entlang mit den Melkbechern und befestigte ihre Zitzen in den Zitzenbechern. Er hatte einen riesigen Kredit aufgenommen, um die Maschine und den Stall, in dem sie untergebracht war, zu bezahlen, aber so war die Landwirtschaft heutzutage nun mal, und er fühlte sich verpflichtet, sein Bestes zu tun, um mit den neuesten Molkereitechnologien Schritt zu halten, auch wenn er sich von Herzen wünschte, er würde all seine Mädchen noch von Hand melken und die Felder mit einem Pferdepflug bearbeiten.

Achille lebte allein in dem kleinen Bauernhaus, in dem er aufgewachsen war. Seine Eltern waren vor fast zehn Jahren gestorben, als er Anfang zwanzig gewesen war. Beide im selben Jahr gegangen, beide unter einer Eiche mitten auf dem hinteren Heufeld begraben. Nach ihrem Tod war das zentrale Problem in Achilles Leben, wie er es sah, eine schreckliche, schmerzhafte Einsamkeit. Und doch wagte er es nicht, ins Dorf Castillac zu gehen, das seinem Hof am nächsten lag, um die Gesellschaft anderer zu suchen. Er war viel zu schüchtern. Er stellte sich vor, dass Fremde hinter seinem Rücken unfreundlich über ihn sprachen oder Grimassen schnitten. Er war sich sicher, dass er nie etwas zu sagen wüsste, wenn er es wagen würde, samstagmorgens zum Markt zu gehen, und jemand ihn begrüßen oder auch nur einfach fragen würde, welche Artischocken er bevorzugte.

Nein, Achille schützte seine Privatsphäre über alles. Und er liebte seine Kühe und seinen Hund, sie gaben ihm großen Trost. Allein durch die Herde zu gehen und gegen ihre großen Körper zu stoßen und ihren erdigen Kuhgeruch zu riechen – das trug viel dazu bei, seine Einsamkeit zu lindern.

Aber es war nicht genug. Würde das nicht jeder sagen?

🙰

DER MAI SAH VIEL BESSER aus als der Winter, da die Buchungen für Molly Suttons *Gîte*-Geschäft in ihrem Anwesen, *La Baraque,* endlich anzogen. Während der ruhigen Wintermonate war ihre Angst, in einem französischen Armenhaus zu landen, lebhaft gewesen, obwohl sie ziemlich sicher war, dass es Armenhäuser nicht mehr gab. Im Moment hatte sie für zehn Tage ein australisches Paar mit ihrem Baby im Cottage, und ein einzelner älterer Mann würde am Tag der Abreise der Australier ankommen. Ihr Bankkonto war schmal, aber nicht leer, und bald würde auch das renovierte *pigeonnier* zur Vermietung bereit sein.

Zwar gehörte zum Betrieb eines *Gîte*-Businesses mehr, als sie erwartet hatte – vor allem mehr Papierkram und die Notwendigkeit für Nerven aus Stahl, wenn das Cottage monatelang während des kalten Winters leer stand –, aber insgesamt stellte es sich als fast lächerlich unterhaltsam heraus. Sie liebte es, ihre Gäste kennenzulernen und herauszufinden, was sie tun konnte, um ihren Urlaub perfekt zu machen. Sie liebte es, nicht jeden Tag acht Stunden oder länger ins Büro zu gehen. Es machte ihr nicht einmal etwas aus, Reparaturen durchzuführen, obwohl es ihr lieber gewesen wäre, wenn die Dinge nicht ganz so häufig kaputtgehen würden.

Und hier war er, der herrliche Frühling, und endlich konnte Molly sich in die Gestaltung des Gartens stürzen, von dem sie geträumt hatte, seit sie vor über einem Jahr zum ersten Mal die Fotos von *La Baraque* online gesehen hatte.

Sie trank gerade ihre dritte Tasse Kaffee, während sie ihre E-Mails überprüfte und mit potenziellen Gästen korrespondierte, als sie jemanden an die Tür klopfen hörte.

„Bonjour Constance! Ich dachte mir schon, dass du es sein musst", sagte sie lächelnd und öffnete die Tür.

Constance fiel schluchzend in Mollys Arme.

„Was ist los?", fragte Molly und umarmte sie.

Constance hob den Kopf und wollte sprechen, ließ ihn dann aber schwer auf Mollys Schulter sinken und weinte weiter. Molly stand da und hielt sie. Sie vermutete, dass es wahrscheinlich Probleme mit dem Freund waren. Sie sollte Recht behalten.

„Ich dachte, er wäre *anders!*", brachte Constance zwischen Schluchzern hervor. „Dachtest du das nicht auch, Molly? Schien Thomas nicht..." Und dann ging es wieder los, sie heulte so heftig, dass ihr ganzer Körper zitterte.

Constance war Mollys gelegentliche Haushälterin, eine junge Frau, die nicht besonders talentiert in ihrem Job war, die Molly aber sehr mochte. Molly führte sie zum Sofa und setzte sie hin.

„Erzähl mir, was passiert ist", sagte sie.

„Na ja, du kennst doch Simone Guyanet? Wir mochten uns noch nie, sie ist sowas wie meine Erzfeindin, weißt du? Schon seit der ersten Klasse. Sie ist der Typ, der immer in allem gewinnen muss, verstehst du, was ich meine?"

Molly nickte.

„Und ich schwöre, sie hat mir Thomas nur weggeschnappt, um mich wieder zu schlagen! Ich habe dasselbe mulmige Gefühl im Magen, das ich früher auf dem Spielplatz hatte, als ich neun Jahre alt war!" Ein Weinkrampf überkam sie und Molly drückte ihren Arm und stand auf, um Taschentücher zu holen.

„Hier", sagte sie und reichte Constance eines. „Nun komm, beruhige dich einen Moment. Erzähl mir die Geschichte."

„Na ja, vor ein paar Wochen fing Thomas an, sich irgendwie komisch zu benehmen. Du weißt schon, er antwortete nicht auf meine Nachrichten und sagte nicht viel, wenn wir zusammen waren. Und ich sag dir, einer der Gründe, warum Thomas und ich uns so gut verstanden haben, ist, dass er eine Plaudertasche ist. Ich kann diesen stillen Typ nicht ausstehen, weißt du? Und

Thomas ist nicht so. Er redet auch über alles, es ist fast so, als hätte man eine Freundin. Nur mit Extras", fügte sie hinzu und brach dann wieder in Tränen aus.

Schließlich, nach einer Tasse Tee und Sandwiches und einigen weiteren Ausbrüchen, bekam Molly die Geschichte aus ihr heraus. Eine alte Geschichte, gewiss: Ihr Freund Thomas war weniger aufmerksam und weniger verfügbar geworden, und schließlich hatte Constance herausgefunden, dass er nebenbei Simone Guyanet traf.

„Aber warum hat er nicht einfach mit dir Schluss gemacht und ist dann mit Simone ausgegangen?", fragte Molly.

„Das machen Männer doch selten, oder? Zumindest nicht die Typen, mit denen ich zusammenkomme. Anstatt es einfach zuzugeben, fangen sie an, sich wie Idioten zu benehmen, damit *ich* mit *ihnen* Schluss mache."

„Chicken-hearted weasel-pigs", sagte Molly auf Englisch.

„Wie bitte?", fragte Constance, die in der Schule Englisch gelernt hatte, aber nur etwa sechs Wörter kannte.

„Ich bin mir nicht sicher, wie die Übersetzung wäre", sagte Molly und fuhr auf Französisch fort. „Diese Situation, Constance – so endete mehr oder weniger meine Ehe. Ich weiß nicht, warum es immer so ein Schock ist, wenn man herausfindet, dass Menschen nicht die sind, für die man sie gehalten hat. Ich meine, es passiert die ganze Zeit, und trotzdem sind wir nie darauf vorbereitet. Zumindest ich nicht."

„Genau das ist es, Molly", sagte Constance mit niedergeschlagener Stimme. „Thomas ist nicht der, für den ich ihn gehalten habe. Es ist, als hätte er eine Netter-Kerl-Maske getragen, und jetzt ist die Maske verrutscht und darunter ist er nur ein Idiot."

„Das grenzt schon an Tiefgründigkeit."

„Das bin ich, Molly, deine philosophische Putzfrau. Ich mache alles. Nur bitte keine Fenster!" Sie versuchte zu scherzen, aber ihre Schultern hingen so tief, dass sie nicht mehr wie Schultern aussahen, und ihr sonst so offenes und lächelndes Gesicht war traurig.

„Ich wünschte, ich könnte etwas sagen, um dich aufzumuntern, aber ich weiß aus Erfahrung, dass es so etwas nicht wirklich gibt. Aber – ich habe eine Tüte Mandelcroissants, heute Morgen frisch von der *Pâtisserie* Bujold...."

„Her damit", sagte Constance. „*Alle*."

2

Benjamin Dufort, ehemals bei der *Gendarmerie*, stand um fünf Uhr morgens auf, um eine Runde zu laufen, bevor er zu seinem vorübergehenden Job auf einem nahegelegenen Bauernhof aufbrach. Ein anderer Mann hätte sich vielleicht mit der körperlich anstrengenden Arbeit zufriedengegeben und sich nicht zusätzlich zum Laufen gezwungen, aber das Laufen war eine Angewohnheit, die Ben nicht aufgeben wollte, egal wie unbequem und unnötig es war.

Er erlaubte sich eine Tasse Kaffee, bevor er losging, dann schnürte er seine abgenutzten Turnschuhe, zog eine Windjacke an und machte sich auf den Weg.

Es war keine Kleinigkeit gewesen, seine Arbeit bei der *Gendarmerie* aufzugeben. Jahre der polizeilichen Ausbildung und Erfahrung, in einem impulsiven Moment weggeworfen. Aber er bereute es nicht. Nein, es gab keine Reue – und doch war sein Geist noch nicht zur Ruhe gekommen.

Die Geschichte, die er sich selbst erzählte, war, dass er wirklich nicht gut darin war, in die Köpfe von Kriminellen einzutauchen. Er verstand nicht, was sie antrieb. Er glaubte, dass ihn das zu einem schlechten Detektiv machte, denn egal wie gewissenhaft jemand bei der Befolgung von Verfahren war, ein großartiger Detektiv oder auch nur ein geeigneter musste in der Lage sein, sich in den Täter hineinzuversetzen, den imaginativen Sprung zu wagen, damit er vorhersehen konnte, was der Kriminelle als Nächstes tun würde, und zu erkennen, wo der Bösewicht möglicherweise einen Fehler gemacht hatte.

Aber Dufort war aus hellerem Holz geschnitzt; er mied von Natur aus die Dunkelheit, und wann immer er für Fälle verantwortlich gewesen war, bei denen es notwendig war, in den düsteren und gefährlichen Geisteszustand eines potenziellen Kriminellen zu schlüpfen, war er dazu nicht in der Lage gewesen. Zumindest war dies der Grund, auf den er seine Misserfolge zurückführte.

Und er sah nicht, wie er weiterhin ein Leben führen konnte, in dem er mittelmäßige Arbeit leistete, wenn Menschen von ihm abhängig waren und mehr noch, verzweifelt darauf warteten, dass er Erfolg hatte.

Der Bauer, für den er arbeitete, war Rémy, ein alter Freund. Er war auf Duforts Hilfe angewiesen, und es war für Dufort eine echte Freude, jeden Tag pünktlich oder zu früh zu erscheinen, bereit, sich in der frischen Frühlingsluft voll zu verausgaben und dann angenehm erschöpft nach Hause zu gehen. Es war anstrengende Arbeit, aber er konnte sie leicht bewältigen. Am Ende des Tages hatte er zum ersten Mal seit Jahren das Gefühl, dass der Arbeitstag ein voller Erfolg gewesen war. Keine offenen Enden, niemand enttäuscht.

Keine vermissten Mädchen.

Nach seinem Lauf wechselte er die Kleidung, ohne zu duschen, da er in dem Moment, in dem er mit der Arbeit begann, ohnehin schwitzen würde – und Rémy würde dem Schweiß keine Beachtung schenken. Dann verließ die winzige Wohnung, die er sich leisten konnte, seit er die Gendarmerie verlassen hatte und mehrere Monate arbeitslos gewesen war, und fuhr er in seinem ramponierten Renault hinüber.

„*Salut!*" rief er Rémy zu, der gerade einige schwere Säcke mit Hühnerfutter aus dem Kofferraum seines Lastwagens holte.

„Komm her, du fauler Sack!" brüllte Rémy.

Dufort schnappte sich zwei der Säcke, und die beiden Männer gingen auf das Hühnerhaus zu. „Also sag mir", meinte Rémy, „was kommt als Nächstes für dich? Ich freue mich, deine Hilfe so lange zu haben, wie du willst, aber seien wir ehrlich, mein Freund: Die Landwirtschaft ist nicht das Leben für dich."

„Warum sagst du das?" fragte Dufort überrascht.

Rémy zuckte mit den Schultern. „Ich weiß, dass du die körperliche Arbeit magst, weil sie deinen Geist beruhigt. Stimmt's?"

Dufort nickte.

„Aber wenn das für dich alles ist, was die Landwirtschaft bedeutet, eine Möglichkeit, Stress abzubauen und zu trainieren – wie ins Fitnessstudio zu gehen, nur an einem schöneren Ort? Dann bist du nicht... Siehst du, ich genieße die Arbeit auch, zum größten Teil. Aber ich bekomme auch einen echten Kick, wenn ich sehe, wie der Salat sprießt. Es ist eine Pflicht, Eier zu sammeln, aber ich bemerke, wie warm sie in meinen Händen sind – und ich finde, nichts ist lustiger als ein Huhn. Und darüber hinaus ist es mir wichtig, Lebensmittel in höchstmöglicher Qualität anzubauen. Es ist, als hätte ich in gewisser Weise eine Berufung, verstehst du?

„Aber du, Dufort – das ist nicht deine Mission." Rémy setzte einen Strohhut auf, die Sonne war bereits hell.

„Was, wenn ich keine Berufung habe", antwortete Dufort.

„Natürlich hast du eine. Jeder hat eine. Es ist nur so, dass manche Menschen dagegen ankämpfen."

„Du und dein New-Age-Hippie-Gerede", lachte Dufort.

„*Bon*", sagte Rémy, „lass uns an die Arbeit gehen. Ich setze dich heute im Spargelbeet ein. Ich möchte, dass du etwas Kompost ausbringst und dann eine dicke Schicht Mulch."

Rémy stattete seinen Freund mit einer großen Gabel und

einer Schubkarre aus und zeigte ihm, wo der Kompost und der Mulch waren, bevor er mit seinem Lastwagen wegfuhr.

Meine Berufung, dachte Dufort und verdrehte die Augen. Und dann machte er sich an die Arbeit, schaufelte eine Ladung Kompost mit einer breiten Schaufel in die Schubkarre und machte dann eine weitere Fahrt, um eine Ladung Mulch hineinzugabeln. Es gelang ihm, den Kompost und den Mulch so aufzutragen, wie Rémy es ihm aufgetragen hatte, aber seine Gedanken waren weit weg. Er bemerkte weder die schönen Spargeltriebe, die ihre lila Köpfe durch die dunkle, krümelige Erde steckten, noch die Wolken, die aufzogen und Regen androhten.

Stattdessen dachte er an Valerie Boutillier und Elizabeth Martin, zwei junge Frauen, die kurz nach seinem Eintritt in die Gendarmerie von Castillac verschwunden waren. Ihre Akten lagen immer offen auf dem Schreibtisch in seinem Kopf, und während er arbeitete, blätterte er durch die Seiten und vertiefte sich so sehr, dass er versehentlich auch den Spinat komplett mit Mulch bedeckte.

3

Das Erste war eine Notiz, mit einem Stück Klebeband an die Vordertür der Polizeistation geklebt. Kein Umschlag. Das Papier war nur ein abgerissenes Stück Karopapier, wie es Schulkinder benutzen. Wie bei einer klischeehaften Lösegeldforderung waren die Buchstaben unordentlich aus Zeitungsüberschriften ausgeschnitten und zu einem Satz geformt: *Ich habe VB gesehen.*

Das war alles. Natürlich keine Unterschrift und keine weitere Erklärung.

Gilles Maron entfernte das Papier mit einer Pinzette von der Tür der Station und schickte es zusammen mit dem Klebeband zur Fingerabdruckuntersuchung ins forensische Labor. Andere mochten ihn manchmal als übertrieben penibel bezeichnen, aber in Marons Augen gab es so etwas eigentlich nicht. Der beste Weg, genügend Beweise für Verhaftungen zu sammeln, war es, bei jeder Gelegenheit sorgfältig zu sein und sein Bestes zu geben, damit nichts durchrutsche – kein Faden, kein Haar, kein Telefonhinweis, kein Fingerabdruck.

Vielleicht wäre er in diesem Fall versucht gewesen, weniger penibel zu sein, wenn die Initialen andere gewesen wären. Aber

„VB", das wurde ihm sofort klar, konnte Valerie Boutillier sein, eine junge Frau, die verschwunden war, bevor er nach Castillac gekommen war, und die man nie gefunden hatte. Ein völlig ungeklärter Fall und eine Wolke über dem Dorf, die viele nicht vergessen hatten.

„VB" konnte Valerie Boutillier bedeuten oder etwas ganz anderes. Die Notiz konnte unbedeutend sein, die Initialen nur ein großer Zufall, ein kindischer Streich. Oder es konnte ein gemeiner Scherz sein, jemand, der versuchte, die Gendarmen in Castillac dazu zu bringen, den Fall wieder aufzunehmen, nur um Ressourcen für einen Fall ohne neue Beweise oder Spuren zu verschwenden.

Maron erwähnte die Notiz nicht gegenüber Perrault, der anderen Beamtin. Er wollte erst abwarten, was das Labor zu sagen hatte.

Maron war äußerst erfreut, zum Chef befördert worden zu sein, auch wenn es nur eine vorübergehende Ernennung war, während die Gendarmerie jemanden suchte, der Benjamin Dufort ersetzen sollte, der alle (außer vielleicht den Kräuterkundigen, der ihm regelmäßig seine Angstlösungs-Tinkturen verschrieb) überrascht hatte, indem er kurz vor Weihnachten von seinem Posten zurückgetreten war. Im Gegensatz zu Dufort stammte Maron nicht aus Castillac. Er kam aus dem Norden Frankreichs und hatte im Dorf nicht viele Freunde gefunden. Das war der Gendarmerie ganz recht, da sie der Meinung war, Beamte leisteten objektivere Arbeit, wenn sie keine engen Bindungen zu den Menschen in ihrem Zuständigkeitsbereich hatten.

Er war größtenteils skeptisch, was die Notiz betraf. Wahrscheinlich war sie bedeutungslos. Aber was, wenn jemand Valerie wirklich gesehen hatte? Warum nicht einfach die Gendarmerie anrufen und es melden? Machte etwas an den Umständen – mit wem sie gesehen worden war oder wo – den Zeugen vorsichtig?

Oder ihm Angst?

MOLLY VERBRACHTE den größten Teil des Tages im *potager*, jätete Unkraut und grub die Erde in den Hochbeeten um. Dort hatte seit einiger Zeit niemand mehr einen Finger gerührt, und es hatte Tage gedauert, Ranken und sogar kleine Büsche zu entfernen, bevor die Hochbeete deutlich zum Vorschein gekommen waren. Sechs davon, etwa 15 Zentimeter hoch, umgeben von tiefblauen Porzellanfliesen. Die Fliesen dienten mehr der Dekoration als allem anderen, da sie nicht sehr stabil waren und Erde durch die Ritzen auf den Weg fiel. Aber Molly beschloss, sie zu behalten, weil sie sie gerne anschaute und sich über den früheren Bewohner von La Baraque wunderte, der sie dort platziert hatte.

Der Anbau von Gemüse war nicht ihr Lieblingsteil der Gartenarbeit. Es war zwar praktisch, aber für Molly stand Praktikabilität nicht ganz oben auf der Liste. Was sie am meisten mochte, waren üppige, duftende Blüten, ungeordnet und dicht, und ihr Plan für dieses Gemüsebeet war, es so dekorativ wie möglich zu gestalten. Bis jetzt dachte sie an Artischocken, die mit ihren großartigen, stacheligen Köpfen so prächtig aussahen, und sie hatte fünf Pflanzen drinnen unter einer Lampe vorgezogen. Es war Zeit, ihr Zuhause im Garten vorzubereiten.

Nach all der Arbeit, die ihr Rücken zu spüren begann, schrieb sie ihrem Freund Lawrence Weebly eine Nachricht, ob er Lust hätte, sich mit ihr auf einen Drink zu treffen, und als er sofort mit NATÜRLICH antwortete, ging sie ins Haus, duschte und war in Rekordzeit auf dem Weg zur *Rue des Chênes*, zum Chez Papa.

„Hallo, meine Liebe!", sagte Weebly mit vornehm-englischem Akzent, als sie hereinkam.

„*Salut*, alter Knabe! Bonjour, Nico!" Molly tauschte Wangenküsse mit Lawrence und Nico, dem Barkeeper, und ließ sich auf einem Hocker an der Bar nieder. „Ich bin so froh, hier zu sein. Meine Gäste sind auf einer langen Wanderung – ich habe sie den ganzen Tag nicht gesehen – und so sehr ich die Gartenarbeit auch liebe, ich fing an, noch mehr als sonst mit mir selbst zu reden."

Lawrence lächelte und nippte an seinem Negroni. „Ich liebe diese Jahreszeit in Castillac. Wenn der Winter vorbei ist, kommen alle im Dorf aus ihren Höhlen, blinzeln in die Sonne und sind bereit, nach einem langen Winter am Holzofen wieder Sozialkontakte zu pflegen."

„Langer Winter, machst du Witze?", sagte Molly, die aus Boston kam und einiges über lange Winter wusste. „Hier ist es praktisch tropisch. Aber ja, ich gebe zu, ich habe in den letzten Monaten auch viel Zeit vor meinem Holzofen verbracht. So gut für ein Nickerchen, nicht wahr? Aber vielleicht hätte ich mehr Spaß gehabt, wenn gewisse Leute ihren Urlaub in Marokko nicht um Monate verlängert und mich gelangweilt und einsam zurückgelassen hätten!"

„Na ja, du hattest ja Frances", sagte Nico fast schüchtern.

„Bis du sie mir gestohlen hast!", sagte Molly. Ihre beste Freundin aus den Staaten war zu Besuch gekommen, aber als Molly wieder zahlende Gäste hatte, war Frances glücklich bei Nico eingezogen, da sie romantischen Impulsen nie widerstehen konnte.

„Sie müsste jeden Moment hier sein. Dann können wir um sie kämpfen. Das wird ihr gefallen."

Molly lachte. „Warte. Lawrence, ich bin noch nicht fertig damit, dir zu erzählen, wie verlassen ich ohne dich war. Wie konntest du am Ende ganze drei Monate in Marokko bleiben?"

Lawrence lächelte. „Ach Molly, du würdest dich doch nicht der Liebe in den Weg stellen wollen, oder?"

Sie zögerte. „Ich weiß wirklich nicht, was ich dazu sagen soll", meinte sie trocken. „Liebe ist... nicht gerade mein Fachgebiet."

„Oh, du Arme", sagte Nico, während er die Theke entlangging und sie abwischte.

„Ich bemitleide mich nicht selbst", erwiderte sie. „Es ist einfach so. Aber egal... Lawrence, erzähl bitte die Geschichte.

Hast du in Marokko die Liebe gefunden? Und wenn ja, wo ist er jetzt?"

„Na ja, du weißt ja, wie das ist", sagte Lawrence, und Molly glaubte, einen flüchtigen Ausdruck von Schmerz auf Lawrence' sonst so fröhlichem Gesicht zu sehen. „Ich habe mich tatsächlich verliebt, so peinlich es auch ist, das zuzugeben. Er war ein bisschen jünger als ich, aber nicht viel. Unbeschreiblich schön und unglaublich amüsant." Lawrence nahm einen großen Schluck von seinem Getränk und sprach nicht weiter.

Molly stützte ihre Ellbogen auf die Theke und sah ihren Freund an. „Das ist eben das Problem", sagte sie. „Es ist einfach unmöglich. Man trifft jemanden, das Herz sagt *Ja, ja, ja*, aber meistens stellt sich heraus, dass es *Nein, nein, nein* ist."

Sie wartete, um zu sehen, ob Lawrence noch mehr über den Mann in Marokko erzählen wollte. Als sie merkte, dass er das nicht vorhatte, fuhr Molly fort: „Es tut mir leid, dass es nicht geklappt hat." Es folgte eine lange Stille, in der alle drei für einen Moment in ihren eigenen Erinnerungen versanken.

Molly sagte: „Ich bin nicht mehr durcheinander wegen meiner Scheidung – wirklich, das ist Vergangenheit und ich bin darüber hinweg. Aber ich gebe zu, ich vermisse es, mit jemandem zusammenzuleben. Ich bin keine Einzelgängerin, und obwohl ich den Luxus schätze, immer genau das tun zu können, was ich will, und nie Kompromisse eingehen zu müssen, kann das Leben allein manchmal traurig sein, besonders nachts, wisst ihr? Aber ich sehe einfach nicht, dass eine Romanze für mich funktionieren würde, wenn das irgendeinen Sinn ergibt."

„Das ergibt überhaupt keinen Sinn", sagte Lawrence. „Du sprichst über die Liebe, als ob man sie planen oder kommen sehen könnte. Aber so ist es überhaupt nicht. Ich bin nach Marokko gefahren, um ein bisschen Sonne zu tanken und dem trüben Wetter hier im Winter zu entfliehen, das war alles. Ich hatte keine Ahnung, dass ich in ein Kaffeehaus gehen und Julio dort auf mich warten würde." Wieder sah Molly, wie ein Anflug

17

von Schmerz über das Gesicht ihres Freundes huschte. „Na, Molly, sollen wir zur Abwechslung mal richtig zu Abend essen? Nico, was gibt's heute Gutes?"

„Rémy hat frühen Spargel gebracht, und es gibt ein Huhn in Sahnesauce mit Pilzen, das dich vor Glück zum Weinen bringen wird."

„Na dann", sagte Lawrence und rang sich ein Lächeln ab. „Lass es uns probieren! Molly?"

„Ja, das klingt perfekt. Und Lawrence, ganz ehrlich, ich bin sehr froh, dass du zurück bist. Du hast die ganze Aufregung um Josephine Desrosiers verpasst, und seitdem ist das Dorf völlig ruhig gewesen. Wir brauchten dich hier, um alles ein wenig aufzulockern."

„Oh, das bezweifle ich", sagte Lawrence. „Ich bin sicher, es wird schon etwas kommen, in das du deine Nase stecken kannst. Das scheint ja immer so zu sein."

Molly legte ihren Arm um ihn und drückte ihn. „Zumindest stehen keine weiteren Morde auf dem Programm", sagte sie lachend, und Lawrence glaubte, vielleicht einen leichten Hauch von Enttäuschung in Mollys Tonfall zu erkennen.

4

Frances hatte sich Nicos Auto geliehen, damit sie und Molly nach Périgueux fahren konnten, wo an diesem Nachmittag ein Flohmarkt stattfand.

„Wirst du dir jemals ein eigenes Auto zulegen?", fragte sie, als Molly einstieg.

„Bleib, Bobo!", sagte Molly zu dem großen gefleckten Hund, der kurz vor Weihnachten aufgetaucht war und schnell Teil des Haushalts geworden war. „Ich weiß, du hasst es, etwas zu verpassen, aber ich gehe mit dir auf einen langen Spaziergang, wenn ich zurück bin. Versprochen!"

Bobo ließ den Kopf sinken. Dann drehte sie sich um, trottete zurück zum Haus und rollte sich auf der Türschwelle zusammen, ein Bild der Niedergeschlagenheit.

„Weißt du, ‚Bobo' ist ein sehr unwürdiger Name für diesen Hund. Ich denke, sie verdient etwas Besseres", sagte Frances, die es gerade noch schaffte, das Auto zu wenden, ohne in das Blumenbeet zu fahren.

„Sagt die Frau, die versucht hat, sie ‚Dingleberry' zu nennen."

„Es kam mir einfach in den Sinn. Manchmal muss man der Inspiration folgen."

„Klar", sagte Molly, während sie aus dem Fenster schaute und mit den Augen rollte. „Und was das Auto angeht – ich weiß, ich muss etwas unternehmen. Eigentlich dachte ich daran, mir einen Roller zuzulegen."

„Wow, das wäre ja der Hammer! Ich sage, mach es!"

„Es wäre günstig, aber ansonsten völlig unpraktisch. Was, wenn ich Gäste vom Bahnhof abholen muss oder so? Aber egal, das ist eine Entscheidung für einen anderen Tag. Heute geht es nur darum, ein paar Möbel für den *pigeonnier* zu besorgen. Wenn das erledigt ist, bleiben nur noch die Sanitäranschlüsse, und es ist bereit zur Vermietung."

Auf der halbstündigen Fahrt nach Périgueux plauderten Molly und Frances darüber, wie gut das Huhn am Vorabend bei Chez Papa gewesen war, und über Lawrences gescheiterte Romanze. Sie stritten darüber, ob Bettgestelle aus Eisen oder Holz vorzuziehen seien. Und schon bald fuhr Frances in ein unterirdisches Parkhaus im Stadtzentrum, wobei die Reifen in den engen Kurven quietschten.

„Frances, ich hab's nicht eilig", sagte Molly und klammerte sich an die Armlehne. „Hat Nico dich je fahren sehen?"

„Er liebt, wie ich fahre", sagte Frances selbstgefällig. „Sagt, es sei heiß."

„Oh, meine Augen tun weh, so weit sind sie nach oben gerollt."

„Na, dann roll sie wieder runter, Dummerchen. Nico und ich – wir verstehen uns."

„Ich freue mich für euch beide."

„Deine Augen rollen immer noch."

„Niemals. Lass uns jetzt zum Flohmarkt gehen, bevor alle guten Sachen weg sind."

Sie schlenderten in die Altstadt von Périgueux und drehten ihre Köpfe in alle Richtungen, um ja nichts zu verpassen. Die Straßen waren eng, höchstwahrscheinlich ehemalige Kuhpfade, da die Straßen sehr alt waren, und die Gebäude standen dicht beieinander. Molly verstand nicht, warum alte Gebäude sie so glücklich machten, aber sie taten es. Sie hatten dort so lange gestanden, so viel Geschichte gesehen, so viele Geheimnisse bewahrt...

Der Flohmarkt umgab die alte Kathedrale, ein ungewöhnliches byzantinisches und romanisches Gebäude mit großen Kuppeln. Verkäufer hatten sich rund um sie herum versammelt, mit kleinen Gegenständen auf Tischen oder auf Decken ausgebreitet, und Möbel aller Formen und Größen wurden angeboten.

„Also, was steht auf unserer Einkaufsliste?", fragte Frances. „Betten? Tische? Stühle?"

„Das Taubenhaus hat nur ein Schlafzimmer. Also lass mal sehen, ein Doppelbett und ein Küchentisch, der auch als Esstisch dienen wird. Vielleicht drei Stühle? Und ein Nachttisch, wenn wir einen finden, oder etwas, das dafür geeignet wäre. Und ich schätze, halt auch Ausschau nach einem Sofa, obwohl ich wahrscheinlich für ein neues Geld ausgeben muss."

„Gebrauchte Sofas geben mir die Creeps, seitdem ich damals das eine in einem Gebrauchtmöbelladen gekauft habe, erinnerst du dich? Direkt nach dem College für meine erste Wohnung? Ich war so stolz darauf. Es war leuchtend grün. Aber als es warm wurde, roch es nach Katzenpisse. Es brannte in den Augen, so schlimm war es."

Molly lachte bei der Erinnerung. „Ich erinnere mich, dass Lufterfrischer nicht geholfen hat."

„Es wurde nur zu blumig riechender Katzenpisse", stimmte Frances zu.

„La bombe!", sagte ein Mann fast in Mollys Ohr. Sie drehte sich um und fand Lapin mit ausgebreiteten Armen grinsend vor. Etwas unbeholfen küssten sie sich auf die Wangen.

„Bonjour, Lapin. Ich sollte wohl nicht überrascht sein, dich hier zu treffen. Schon etwas Gutes gesehen?"

„Heute ist bisher ein totaler Reinfall. Nichts als Plunder. Erlauben Sie mir, mich vorzustellen, da Molly anscheinend ihre Manieren vergessen hat", sagte er zu Frances mit einer Verbeugung. „Ich bin Laurent Broussard, aber die Welt nennt mich Lapin."

„Übersetz das mal", bat Frances.

„Sie spricht kein Französisch", sagte Molly.

„Kein Problem", sagte Lapin auf Englisch und stellte sich erneut vor.

„Sehr erfreut, Sie kennenzulernen", sagte Frances kichernd. Molly wollte ihr in die Rippen stoßen, hielt sich aber zurück.

„Also gut, wir haben viel zu tun – ich versuche, mein Taubenhaus auszustatten. *À bientôt*", sagte Molly und machte Anstalten, sich zu entfernen.

„Warte, warum bist du nicht zu mir gekommen? Du weißt, dass ich dir die besten Angebote machen und dir sagen kann, an wen du dich wenden sollst. Ich handle leider nicht mit vielen Möbeln dieser Größe, es sei denn, es handelt sich um ein ganz besonderes Stück. Aber ich kann dich einem Kerl auf der anderen Seite der Kathedrale vorstellen, der höchstwahrscheinlich die Art von Sachen hat, die du suchst."

Molly und Frances folgten Lapin, der sich geschickt mit seinem großen Körper durch das Labyrinth von Verkäufern und ihren Möbeln bewegte. Molly war hin- und hergerissen. Sie brauchte seine Hilfe, wollte sie aber nicht unbedingt. Lapin machte sich die meiste Zeit zum Affen, obwohl sie zugeben musste, dass er seine anzüglichen Blicke und Bemerkungen nach dem Fall Amy Bennett zurückgeschraubt hatte.

„Wisst ihr, ich plane, demnächst meinen eigenen Laden in Castillac zu eröffnen", erzählte ihnen Lapin. „Ich habe gerade einen Mietvertrag unterschrieben und werde den Ort ein bisschen aufmöbeln, bevor all meine Schätze einziehen. Ihr könntet dort allerlei Dinge finden, die perfekt wären, um eure Gîtes zu dekorieren."

„Das Cottage könnte tatsächlich ein wenig frischen Wind vertragen", stimmte Frances zu, und Molly zuckte mit den Schultern, obwohl sie dachte, dass ihre Freundin vielleicht nicht ganz Unrecht hatte.

Mehrere Stunden vergingen, während die drei über die Vorzüge jedes Stücks diskutierten und dann mit den Händlern feilschten. Doch bis zum Mittag waren die Einkäufe abgeschlossen, die Lieferungen vereinbart, und alles, was in Périgueux noch zu tun blieb, war, den Laden zu finden, der die köstlichsten mit *Foie Gras* gefüllten Pflaumen verkaufte, und dann zu Mittag zu essen.

Molly überlegte, Lapin als Dankeschön für seine Zeit und Hilfe, die beträchtlich gewesen war, einzuladen. Dann redete sie es sich selbst wieder aus. Dann wieder ein, dann aus, dann ein... und schließlich fragte Frances ihn, ob er sich ihnen anschließen wolle, und Mollys Schicksal war besiegelt.

Wenn man ihr im Herbst gesagt hätte, dass sie in ein paar Monaten Lapin dankbar sein und bereitwillig mit ihm zu Mittag essen würde – und sogar dafür bezahlen –, hätte sie es nie geglaubt. Aber Hellseherei war noch nie eine von Mollys Stärken gewesen.

MARON STECKTE den Kopf aus dem Büro, das er immer noch als Duforts Büro betrachtete, und rief nach Thérèse Perrault. Sie war nicht gerade begeistert davon, Maron als ihren Chef zu haben, sagte sich aber, es sei ein Test ihrer Flexibilität und ihrer Fähigkeit, ihre Gefühle bei der Arbeit zu verbergen – Fähigkeiten, von denen sie wusste, dass sie sie entwickeln musste, wenn sie in der Gendarmerie Erfolg haben wollte.

„Was gibt's?", fragte sie gelassen.

„Sehen Sie sich das mal an. Es war an die Eingangstür geklebt." Die Notiz lag auf seinem Schreibtisch und er schob sie Perrault zu.

Sie las sie, blickte schnell zu Maron auf und studierte sie dann genauer.

„Valerie Boutillier", sagte sie.

„Richtig. Das war auch mein erster Gedanke. Also was denken Sie? Finden Sie, es sieht echt aus? Wie ein Scherz? Was?"

Perrault überlegte. „Ich bezweifle, dass es Zufall ist. Die Chancen scheinen ziemlich gering, dass jemand zufällig die gleichen Initialen wie aus einem unserer ungelösten Fälle wählen würde, und V und B sind nicht gerade die am häufigsten verwendeten Buchstaben. Und es ist nicht irgendein Fall – ein Mädchen, das spurlos verschwand, kurz bevor es an die Universität gegangen wäre, ihre Traumuni, für die sie so hart gearbeitet hatte, um aufgenommen zu werden. Ein Mädchen, das viele von uns kannten und mochten."

Maron nickte nur. Dann sagte er: „Ich habe die Notiz ins Labor geschickt, aber es gab keine verwertbaren Fingerabdrücke."

„Was? Wann haben Sie sie gefunden?"

„Vorgestern."

„Und Sie haben mir nichts davon gesagt?" Perraults Gesicht glühte.

„Ich wollte erst ein vollständigeres Bild haben, bevor ich–"

„Hören Sie zu, Gilles, ich weiß, Sie genießen es wahrscheinlich jede Minute, mein Chef zu sein. Lassen Sie mich zunächst sagen, dass mir absolut klar ist, dass Sie mein Vorgesetzter sind, und ich damit überhaupt kein Problem habe. Aber ich würde Sie respektvoll bitten, mich nicht im Dunkeln zu lassen, wenn neue Beweise wie aus heiterem Himmel auftauchen, wie es anscheinend hier der Fall war. Und noch dazu bei einem so wichtigen Fall."

Maron erstarrte, als Perrault zu sprechen begann. Die Wahrheit war, dass er sich unwohl damit fühlte, irgendjemanden zu führen, und einen Großteil seiner Energie darauf verwendete, diese peinliche Tatsache zu verbergen. Er hatte widerwilligen Respekt vor Perrault, den sie erwiderte, aber sie waren keine

Freunde und hatten in der Vergangenheit nicht besonders gut zusammengearbeitet.

„Hören Sie, Perrault, kein Grund, sich angegriffen zu fühlen. Natürlich werden Sie benachrichtigt, wenn wir neue Beweise haben." Maron stand auf und setzte sich dann wieder. „Erzählen Sie mir, was Sie über Valerie wissen. Ich war noch nicht in Castillac, als Dufort an diesem Fall arbeitete, und alles, was ich weiß, ist, dass sie verschwand und nie gefunden wurde. Keine Verdächtigen und keine Ahnung, was mit ihr passiert ist, habe ich das richtig verstanden?"

Perrault bekam sich wieder unter Kontrolle und atmete tief durch. „Also gut. Valerie war älter als ich. Ich war sechzehn, als sie verschwand, sie muss... achtzehn gewesen sein? Ich war keine enge Freundin – aber jeder im Dorf kannte sie oder wusste, wer sie war. Sie war so ein Mädchen – charismatisch, wissen Siee? Lebenslustig und scharfsinnig. Sie pflegte, den Leuten überall im Dorf Streiche zu spielen, und manchmal ging sie zu weit und die Leute wurden wütend. Ich erinnere mich, einmal ist sie in Madame Luthiers Haus eingedrungen – Sie wissen schon, sie wohnt in diesem Rattenloch in der Rue Saterne – und während Mme Luthier weg war, nahm sie alles aus dem Wohnzimmer und stellte es in die Küche, und alles aus der Küche stellte sie ins Wohnzimmer. Also als Luthier nach Hause kam, gab es im Wohnzimmer nichts zum Sitzen außer einem Haufen Kochtöpfe."

Maron hob seine Mundwinkel in Richtung eines Lächelns, aber nicht ganz weit genug, um tatsächlich zu lächeln. „Und fand das Dorf das amüsant?", fragte er.

„Oh, einige Leute schon. Mme Luthier ist nicht gerade dafür bekannt, einen Scherz verstehen zu können, also machte das die Sache für manche Leute noch lustiger."

„Scheint eine Menge Aufwand gewesen zu sein."

„Eine der Eigenschaften, die Valerie so anziehend machten, war ihre grenzenlose Energie. Bei ihr war immer viel los, mit vielen verschiedenen Leuten gleichzeitig."

„Und was ist diese ‚Traumuni', die Sie erwähnt haben?"

„Die *École Normale Supérieure* in Paris", sagte Perrault mit großen Augen. „Eine der Schulen auf der Welt, an denen es am schwierigsten ist, aufgenommen zu werden. Valerie hatte auch eine ernsthafte Seite und arbeitete in der Schule super hart. Sie wollte Journalistin werden, von der Sorte, die Dreck über mächtige Leute ausgräbt."

„Hmm", sagte Maron und dachte, dass Valerie Boutillier tatsächlich nach einer interessanten und erfolgreichen Person klang, wenn auch mit einem merkwürdigen Sinn für Humor. „Wissen Sie etwas über die Ermittlungen?"

„Das war offensichtlich auch vor meiner Zeit. Wir sollten Dufort bitten, uns zu informieren."

„Natürlich. Wenn wir einen anderen Hinweis darauf bekommen, dass Boutillier am Leben ist, werde ich ihn hinzuziehen."

„Was meinen Sie mit ‚einen anderen'? Das hier ist eine *Spur*, Gilles! Sie liegt direkt vor Ihnen auf dem Schreibtisch!"

Maron zuckte mit den Schultern. „Ich halte das für unwahrscheinlich. Das Mädchen ist seit sieben Jahren verschwunden. Würde sie in Castillac überhaupt noch jemand erkennen?"

„Natürlich! Ich würde sie erkennen!"

Maron blickte aus dem Fenster. Er hätte nie gedacht, dass es ihm so viel lieber sein würde, Befehle zu befolgen, als sie zu erteilen, aber genau so entwickelte sich die Situation.

„Bringen Sie mir einfach ein zusätzliches Beweisstück, etwas Handfestes, und ich werde den Fall offiziell wieder aufnehmen", sagte er. „In der Zwischenzeit, wenn Sie sich umhören möchten, um herauszufinden, wer die Notiz an die Tür gehängt hat? Nur zu, solange Ihre anderen Pflichten zuerst erledigt sind", fügte er hinzu.

„Jawohl, Chef", sagte Perrault, mit etwas zu wenig Sarkasmus, als dass Maron sie dafür hätte zurechtweisen können.

5

Mollys derzeitige Gäste, ein lebhaftes australisches Paar, wollten nach Rocamadour fahren, in ein uraltes Dorf, das direkt in eine Felswand hoch über der Dordogne gebaut worden war. Am Morgen ihres geplanten Ausflugs klopften sie an Mollys Tür.

„Bonjour, Ned und Leslie! Seid ihr bereit für euren Trip? Die Fahrt von hier ist nicht schlecht, obwohl ich zugeben muss, dass ich sie selbst noch nicht gemacht habe." Dann hielt Molly inne, als sie sah, dass etwas nicht stimmte.

„Bonjour Molly", sagte Leslie. „Es ist Folgendes. Dem kleinen Oscar geht es nicht gut. Er ist nicht wirklich krank, wir brauchen keinen Arzt oder so. Aber ich glaube, ein Tagesausflug, wie wir ihn geplant haben, wäre für ihn nicht sehr unterhaltsam, weißt du?"

Molly nickte. Bobo kam hinter Molly her und steckte ihren Kopf zwischen Mollys Beine.

„Also ... wir wissen, es ist kurzfristig ... nun, eigentlich ganz ohne Vorankündigung. Aber wir haben uns gefragt, ob du jemanden kennst, der nur für den Tag auf ihn aufpassen könnte, damit wir trotzdem nach Rocamadour fahren können und er hierbleiben und sich ausruhen kann."

„Hmm", sagte Molly. „Kommt rein, lasst mich noch eine Tasse Kaffee trinken, während ich darüber nachdenke. Wollt ihr auch eine Tasse?"

„Wir trinken keinen Kaffee", sagte Ned grinsend. „Haben schon zu viel Energie!"

Molly lachte, obwohl sie Nicht-Kaffee-Trinker als eine Spezies Mensch betrachtete, die sie nicht begreifen konnte.

Sie dachte an Constance, war sich aber nicht sicher, ob sie Erfahrung mit Kindern hatte, besonders mit kranken. Sie überlegte, ob ihre Nachbarin Madame Sabourin jemanden kennen könnte, aber das würde vielleicht Zeit brauchen.

„Ach was soll's, ich kann es machen", platzte es aus ihr heraus, bevor sie sich stoppen konnte.

„Klasse!" sagte Ned und ballte die Faust. „Weißt du, ich glaube, er mag dich schon sehr, also sollte es recht unkompliziert sein."

„Natürlich mag er mich. Ich bin die Schokoladen-Lady", lachte Molly. Als die Familie angekommen war, hatte Molly Oscar eine kleine Schokoladenglocke mitgebracht – die französische Version von Oster-Süßigkeiten.

Leslie brachte Molly zum Cottage, zeigte ihr, wo die Windeln waren, und erklärte ihr Oscars allgemeinen Tagesablauf, während Ned das Auto packte. Innerhalb von zehn Minuten waren sie weg, und Molly war allein im Cottage mit einem kranken, elf Monate alten Jungen. Der zum Glück gerade seinen Morgenschlaf hielt.

Molly schlich ins Schlafzimmer und zum Kinderbett, froh, dass sie vor ein paar Monaten ein stabiles auf dem Flohmarkt gefunden hatte. Der kleine Junge schlief auf dem Bauch, die Arme gerade über dem Kopf ausgestreckt und ein Knie angewinkelt. Sein Gesicht war gerötet und seine Stirn verschwitzt. Molly wollte ihm über die Wange streichen, hatte aber Angst, ihn zu wecken.

Leise ging sie zurück in die kleine Küche und dämpfte etwas Gemüse für sein Mittagessen. Die orangefarbene Katze tauchte wie aus dem Nichts auf und rieb sich an ihrem Bein.

„Ich lass mich nicht täuschen", sagte sie zu ihr. „Und lass den Kleinen in Ruhe."

Bobo kratzte an der Tür und wollte wissen, was los war. Molly ging zur Tür und sprach durch sie hindurch. „Ich passe auf das Baby auf, Bobo. Und ich bin nicht besonders zuversichtlich dabei, da ich kein Baby mehr angefasst habe, seit ich in der Highschool für Mrs. Stout, die zwei Häuser weiter wohnte, babygesittet habe. Also halt einfach draußen Wache, okay? Und kein Kratzen an der Tür."

Molly hörte ein leises Grummeln, dann das Geräusch des Hundes, der sich auf der Türschwelle niederließ.

„Siehst du?", sagte Molly zu der Katze. „Gehorsam. Hilfsbereit."

Die Katze schoss ins Schlafzimmer und sprang in die Krippe. Molly fluchte leise und rannte hinterher.

Oscar saß aufrecht und rieb sich die Augen. Die orangefarbene Katze schmiegte sich an seinen Rücken, ihr Schwanz wickelte sich um sein Gesicht und brachte ihn zum Kichern.

„Hallo!" sagte Molly. „Magst du Katzen, Oscar?"

„Mama?" sagte Oscar.

„Mama ist ... äh, Mama und Papa sind auf einem kurzen Ausflug, sie kommen später wieder. In der Zwischenzeit können wir spielen, wie wär's damit?"

Oscar streckte die Arme nach ihr aus, damit sie ihn hochhob, und die Geste trieb Molly Tränen in die Augen. Er war so vertrauensvoll! So bereit, sich an das anzupassen, was geschah, auch wenn das bedeutete, dass eine fast völlig Fremde plötzlich seine Eltern ersetzte. Molly griff in die Krippe und hob seinen kleinen Körper hoch, zog ihn an sich. Sie roch an seinen Haaren und ließ ihre Wange seine berühren.

„Ich weiß ja nicht, wie's dir geht, aber ich liebe es zu spielen", sagte sie zu ihm und realisierte mit einem Stich, dass es in La Baraque kein einziges Spielzeug gab. Sie trug Oscar in den anderen Raum, sah aber auch in der offenen Wohnküche nichts. Ned und Leslie mussten wohl alles außer dem Kuscheltier in der Krippe mitgenommen haben, oder vielleicht dachten sie aus irgendeinem Grund, Spielzeug sei schlecht?

Wenn Molly mit achtunddreißig Jahren eines verstand, dann war es, dass Menschen verrückt waren. Sie verfolgte die neuesten Trends in der Kindererziehung nicht, da es sie nur daran erinnerte, was sie sich wünschte, aber nicht hatte, und so hätte sie von einer strammen Anti-Spielzeug-Bewegung nichts gewusst - wäre aber auch nicht überrascht gewesen.

Sie setzte Oscar auf den Holzboden. Er krabbelte ein Stückchen und setzte sich dann hin, um sie anzuschauen. Er rieb sich wieder die Augen.

„Dir geht's nicht gut, oder?", sagte sie und hockte sich neben ihn. „Hast du Hunger?"

„Mama?"

„Richtig. Mama. Sie wird bald zurück sein", sagte Molly, wohl wissend, dass es mindestens zwei Stunden Fahrt in jede Richtung waren, plus eine Menge Lauferei und Besichtigungen, sobald man dort ankam. Sie und Oscar hatten viele Stunden totzuschlagen, bevor Mama auftauchen würde. Also spielte Molly Kuckuck. Sie erfand eine lange Geschichte über Ziegen und eine böse orangefarbene Katze, wechselte erfolgreich eine Windel und servierte ihm das Mittagessen auf der Eingangsstufe in der Sonne.

Sie genoss Oscars Gesellschaft. Zugleich fühlte sie sich gefangen und konnte es nicht erwarten, freizukommen. Als ihr Handy klingelte, war Molly erleichtert, Kontakt zur Außenwelt zu haben.

„Hier ist Thérèse", sagte Perrault.

Molly konnte im Hintergrund ein hupendes Auto hören. „Hey Thérèse, wie geht's dir?" Die beiden waren gut bekannt miteinander, seit Molly bei ein paar Mordermittlungen geholfen hatte.

„Ich habe etwas, das ich dir mitteilen möchte. Aber... du musst es für dich behalten."

Molly gab Oscar einen Holzlöffel, um damit auf den Boden zu klopfen. Sie spürte ein vertrautes Kribbeln der Vorfreude. „In Ordnung", sagte Molly. „Ich bin ganz Ohr."

༄

VALERIE BOUTILLIER. Ein wunderschöner Name, dachte Molly. Und jetzt, vielleicht, nur vielleicht... noch am Leben, allen Widrigkeiten zum Trotz. Valerie war Jahre vor Mollys Ankunft in Castillac verschwunden, aber sie war dort nicht vergessen, und Molly hatte genug Geschichten über sie gehört, um das Gefühl zu haben, dass sie keine völlige Fremde war.

Und jetzt hatte sie jemand gesehen.

Molly verschwendete keine Zeit damit, an der Notiz zu zweifeln. Sie fand, selbst wenn es sich als eine Art Scherz herausstellen sollte, konnte es nicht schaden, alles in ihrer Macht Stehende zu tun, um der Sache nachzugehen. Viel schlimmer wäre es, es nicht zu glauben, nichts zu unternehmen und nie zu erfahren, ob es wahr gewesen war oder nicht. Es *konnte* wahr sein. Und für Molly – und Thérèse Perrault – war „konnte" gut genug.

Es war ein Uhr. Als Thérèse angerufen hatte, war Molly gerade dabei gewesen, Oscar zum Mittagsschlaf hinzulegen (den sie beide brauchten). Er war quengelig und hatte nicht viel gegessen, meistens nur viel Wasser geschlürft. „Also Oscar", sagte sie und hob ihn hoch. „Wie wäre es mit einem Spaziergang? Ein bisschen frische Luft schnappen, die Sehenswürdigkeiten anschauen? Und wenn dir nicht nach Sehenswürdigkeiten zumute ist, mach einfach deine kleinen Augen zu. Wie klingt das?"

Mollys Plan war es, mit Oscar ins Dorf zu gehen und zu sehen, mit wem sie über Valerie sprechen konnte. Sie hatte keinen Kinderwagen und schon gar keine Babytrage, also ging sie zu ihrem Haus. Im Eingangsbereich fand sie einen sehr breiten und langen schweren Baumwollschal, wickelte ihn so um sie beide, dass Lücken für seine Beine zum Herabhängen blieben, und verknotete die Enden. Mit ein wenig Anpassung schien ihre improvisierte Schlinge perfekt zu funktionieren, das Baby sicher an ihre Brust gepresst. Sie beugte schnell die Knie und stand auf, und Oscar gluckste fröhlich.

„Gefällt es dir?", fragte sie ihn, ihre Stimme ganz hoch und gurrend und für sie selbst unerkennbar.

„Mama", sagte Oscar. Inzwischen hatte Molly verstanden, dass er nicht so sehr nach seiner Mutter rief, sondern einfach das einzige verständliche Wort sagte, das er sagen konnte.

„Mama in der Tat", antwortete sie. Sie küsste ihn auf die Wange, die erstaunlich weich war, und machte sich auf den Weg ins Dorf. Der Spaziergang war noch neu, weil Molly ihn noch nicht in jeder Jahreszeit gemacht hatte. Das Wetter war herrlich. Vögel machten einen Heidenlärm, Bäume trieben aus, und die Welt war hell und grün und duftete süß.

Und war Valerie irgendwo da draußen und sah diesen blauen Himmel? fragte sich Molly. Wenn sie am Leben ist, warum ist sie nicht zurückgekommen? Wenn jemand sie gesehen hat, warum hat Valerie sich nicht gemeldet, um Hilfe gerufen, irgendwie auf sich aufmerksam gemacht?

Molly vermutete als wahrscheinlichste Erklärung, dass Valerie irgendwo gefangen gehalten wurde – jeder hatte ab und zu von solchen Fällen gehört: Mädchen, die entführt und in irgendeinem Bunker oder Keller festgehalten wurden, manchmal jahrelang. War das Valerie passiert? Und doch hatte jemand sie irgendwie gesehen?

Während sie ging, dachte Molly an eine lange Liste von Fragen für Thérèse, aber Thérèse hatte deutlich gemacht, dass sie alle möglichen Vorschriften verletzte, indem sie Molly von der Notiz erzählte, und es besser wäre, wenn sie sich nicht trafen. Molly dachte, dass vielleicht eine zufällige Begegnung im Dorf in Ordnung wäre, wenn sie nicht lange verweilten. Also ging sie in

Richtung der Polizeistation, eine Hand auf Oscars herrlich dickem kleinen Bein, und erzählte ihm von dem, was sie unterwegs sahen... ein rotes Eichhörnchen, ein Auto mit einer Beule an der Seite, einige späte Tulpen, die noch nicht aufgeblüht waren. Es war ein Uhr und ganz Castillac saß beim Mittagessen. Keine Menschenseele auf den Straßen. Molly ging weiter, sich bewusst, dass sie etwas Wehrloses und Kostbares trug. Sie fragte sich, ob Mütter sich daran gewöhnten oder ob sie weiterhin ständig besorgt waren, dass etwas Schreckliches passieren könnte – sie konnte fallen und auf ihm landen, oder ein Auto konnte auf den Bürgersteig springen und sie überfahren; es gab unendlich viele Katastrophen, die an jeder Ecke lauerten.

Als sie die Station erreichte, ging sie zur Vordertür und betrachtete sie. Sie schloss für einen Moment die Augen und versuchte sich vorzustellen, wie jemand sich ihr näherte, der nicht gesehen werden wollte, eine Notiz in der Hand, an der bereits ein Stück Klebeband befestigt war. Sie trat zurück und betrachtete jedes Detail der Tür – die großen Scharniere, die dekorative Zierleiste, die glänzend grüne Farbe.

Oscars Kopf war zur Seite gekippt, als er eingeschlafen war. Molly hatte plötzlich eine Idee und zuckte zusammen, wobei sie ihn beinahe aufgeweckt hätte. Sie fuhr mit den Fingern über das Holz und versuchte zu erspüren, wo der Klebstoff gewesen war. Nachdem sie mit den Fingern sanft über einen Großteil der Tür gestrichen hatte, fand sie eine kleine Stelle, vielleicht etwa einen Quadratzentimeter groß, knapp unter Brusthöhe. Bei genauerer Betrachtung konnte sie erkennen, dass sie relativ frisch war – nicht vollständig mit Staub und Pollen bedeckt, wie es der Fall gewesen wäre, wenn sie schon lange dort gewesen wäre. Vielleicht hätte sie irgendwann (falls es ihr je erlaubt sein würde, offen über den Fall zu sprechen) die Gelegenheit, Maron zu fragen, ob er sich erinnern könne, wo genau an der Tür der Zettel geklebt hatte, nur zur zusätzlichen Bestätigung, aber sie vertraute darauf, die Antwort gefunden zu haben. Molly war eher klein gewachsen.

Was bedeutete, dass derjenige, der den Zettel an die Tür der Polizeistation geklebt hatte, nicht groß war.

Es war der erste Schritt zur Auffindung von Valerie. Ein kleiner Schritt, da machte sich Molly keine Illusionen.

Aber irgendwo musste man ja anfangen.

6

Molly gab Bobo gerade ihr Frühstück, als sie sah, wie der Lieferwagen mit den Möbeln für das Taubenhaus in ihre Auffahrt einbog, gefolgt von Duforts grünem Renault. Schnell rannte sie in ihr Schlafzimmer, zog Nachthemd und Morgenmantel aus und schlüpfte in eine saubere Jeans und ein Hemd.

„Ich komme!", rief sie, verließ das Haus durch die Terrassentüren und ging um die Hausecke, um sie zu begrüßen. Bobo rannte aufgeregt hin und her, unsicher, was ihre Aufgabe war.

„Bobo! Platz!", sagte Molly, bevor der Hund den Lastwagenfahrer mit seinem aufgeregten Gehüpfe umwerfen konnte. Bobo hielt auf der Stelle inne und legte sich hin.

„Beeindruckend", sagte Dufort, als er herankam, um Wangenküsse auszutauschen.

„Bonjour, Ben! Und bonjour, Monsieur", sagte sie zum Fahrer.

„Könnten Sie bitte noch ein Stück weiterfahren? Die Möbel kommen dort hinein", erklärte sie und zeigte auf die Wiese, wo der Taubenschlag stand, dessen Mauern dank der Anstrengungen des Maurers Pierre Gault nicht mehr bröckelten.

„Sieht aus, als käme ich gerade rechtzeitig zum Helfen", sagte Ben.

Molly grinste. „Na ja, ich werde nicht nein sagen. Ich kann zwar einiges davon tragen, aber ehrlich gesagt war ich mir nicht sicher, ob ich meine Seite des Bettes auf dem Weg die Treppe hoch halten könnte – dort war nur Platz für eine Leiter."

„Es hat ein Schlafzimmer unterm Dach?"

„Genau", sagte Molly. „Es ist sehr romantisch. Pierre Gault hat alle kleinen Nistboxen und Stangen intakt gelassen und einige davon zu winzigen Fenstern umgebaut. Es sieht fantastisch aus! Ich kann es kaum erwarten, Fotos auf meine Website zu stellen, aber ich wollte warten, bis die Möbel drin sind."

Der Fahrer verstand sein Geschäft, und mit Duforts Hilfe waren alle Möbel in einer halben Stunde ausgeladen und grob platziert.

Während des Ausladens und des Gesprächs über Möbel und Hunde hatte Molly die ganze Zeit überlegt, ob sie Ben von der Notiz erzählen sollte. Thérèse hatte nur gesagt, sie solle Maron kein Wort davon sagen. Vielleicht hoffte Thérèse sogar, dass sie es Ben erzählen würde?

„Tut mir leid, ich war abgelenkt. Was hast du gerade über Spargel gesagt?", fragte Molly.

„Oh, das ist nicht wichtig. Ich habe dir nur von einem typischen Tag bei Rémy erzählt."

Molly legte den Kopf schief, hob dann den Nachttisch an und stellte ihn neben das Bett. „Möchtest du einen Kaffee?", fragte sie. „Oder vielleicht eine Limonade?"

„Klingt gut." Dufort und Molly kletterten die Holzleiter hinunter ins Erdgeschoss des Taubenschlags. „Das Haus ist gut geworden", sagte Dufort und sah sich in dem gemütlichen Raum unten mit seiner winzigen Küche um.

„Ja, ich finde auch. Ich sollte interessante Sachen finden, um sie in die restlichen kleinen Nistboxen zu stellen. Oder vielleicht hinterlassen meine Gäste Andenken darin, wenn ich genug Andeutungen mache."

„Komm, Bobo!", rief Molly, da sie sichergehen wollte, dass der Hund nicht im Weg war, als der Lieferwagen zur Auffahrt zurücksetzte und wendete. Bobo schoss aus dem Wald hervor und raste an Mollys Seite.

„Wie hast du deinen Hund so gut trainiert?", fragte Ben.

„Dafür kann ich überhaupt kein Lob beanspruchen", antwortete Molly. „Sie tauchte eines Tages einfach auf und verhielt sich, als würde sie hier wohnen. Schon trainiert. Ich schwöre, du kannst mit ihr wie mit einem Menschen reden und sie versteht."

„Ich vermute, jemand sucht nach ihr."

„Ja. Nun, ich werde sie zurückgeben, wenn ich muss. Aber in der Zwischenzeit sind wir Kumpel. Stimmt's, Bobo?", sagte sie und kraulte Bobo hinter den Ohren. „Also, Ben. Vermisst du die Gendarmerie?"

Dufort dachte einen Moment nach. „Das ist schwer zu beantworten. Ich denke, am fairsten wäre es zu sagen, dass der Jobwechsel mir nicht all die Freiheit gebracht hat, die ich mir erhofft hatte."

Molly sah Ben fragend an, aber er zuckte mit den Schultern und schaute weg. Seine überbordende Angst war verschwunden, seit er die Gendarmerie verlassen hatte, aber dennoch hatte er keinen Frieden gefunden. Sie gingen schweigend zum Haus zurück. Molly überlegte immer noch, ob sie Thérèse Probleme bereiten würde, wenn sie Ben von der Notiz erzählte. Und Ben dachte, wie so oft, an Elizabeth Martin und Valerie Boutillier, denn er war nicht frei von seiner Verantwortung ihnen gegenüber und würde es nie sein, bis sie gefunden wurden.

Der Tag war heiß geworden, wie Frühlingstage es manchmal waren, als ob sie plötzlich ein Fenster zum Sommer öffneten. Molly holte zwei hohe Gläser heraus und füllte sie mit Limonade. Während Frances bei ihr gewohnt hatte, hatte sie sich angewöhnt, jeden Morgen frische Limonade zu machen, weil Frances sagte, es gäbe ihr Inspiration zum Jingle-Schreiben. Und Molly war gerne darauf eingegangen, denn natürlich war frische Limonade eines der erhabensten Vergnügen des Lebens, besonders mit einem Schuss sprudelndem Mineralwasser.

„Ach, ich werde es dir einfach erzählen", sagte sie schließlich. Dufort hob die Augenbrauen und lächelte.

„Ich sollte wahrscheinlich nicht. Oder ich sollte vorher fragen. Aber du bist hier, und ich weiß, dass dir das sehr wichtig ist, also... aber hör zu, ich möchte nicht, dass du denkst, ich könnte kein Geheimnis für mich behalten. Ich bin eigentlich ziemlich gut darin. Andererseits -"

„Molly, sag es mir einfach!"

„Ja. Also gut. Perrault rief gestern an, um mir zu sagen, dass jemand eine Notiz an die Tür der Dienststelle geklebt hatte, auf der stand: ‚Ich habe VB gesehen'." Sie wartete auf Bens Reaktion.

Er verengte leicht die Augen, blieb ansonsten aber völlig still. Wie ein Jäger, der gerade eine Spur seiner Beute entdeckt hat.

„Interessant", sagte er schließlich. „Ist das ein wörtliches Zitat— ‚Ich habe VB gesehen'? Stand noch etwas anderes darauf?"

„Ich glaube nicht."

„Natürlich nicht unterschrieben?"

„Das nehme ich an. Wir hatten keine Gelegenheit, lange zu sprechen. Ich verstehe, dass Maron der Sache nicht nachgehen wird, und das war der Grund, warum Thérèse mich anrief. Sie hofft, dass ich... ich weiß nicht, irgendwie weiter nachforsche."

Dufort nahm sein Glas Limonade und setzte sich langsam auf das Sofa.

„Lass uns auf die Terrasse gehen", sagte Molly und beobachtete, wie Bobo durch die Terrassentüren segelte und im hohen Gras der Wiese verschwand.

Sie setzten sich auf die rostigen Stühle im Schatten und tranken ihre Limonade. Es war ein bedeutsamer Moment, eine Pause, bevor etwas begann, das sie sich noch nicht vorstellen konnten, und sie beide verstanden das.

„Wir machen das zusammen", sagte Dufort leise.

Molly nickte, ihr Gesicht nahm einen leichten Rotton an, weil sie so erfreut war, dass er es so ausdrückte. „Ich habe schon ein bisschen was", sagte sie und erzählte ihm von dem Klebstoff an der Stationstür.

„Also ist derjenige, der die Notiz hinterlassen hat, jemand Kleines. Könnte ein Kind sein, das nur Unfug treibt", warnte Ben.

„Oh, klar", sagte sie, „könnte sein. Aber würde ein so kleines Kind überhaupt von Valerie gehört haben? Oder okay, vielleicht. Ich kenne ihre Geschichte – sie ist Teil der Mythologie von Castillac. Aber es ist ja nicht so, als wäre sie gestern verschwunden und die Leute würden ständig darüber reden. Ich kann mir schwer vorstellen, dass ein Kind, wenn es einen Scherz machen wollte, etwas wählen würde, das so lange her ist, vielleicht sogar bevor es geboren wurde. Das ist für ein Kind wie uralte Geschichte, weißt du? Könnte genauso gut ein Ereignis aus dem Mittelalter sein."

Dufort nickte. „Guter Punkt, Molly. Guter Punkt."

„Also", sagte Molly, fast schüchtern, „wenn wir wirklich zusammenarbeiten werden, erzählst du mir dann alles, was du über den Fall weißt? Musst du Akten holen – hast du überhaupt noch Zugang dazu?"

„Offiziell natürlich nicht. Aber ich denke, Thérèse könnte sich überreden lassen, sie mir zuzuspielen. Ich warne dich – die Akte ist dünn. Ich kann dir vieles aus dem Gedächtnis erzählen. Darf ich noch eine Limonade haben? Und dann fangen wir an."

Molly sprang auf, um ein Notizbuch und einen Stift zu holen, wobei sie eine wilde Mischung aus Aufregung, Glück und Ernst verspürte. „Ja", sagte sie, nahm einen großen Schluck Limonade und schlug das Notizbuch auf. „Fang mit allem an, was du weißt, und ich meine alles!"

Constance kam am Morgen zum Putzen und stieg danach wieder auf ihr Fahrrad und fuhr davon. Dabei ließ ihre düstere Stimmung fast eine graue Spur hinter ihr zurück. Molly hatte aus schmerzlicher Erfahrung gelernt, sich nicht in die Liebesangelegenheiten ihrer Freunde einzumischen, also widerstand sie dem Impuls, Thomas anzurufen und ihm die Meinung zu sagen, so sehr sie es auch wollte. Sie hatte eine Schwäche für Constance und war empört ihretwegen, ungläubig, dass Thomas sie betrogen haben könnte. Und Molly war neugierig auf diese Simone Guyanet, von der sie noch wusste, dass sie eine kleine Rolle im Fall Amy Bennett gespielt hatte.

Inzwischen kamen Ben, Lawrence, Nico und Frances zum Abendessen und sie hatte zu kochen. Zu Ehren des Frühlings machte sie eine Spargelsuppe, gefolgt von gegrilltem Lamm und einem riesigen Haufen winziger Butterkartoffeln, die sie an diesem Morgen auf dem Markt ergattert hatte. Das Dessert stellte jedoch ein Problem dar. Sie steckte an der ersten Weggabelung der Entscheidungsfindung fest: Schokolade oder nicht? Und bis jetzt war sie noch nicht inspiriert, in die eine oder andere Richtung zu gehen.

Dann war Ned aufgetaucht und hatte berichtet, dass Leslie wie verrückt kotzte – vielleicht hatte sie einen schlechten Windbeutel gegessen – und ob es Molly etwas ausmachen würde, sich um Oscar zu kümmern, um ihn aus dem Weg zu halten?

Nun, das Cottage war klein, und noch viel kleiner, wenn ein Bewohner alle fünfzehn Minuten kotzte. Molly sagte ja.

Und ungefähr drei Minuten später, bevor sie wusste, wie ihr geschah, hielt sie den kleinen Oscar in ihren Armen, roch den süßen Duft seiner Haare und drückte einen molligen Oberschenkel in einer Hand.

„Ich weiß nicht, wie du immer wieder bei mir landest", murmelte sie ihm zu. „Aber natürlich freue ich mich sehr, dich zu sehen."

„Mama", sagte Oscar.

„Du magst Schokolade, oder?" Sie hob Oscar höher auf ihre Hüfte, öffnete den Kühlschrank und schaute hinein. „Ich habe Sahne. Sahne macht alles besser, hast du das schon gelernt?" Oscar steckte seine Hand in ihr Haar und zog daran. „Autsch!" sagte sie. „Wow!" Molly bewegte sich aus der Küche und setzte Oscar auf das Sofa. „Das tat wirklich weh. Zieh nicht an meinen Haaren." Oscar sah sie unsicher an. „Aber schau, ich habe hier das Allerbeste. Sieh dir das an." Sie griff hinunter zur Holzkiste und zog einen Stock heraus und gab ihn ihm. Oscars Augen leuchteten auf, als hätte sie ihm seinen Herzenswunsch erfüllt. „Mama Mama Mama Mama!" sagte er.

„Richtig. Ich habe das Gefühl, Mama würde das vielleicht nicht gutheißen. Iss ihn nicht, okay?" Sie setzte ihn ab und beobachtete, wie er den Stock sofort in den Mund steckte. „Okay, hör zu, wir werden beide Ärger bekommen, wenn du am Ende einen Mund voller Splitter hast. Sag mir", sagte sie, während sie das Ende des Stocks wackelte, um ihn aus seinem Mund zu halten, „wie soll ich mich auf diese Dinnerparty vorbereiten, wenn du Stöcke kaust, sobald ich mich umdrehe?"

Oscar lächelte sie an. Molly spürte eine Art schmelzendes Glücksgefühl in ihrem Körper aufsteigen, das sie nicht gewohnt war. Sie beugte sich vor und küsste seinen Kopf, hob ihn hoch und ging, um das Tuch zu suchen, das sie am Tag zuvor als Tragetuch benutzt hatte. Indem sie ihn mit einer weiteren Schokoladenglocke ablenkte, schaffte sie es, ihn mit minimalem Protest auf ihren Rücken zu schnallen, und ging zurück in die Küche.

Oscars Anwesenheit erlaubte es ihr irgendwie, mit dem Herumtrödeln beim Dessert aufzuhören, und sie beschloss, ein *Coeur à la Crème* zu machen, was den Vorteil hatte, dass es eine spezielle Form erforderte, die sie im Dorf kaufen musste. Sie hatte genug Dinnerpartys gegeben, um zu wissen, dass es keine gute Idee war, am Tag der Party Küchenausrüstung einzukaufen, aber es würde ihr einen Vorwand geben, zum zweiten Mal an diesem Tag ins Dorf zu gehen, und diesmal konnte sie vielleicht jemanden dazu bringen, über Valerie zu sprechen.

Außerdem hatte sie insgeheim den Wunsch, eine Küche zu besitzen, die gut genug ausgestattet war, um darin Mahlzeiten für den französischen Präsidenten zuzubereiten. Es war also die perfekte Gelegenheit, zwei Fliegen mit einer Klappe zu schlagen.

7

Das Abendessen verlief besser als erwartet. Ben war etwas früher gekommen und hatte Spargel von Rémy mitgebracht, und die daraus resultierende Suppe war absolute Perfektion, als würde man einen Löffel zarten Frühlings in den Mund nehmen. Frances hatte es geschafft, nichts Wichtiges zu verschütten, und Molly amüsierte sich köstlich darüber, wie Nico alles, was Frances tat, mit einem völlig verliebten Gesichtsausdruck beobachtete.

„Es ist schön, dass du wieder da bist, Larry", sagte Nico, obwohl seine Augen auf Frances gerichtet waren. „Chez Papa war definitiv nicht dasselbe ohne dich."

„Ich hatte erwartet, dass Molly die Stellung halten würde, bis ich zurück bin. Ich bin schockiert und enttäuscht zu hören, dass dem nicht so war."

„Oh, ich habe mein Bestes gegeben", antwortete sie und brachte eine Kanne Kaffee zum Tisch. „Aber im Grunde bin ich wirklich eine gemütliche Person-"

Der ganze Tisch brach in schallendes Gelächter aus. „Ja klar, das bist du, Molly. Ruhig wie eine Kuh, einfach glücklich, ein bisschen Gras zu kauen."

„Na ja, vielleicht war ‚gemütlich' nicht das richtige Wort. Jedenfalls bin ich auch froh, dass du zurück bist, Lawrence. Auf lange Urlaube! Und aufs Nachhausekommen!", sagte sie und hob ihr Glas mit Rotwein vom Sallière-Weingut direkt außerhalb des Dorfes. „Und jetzt habe ich ein, wie ich hoffe, umwerfendes Dessert." Sie ging zurück in die Küche und nahm das Coeur à la Crème von der Arbeitsplatte. Eine Mischung aus Ziegenkäse, Frischkäse, Honig und Sahne – herzförmig dank der lächerlich teuren Form, die sie an diesem Morgen gekauft hatte – umgeben von einer Sauce aus Erdbeeren und Vanille. Mit einem *Soupçon* Pfefferkörnern, Zimt und Nelken, um die Sache interessant zu machen.

„Das", sagte Frances, „sieht unglaublich aus. Aus dem Weg, Leute!" Sie stand auf und fuchtelte mit ihrer Gabel herum.

„Also gut, ihr alten Hasen von Castillac", sagte Molly, während sie Dessertteller verteilte. Sie hoffte, dass ihre Gäste so sehr mit dem Dessert beschäftigt sein würden, dass sie den unbeholfenen Übergang nicht bemerkten oder ihr intensives Interesse an dem, was sie gleich zur Sprache bringen würde, nicht spürten. „Ich habe über Valerie Boutillier nachgedacht. Ich weiß, es ist schon ewig her, aber ihr wisst ja, ich bin ein Mädchen, das gerne in Geheimnissen herumstöbert. Und was könnte geheimnisvoller sein als ein beliebtes, kluges Mädchen, das spurlos verschwindet?"

Dufort warf ihr einen Blick zu und dann ein verschmitztes Lächeln, als niemand sonst hinsah; sie hatten niemandem von ihren Ermittlungsplänen erzählt. Und Molly hatte recht gehabt mit dem Coeur à la Crème: Nico und Lawrence stürzten sich mit verzückten Gesichtsausdrücken darauf und genossen das Dessert offenbar so sehr, dass es sie taub machte. Molly aß einen Löffel des köstlichen Käses und bemühte sich um Geduld. Schließlich ging Lawrence auf den Köder ein.

„Valerie Boutillier. Hmm. Das alles passierte nicht lange, nachdem ich nach Castillac gezogen war", sagte Lawrence. „Wie lange ist das her, acht oder neun Jahre, oder?"

„Sieben", sagte Molly schnell.

Nico sagte nichts. Molly sah, wie er unter dem Tisch nach Frances' Hand griff.

„Und?", fragte Molly und versuchte, beiläufig zu klingen. „Woran erinnerst du dich, Lawrence?"

„Nicht sehr viel, fürchte ich. Sie war anscheinend ziemlich temperamentvoll. Die Leute mochten sie. Eine kleine Unruhestifterin, aber nicht auf eine nervige Art."

„Was für eine Art von Unruhe?"

„Oh, ich kann mich jetzt nicht mehr erinnern." Er aß etwas von der Erdbeersauce und schloss die Augen, um sie zu genießen.

„Ben, hast du was?", fragte Molly. Sie wollten ihre Privatsphäre wahren, aber es hätte seltsam ausgesehen, den Chefermittler nicht um einen Kommentar zu bitten.

Dufort seufzte. „Der Fall war einer meiner größten Misserfolge. Und einer der Gründe, warum ich die Gendarmerie verlassen habe." Er hatte mehr Wein als üblich getrunken, und die Wirkung war, dass er Dinge sagte, die er normalerweise für sich behalten hätte.

„Man kann nicht alle gewinnen", sagte Frances.

„Aber ich will es", sagte Dufort mit einem harten Lächeln.

„Nico?", bohrte Molly nach. „Irgendetwas?"

Nico löste langsam seinen Blick von Frances. „Ich war in den USA auf der Uni, als Valerie verschwand. Ich kannte sie aber. Sie war ein paar Jahre jünger als ich, aber sie war die Art von Mädchen, die ältere Freunde hatte. Jüngere übrigens auch. Naja." Er aß mehr Dessert und lächelte dann Frances an.

Das wurde langsam nervig. „Also kommt schon, was sind eure Vermutungen? Was denkt ihr, ist mit ihr passiert?"

„Sie ist kein Gesellschaftsspiel, Molly", sagte Ben mit leiser Stimme.

„Natürlich nicht", sagte sie, fast schon bissig zu ihm. „Ich bin nur neugierig darauf, wie Menschen mit so etwas umgehen. Welche Art von Erklärungen finden sie, damit sie mit dem

Unerklärlichen und möglicherweise Unbegreiflichen leben können?"

„Ist es völlig unmöglich, dass sie einfach weggelaufen ist?", fragte Frances. „Sie war achtzehn, richtig? Ich bin sicher, als ich in dem Alter war, wollte ich auch verschwinden. Diese ganze Erwachsenensache sah ehrlich gesagt nicht so toll aus. Rechnungen, Arbeit, all das Lernen..."

„Nicht völlig unmöglich, nein", sagte Dufort. „Aber wir konnten nicht den geringsten Hinweis darauf finden, dass es ihr so ging, Frances. Sie ist ein bisschen wild gewesen, aber es waren eher Streiche als Rebellion aus Unzufriedenheit oder Unglück. Sie war sehr am Journalismus interessiert, und einige ihrer Lehrer erzählten mir, sie konnte es kaum erwarten, dort herumzuschnüffeln, wo sie nicht hingehörte, um Korruption und fiese Machenschaften der Reichen und Mächtigen aufzudecken."

„Das kann einen durchaus umbringen", sagte Nico, der offenbar endlich etwas anderes als Frances wahrnahm. „Ich glaube durchaus, dass manche Unternehmen Menschen töten, die eine zu große Bedrohung für sie sind. Aber ich denke, das trifft in diesem Fall nicht zu – Valerie hätte sich vielleicht ein paar mächtige Feinde gemacht, aber sie hatte ihre Karriere noch nicht einmal begonnen."

„Genau das habe ich auch gedacht", sagte Molly.

Alle am Tisch erschraken, als ein Schrei die Luft durchdrang.

„Oscar!", rief Molly, sprang auf und lief in ihr Schlafzimmer, wo sie ein behelfsmäßiges Bett für ihn gemacht hatte, indem sie Kisten um Bettwäsche auf dem Boden gestellt hatte, um ihn einzusperren, damit er keinen Unfug anstellen konnte. Er saß aufrecht und rieb sich die Augen.

„Fragst du dich, wo alle sind?", sagte Molly sanft zu ihm. „Ich bin gleich im Nebenzimmer und esse mit ein paar Freunden zu Abend. Deine Mama und dein Papa sind zurück im Häuschen und werden bald hier sein. Kannst du wieder einschlafen? Brauchst du eine frische Windel?"

Oscar hob seine dicken Ärmchen und machte quengelige Geräusche.

„Na gut", sagte Molly und spürte wieder dieses schmelzende Glücksgefühl. Sie beugte sich hinunter und hob ihn in ihre Arme, hielt seinen kleinen Körper fest an sich gedrückt. „Ich habe leider keinen Schaukelstuhl. Darum muss ich mich wohl kümmern." Anstatt den Jungen zu wiegen, ging sie in ihrem Schlafzimmer auf und ab und sang leise alte Kinderreime und Liederfetzen, an die sie sich noch halb aus ihrer Kindheit erinnerte. Er quengelte weiter und sie ging weiter, und bald spürte sie, wie sein Körper anfing sich zu entspannen und sein Kopf auf ihre Brust sank.

Sie liebte dieses kleine australische Kind. Nach nur zwei Tagen mit ihm zusammen fühlte es sich für Molly an, als wären seine Sicherheit, sein Wohlergehen und sein Glück wichtiger als alles andere. Aber bei aller Freude, die sie empfand, wenn sie ihn hielt – sie konnte nicht anders, als sich zu fragen – wie ertrugen Mütter die Möglichkeit, dass etwas Schreckliches passieren könnte? Dass die beliebte Tochter eines Tages einfach spurlos verschwindet? Wie *ertragen* die Mütter das?

Einen Abend mit ihren Freunden am Tisch zu verbringen, wundervolles Essen zu genießen und guten (und günstigen) Wein zu trinken – das war eine der tiefen Freuden des Lebens. Und diese Zeit mit Oscar ebenso, ihn zu halten und in ihren Armen zu wiegen, während sein kleiner Körper losließ und in den Schlaf glitt.

Molly ließ auch los und weinte. Ihre Tränen fielen auf Oscars Kopf und auf seinen Strampler. Und dann war er eingeschlafen und sie legte ihn auf das behelfsmäßige Bett und schlich aus dem Zimmer. Sie blickte noch einmal zurück, um sicherzugehen, dass er weiterschlief, bevor sie zu ihren Gästen zurückkehrte.

Molly war eine mäßige Trinkerin, außer bei den seltenen Gelegenheiten, zu denen sie sich von einer festlichen Stimmung mitreißen ließ und am Ende so etwas wie Lawrences tödliche Negronis trank. Nach einem Abendessen war sie normalerweise nicht betrunken oder auch nur angeheitert... aber trotzdem hatte sie im Laufe des langen Abends genug Wein getrunken, um sich am nächsten Morgen etwas benebelt zu fühlen.

Die Nacht hatte spät geendet. Nach dem Coeur à la Crème hatte sie Kaffee gemacht, und dann hatten sie ihren Cognac ausgetrunken, dabei über Politik gestritten, und es war fast 2 Uhr morgens gewesen, als sie sich verabschiedet hatten.

Molly hatte es nicht eingesehen, um 2 Uhr morgens aufzuräumen, aber das bedeutete natürlich, dass sie am nächsten Morgen, als sie schwankend in die Küche taumelte, um Kaffee zu machen, von der Verwüstung der Party begrüßt wurde.

„Oh je", sagte sie und griff nach der Dose mit Kaffeebohnen. Sie spülte ein paar Töpfe, während sie darauf wartete, dass der Kaffee durchlief, gab einen großen Schuss Sahne hinzu und ging auf die Terrasse. So früh am Morgen war es schattig, da sie auf der Nordseite des Hauses lag, und zu kühl, aber Molly hatte keine Lust, nach drinnen zu gehen, um einen Pullover zu holen, und so saß sie zitternd auf der Kante des Metallstuhls und genoss den kühlen Frühlingsmorgen.

„Molly!"

Es war Ned. Er war gegen Mitternacht gekommen, um Oscar abzuholen, und hatte gesagt, dass Leslie endlich schlief und das Schlimmste überstanden zu sein schien.

„Auf der Terrasse!", antwortete sie, und Ned kam um die Seite des Hauses herum.

„Bonjour!", sagte er. „Nochmals vielen Dank, dass du gestern Abend auf Oscar aufgepasst hast."

„Ich hoffe, es geht Leslie besser?"

„Oh ja, sie ist fit und startklar. Nichts hält sie lange am Boden.

Sag mal, wir lieben die Dordogne so sehr. Wir waren noch nie hier und es gibt einfach so viel zu tun."

Molly nickte und nippte an ihrem Kaffee. Würde er sie gleich bitten, wieder auf Oscar aufzupassen? Sie hoffte es.

„Jedenfalls würden wir gerne länger bleiben, wenn wir können. Ich weiß, du hast wahrscheinlich Buchungen und alles, aber ich dachte, ich frage einfach mal. Oder vielleicht kennst du einen anderen Ort, wo wir bleiben könnten? Obwohl ich traurig wäre, La Baraque zu verlassen", sagte er mit einem Lächeln.

„Nun, es kommt tatsächlich jemand. An dem Tag, an dem ihr abreist, also gibt es nicht einmal Luft für einen zusätzlichen Tag."

„Ach so. Na ja."

„Aber hör zu. Der neue Gast ist allein, und ich habe in meinem Haus reichlich Platz. Lass mich ihm eine E-Mail schreiben und fragen, ob ihm das passt – ich kann seinen Preis senken, da er kein eigenes Häuschen bekäme – und ich lasse es dich wissen, wenn ich von ihm höre?"

„Das wäre super, Molly, danke!" Sie plauderten darüber, welche Schlösser in der Umgebung sehenswert waren und wo es das beste Eis gab, und dann ging Ned zurück zum Häuschen. Molly überlegte, mit ihm zu gehen, um Oscar einen guten Morgen zu wünschen, vernachlässigte stattdessen aber das Aufräumen der Küche, um durch den Garten zu schlendern.

Sie hatte Überraschungen erwartet, wenn der Frühling kam, und sie wurde nicht enttäuscht. Büschel von Narzissen tauchten neben der Haustür und entlang der Steinmauer auf der Seite der Rue des Chênes auf. Schneeglöckchen waren im Februar unter einigen Viburnum im Hof erschienen. Und jetzt entdeckte sie Tulpen, die neben der Mauer des Potagers durchbrachen. Es war, als wären kleine Teile der Menschen, die in La Baraque gelebt hatten, immer noch da und sprossen im Frühling auf, obwohl Molly natürlich nicht wissen konnte, warum sie die Farbe der Tulpe gewählt hatten oder Schneeglöckchen statt Krokus oder diese bestimmte Sorte von Narzissen.

49

Aber sie hatte das Gefühl, dass sie diese früheren Bewohner sehr langsam kennenlernte, jetzt da ihre Blumen im Frühling auftauchten und sie die wunderschönen Fliesen im Potager freilegte.

8

Der Montagmorgen brach sonnig und hell an. Molly nahm ihre Kamera mit zum frisch eingerichteten Taubenhaus, um einige Fotos für ihre Website zu machen, bevor das Licht zu grell wurde. Bobo hüpfte an ihrer Seite mit einem Stock im Maul und hoffte auf ein kleines Tauziehen, aber Molly dachte an die Fotos und ging nicht darauf ein.

Nachdem sie ihre Füße auf der neuen Fußmatte abgestreift hatte, sah sich Molly im Erdgeschoss um und war erfreut, wie ansprechend es aussah. Lächerlich gemütlich und behaglich. Ungewöhnliche Sonnenstrahlen fielen durch die winzigen Fenster, die Pierre Gault gemacht hatte. Er war wirklich ein Künstler – sein Einfluss war überall zu spüren und die Atmosphäre, die er geschaffen hatte, war durchweg positiv: originell, aber nicht um der Neuheit willen, und stilvoll, ohne übertrieben zu wirken.

Sie fuhr mit der Hand über die glatte Gipswand und war zufrieden, dass der alte Mörtel nicht mehr den ganzen Tag und die ganze Nacht über Staub absondern und Constance zwingen würde, öfter zu putzen, und Molly dann nach Constance aufräumen müsste. Sie hob die Kamera ans Auge und begann Fotos zu machen, fing die Sonnenstrahlen ein, das polierte Holz, den hübschen Krug, den sie auf dem Flohmarkt gefunden hatte. Und im Obergeschoss das alte geschnitzte Bett mit luxuriöser Bettwäsche – eine echte Verschwendung – mit noch mehr Sonnenstrahlen und den Reihen der kleinen, mit Gips ausgekleideten Nistboxen.

Sie plante, viel dafür zu verlangen. Obwohl sie nicht weit gefahren war oder irgendwelche extravaganten Anschaffungen gemacht hatte, waren ihre Ausgaben höher ausgefallen, als ihr lieb war. Sie schaffte es diesen Monat gerade so, die Kosten zu decken – obwohl die Tatsache, dass die Australier länger blieben, vielleicht ausreichen würde, um ihre Konten komfortabler in die schwarzen Zahlen zu bringen.

Also, welche Art von Geschichten werden sich hier wohl abspielen, fragte sie sich. Wird ein Paar den endgültigen Streit haben, von dem es keine Versöhnung gibt? Wird jemand einen Heiratsantrag machen? Eine Idee haben, die sein Leben verändern wird?

Oder sogar – weil Molly ein bisschen an der Idee hing – einen Mord planen?

Sie schloss die Tür ab, obwohl sie mitbekommen hatte, dass das Abschließen von Türen in Castillac nicht ganz üblich war. Aber sie kannte sich selbst als Teenager und dachte, das Taubenhaus wäre das coolste Versteck überhaupt gewesen, um all die Dinge zu tun, von denen Eltern nicht wollten, dass Teenager sie taten. Dann eilte sie zurück zum Haus, um die Fotos online zu stellen, in der Hoffnung auf ein paar schnelle Buchungen.

Bobo flog neben ihr über die Wiese und verschwand dann mit einem Jaulen im Wald hinter etwas, das Molly nicht sehen konnte.

Sie fragte sich, warum sie seit dem Abendessen nichts mehr von Ben gehört hatte – sollten sie nicht Pläne machen, Beweise durchgehen, irgendetwas? Denn obwohl sie in der Lage war, ihre täglichen Aufgaben zu erledigen, Mahlzeiten zuzubereiten und ihr Geschäft zu führen, dachte sie im Hinterkopf immer an Valerie.

Aber bisher gab es nicht viel Konkretes, worüber man nachdenken konnte.

Eine Notiz an einer Tür war alles, was sie hatten.

※

DA sie nicht belauscht werden wollten, beschlossen Molly und Ben, ihr erstes inoffizielles Treffen über Valerie Boutillier in La Baraque abzuhalten. Molly hatte natürlich einen Vorrat an Gebäck besorgt und starken Kaffee gekocht. Ben brachte ihr eine Tüte Spinat von Rémy mit und die Boutillier-Akte, die Thérèse Perrault ihm heimlich zugesteckt hatte. Ohne Zeit zu verlieren, gingen sie auf die Terrasse und machten sich an die Arbeit.

„Zuerst möchte ich sagen, dass ich mich nicht wie ein Gendarm verhalten möchte, jetzt, da ich nicht mehr in Uniform bin", sagte Ben. „Ich meine damit, ich will nicht, dass du denkst, du wärst meine Untergebene, oder dass ich auf irgendwelchen Protokollen der Gendarmerie bestehen werde."

„Ha! Na, das ist eine Erleichterung, denn zweifellos würde ich dich in den Wahnsinn treiben", sagte Molly grinsend. Sie griff nach einem *Croissant aux amandes* und bemerkte, dass sie einen großen schlammigen Pfotenabdruck auf ihrem Shirt hatte.

„Ich habe aber schon etwas darüber nachgedacht, wie wir unsere Ermittlungen angehen sollten. Lass mich es dir erklären und dann sag mir, was du davon hältst."

Molly nickte und nippte an ihrem Kaffee.

„Wenn wir die Notiz für den Moment beiseitelassen, gibt es meiner Meinung nach nur drei Möglichkeiten für das, was passiert ist. Nummer eins, Valerie hat das Dorf verlassen, freiwillig oder nicht, und lebt irgendwo anders, frei oder nicht." Ben lachte. „Ich sehe schon, ich habe bereits mehr als drei Möglichkeiten und ich habe gerade erst begonnen. *Bon.*"

„Die zweite ist, dass sie kurz nach der Entführung getötet wurde und die Leiche immer noch irgendwo in der Nähe versteckt ist. Und die dritte ist, dass, wer auch immer sie mitgenommen hat, sie immer noch festhält, sie die ganze Zeit über gefangen hält. Was ehrlich gesagt – es fällt mir schwer zu glauben, dass das passiert ist."

„Oder vielleicht einfach schwer zu verdauen. Solche Fälle kommen vor. Ich habe gerade erst über einen in Los Angeles gelesen –"

„Ich weiß, dass es solche Fälle gibt, Molly", sagte Dufort leise. „Obwohl mein Gehirn sich gegen die Idee zu wehren scheint. Was genau der Grund ist, warum ich kein besonders guter Detektiv war."

Molly warf Dufort einen langen Blick zu. Sie entschied, dass er nicht aus Selbstmitleid sprach, sondern versuchte, objektiv über sich selbst zu sein, obwohl sie dachte, dass er sich für Dinge die Schuld gab, die nicht seine Schuld waren. „Weißt du, niemand macht alles richtig."

Dufort nickte und trank seinen Kaffee.

„Gut", sagte Molly. „Drei Möglichkeiten insgesamt, oder drei plus. Aber wenn wir die Notiz auf diese Möglichkeiten anwenden, scheint es mir, als wäre Nummer drei – dass sie irgendwo hier in der Gegend gefangen gehalten wird – am wahrscheinlichsten."

„Leider ist es am wahrscheinlichsten, dass sie kurz nach der Entführung getötet wurde. Das ist das Ergebnis mit der höchsten Wahrscheinlichkeit. Aber, wie du sagst, würde das bedeuten, dass die Notiz eine Fälschung oder ein Scherz ist."

„Und – korrigiere mich, da ich keine Ahnung habe, wovon ich rede – aber es scheint mir, wenn Valerie entführt und sofort getötet wurde – wenn der Täter von hier ist, warum hat er bei Valerie aufgehört, weißt du?"

„Könnte ein Tourist gewesen sein. Könnte jemand gewesen sein, der im nächsten Département lebt und herumreist, um seine bösen Taten zu begehen. Oder es könnte einfach ein einmaliger Vorfall gewesen sein."

Molly nickte. „Das sind eine Menge ‚könnte'."

„Ja. Es war zweifellos der schwierigste Fall während meiner Zeit bei der Gendarmerie. Viel schlimmer als der andere ungelöste Fall von Elizabeth Martin. Nicht weil er kompliziert war, sondern ganz im Gegenteil – ich hatte nie auch nur den kleinsten Anhaltspunkt. Wie du sehen wirst, ist die Akte fast leer. Alles, was wir tun konnten, war, ihre Freunde und Familie zu befragen, ihre Handynachrichten und ihren Computer zu überprüfen ... es gab während der gesamten Ermittlung nicht einen einzigen Moment, in dem ich dachte: ‚Aha! Jetzt haben wir etwas!'"

„Das muss schrecklich gewesen sein."

Duforts Gesicht war steinern. Er nickte nur und streichelte dann Bobos gefleckten Kopf.

„Aber jetzt haben wir die Notiz!", sagte Molly.

„Ja. Ich gebe zu, ich war fast übermütig, als du mir neulich davon erzählt hast. Seitdem weniger. Vielleicht zögere ich einfach, mir Hoffnungen zu machen. Aber Hoffnungen sind eigentlich nebensächlich – ich bin bereit, zusammenzuarbeiten und alles zu tun, was uns einfällt, um herauszufinden, ob Valerie noch am Leben ist."

„Ich bin voll dabei", sagte Molly und aß das letzte Stück ihres Croissants, die wunderbare Spitze, die ein bisschen trocken und knusprig war, aber auf eine köstliche, buttrige Art. „Offensichtlich weiß ich nicht, wie sie bei der Gendarmerie vorgehen, aber wie wäre das: Wir arbeiten zusammen, aber du konzentrierst dich auf das, was du als das wahrscheinlichste Szenario bezeichnest – dass sie schnell getötet wurde und ihre Leiche noch irgendwo in der Nähe ist. Und ich konzentriere mich darauf, herauszufinden, wer die Notiz geschrieben hat und wer sie möglicherweise gefangen hält."

Dufort überlegte. „Klingt gut für mich. Ich könnte vielleicht einen Leichenspürhund von einem Freund in Toulouse ausleihen. Er ist dort bei der Gendarmerie und hat eine ganze Hundestaffel für Polizeiarbeit aufgebaut."

„Werden sie dir einen geben, obwohl du nicht mehr bei der Gendarmerie bist?"

Dufort lächelte. „Nun, einer der Vorteile, nicht mehr im Dienst zu sein, ist, dass ich ein paar Regeln brechen kann. Mein Freund ist sozusagen ein heimlicher Rebell", sagte er schmunzelnd. „Ich denke, er wird es schaffen, mir einen Hund zukommen zu lassen – und dabei eine Menge Spaß haben."

„Ich ... wenn es eine Leiche gibt? Ich möchte, dass du sie findest, nicht ich", sagte Molly.

„Verstanden", sagte Dufort. Sie schüttelten sich die Hände und grinsten einander an, erfüllt von der Freude einer gemeinsamen Mission und, zumindest für den Moment, von Optimismus.

9

Es ist fade geworden.
Das war der Satz, der Achille den ganzen Tag durch den Kopf ging, während er die Kühe molk, Heuballen auf den Traktoranhänger hob und aufs vordere Feld fuhr und sein einsames Mittagessen in der Bauernhausküche aß. Die kleinen Fenster waren seit dem Tod seines Vaters nicht mehr geputzt worden, und das eindringende Frühlingslicht war nicht mehr als ein vager Schimmer. Achille war sparsam und vermied es, Strom zu benutzen, wenn es irgendwie ging, also aß er sein Mittagessen bei Kerzenlicht.

Die Kerze war aus Talg gemacht. Er musste seine Mädchen schlachten, wenn sie zu alt wurden, aber er bemühte sich, alles zu verwerten, was er konnte. Er schmolz den Talg und goss ihn dann in ein Glasgefäß mit einem Stück gewachster Schnur als Docht. Die Flamme warf ein flackerndes Licht in den zugigen Raum.

Es ist fade geworden.

Vielleicht sollte er einen Ausflug nach Castillac wagen. Oder Salliac, das Dorf in der anderen Richtung. Salliac war kleiner, und Achille überlegte, ob das besser oder schlechter war. Besser, weil es nicht so überfüllt war. Aber schlechter, weil er vielleicht auffallen und gefürchtete Aufmerksamkeit auf sich ziehen würde. Es war Monate her seit seinem letzten Versuch in der Öffentlichkeit, der nicht gut verlaufen war.

Obwohl er noch nicht wusste, was er tun würde, stand außer Zweifel, dass er etwas unternehmen würde. So war es immer. Er würde anfangen, einen Satz in seinem Kopf zu hören, immer und immer wieder, und die Worte würden ihn nicht in Ruhe lassen. Der Druck würde sich aufbauen und aufbauen, bis er handelte. Das war der Rhythmus des Lebens für Achille. Es war schon immer so gewesen, soweit er sich erinnern konnte.

Als er noch sehr jung gewesen war, vielleicht sechs Jahre alt? Hatte am Teich im Westfeld gehockt. Er hatte beobachtet, wie die Kaulquappen aus den Eimassen am Ufer schlüpften und sich dann über Tage hinweg zu winzigen Fröschen entwickelten. Es war Frühling gewesen und er war zur Schule gegangen, also war er jeden Tag nach dem Heimkommen zum Teich gelaufen, um ihre Fortschritte zu sehen. In seinem Kopf hatte er immer wieder wie den Refrain eines Liedes gehört: „Nimm den Frosch." Nimm den Frosch. *Nimm den Frosch.* Die Phrase hatte sich in ihn hineingehämmert, beharrlich getrommelt, sodass er schließlich ein Glas aus der Küche gestohlen und mehrere Löcher in den Deckel geschlagen hatte, damit das kleine Ding atmen konnte. Er war zum Teich gegangen, während seine Eltern mit anderen Dingen beschäftigt gewesen waren.

Einen der Babyfrösche zu fangen, war einfach genug gewesen. Er hatte das Glas in seinem Zimmer versteckt und nur herausgeholt, nachdem er abends ins Bett gegangen war, um leise mit dem winzigen Geschöpf zu sprechen. Er hatte es nicht versteckt, weil er gedacht hatte, seine Eltern würden etwas dagegen haben, dass er ein Haustier hatte - es war ihm um das Geheimnis gegangen. Es hatte ihm gefallen, den Babyfrosch ganz für sich allein zu haben.

Als er am nächsten Tag krank ausgesehen hatte, war Achille untröstlich gewesen, teilweise weil er sich bewusst gewesen war, dass es seine eigene Schuld war, weil er ihm kein richtiges Futter gegeben hatte. Er hatte das Wasser im Glas gewechselt und dem Frosch einen Stock zum Klettern gegeben, aber irgendwie hatte er in seiner Faszination für sein Geheimnis vergessen, dass das Tier essen musste. Also hatte er wieder gewartet, bis seine Eltern beschäftigt waren, und dann das Glas zum Teich gebracht und den kleinen Frosch freigelassen.

Er hatte ihn vermisst, manchmal schmerzhaft. Aber er hörte nicht mehr in jeden wachen Moment *nimm den Frosch*, was zumindest ein gewisser Trost war.

※

SEINE BEINE WAREN SO PRALL, dass sie nicht umhinkonnte, sie ab und zu zu drücken, als wäre sie eine sehr wählerische Kundin, die genau das richtige Huhn für das Sonntagsessen suchte. Oscar war wieder in ihr Schal-Tragetuch gewickelt und stieß gegen sie, als Molly ins Dorf ging. Ned und Leslie hatten diesmal nicht an ihre Tür geklopft; Molly hatte den kleinen Jungen einfach vermisst und gefragt, ob sie seine Gesellschaft haben könnte, während sie einige Besorgungen machte.

Oscar hatte in die Hände geklatscht und sie angestrahlt, und ihr Herz war noch mehr angeschwollen als zuvor. Sie hatte sogar Fantasien - lächerlich morbide Fantasien, das wusste sie sehr wohl -, dass Ned und Leslie bei einem Autounfall starben, überhaupt keine Familie hatten und es sich herausstellte, dass sie Oscar behalten und großziehen durfte.

Sie wusste, dass sie albern war, und sie wollte nicht wirklich, dass das passierte. Aber mehr um Oscars willen als um Ned und Leslies willen, wenn sie ganz ehrlich war.

Wofür bin ich nochmal ins Dorf gekommen, dachte sie. Ich brauche ein paar Kartoffeln aus der *épicerie* und eine Glühbirne. Ich frage mich, wann die Erdbeeren kommen werden? Und die große Frage: Könnte Valerie irgendwo direkt im Dorf versteckt sein?

Und wenn sie es ist, wie komme ich in die Häuser der Leute, um sie zu finden?

Sie holte die Kartoffeln und begrüßte die Frau in der *épicerie*, vermied aber wie üblich jedes weitere Gespräch, weil Molly ihren Akzent nicht verstehen konnte. Sie stellte Oscar einigen Leuten vor, die sie kannte, um Bonjour zu sagen, und er plapperte charmant mit ihnen, was alle zum Lächeln brachte.

Molly stand auf dem Bürgersteig vor der épicerie und sah sich die Häuser in der Straße an. Viele der Erdgeschosse waren Läden, mit Wohnungen in den oberen Stockwerken. Unmöglich, dass jemand sieben Jahre lang in so einem Gebäude versteckt werden könnte, überlegte sie. Keine Möglichkeit, Valerie davon abzuhalten zu schreien oder gegen den Boden oder die Wände zu schlagen.

Diese Annahme grenzte ihre Suche zumindest ein wenig ein. Sie würde sich auf freistehende Häuser konzentrieren. Und wahrscheinlich wäre es umso einfacher, jemanden zu verstecken, je größer das Grundstück war, auf dem sie standen. Es war Zeit, ihren Freund im *mairie* zu besuchen – es musste Karten geben, die alle Häuser in und um Castillac zeigten, und sie nahm an, bis sie eine bessere Idee hatte, könnte sie irgendwie anfangen, sie eins nach dem anderen zu überprüfen.

Irgendwie, in der Tat. Castillac war nicht riesig, etwa viertausend Einwohner, aber das war immer noch eine entmutigende Anzahl von Wohnungen, die es zu durchsuchen galt. Selbst wenn die Hälfte dieser viertausend mit jemand anderem zusammenlebte und ein Viertel davon in Wohnungen lebte, blieben immer noch fünfzehnhundert Häuser zu inspizieren. Das würde Jahre dauern.

Ganz zu schweigen davon – wie genau dachte sie, dass sie in diese Häuser hineinkommen würde? Und selbst wenn sie drinnen wäre, konnte sie nicht herumlaufen und nach Falltüren und versteckten Fächern hinter Trick-Bücherregalen suchen, ohne dass die Leute dachten, sie hätte den Verstand verloren. Sie machte sich auf den Heimweg und ging langsam.

„Oscar, wie soll ich das bloß hinkriegen?", murmelte sie in sein weiches Haar. Er strampelte mit seinen kleinen Füßen gegen ihren Bauch, seine Augen halb geschlossen.

Molly blieb wie angewurzelt stehen. Am Bürgersteig geparkt (wahrscheinlich illegal) stand ein Roller. Der schickste, verlockendste Roller, den Molly je gesehen hatte. Seine Linien schwangen und kurvten, der Lack schien fast zu leuchten, sogar das Armaturenbrett war niedlich. „Den will ich haben", sagte sie zu Oscar, und er öffnete die Augen und strampelte noch heftiger.

Den kann ich mir nicht leisten, sagte sie sich. Aber...

Sie betrachtete die wunderschöne Maschine genauer, prägte sich Marke und Modell ein und schaute dann die Straße entlang, ob jemand darauf zukam. Sie wollte wissen, wo man solche Dinger kaufen konnte und wie viel sie kosteten. Denn verdammt noch mal, wenn sie kein Baby haben konnte, würde sie einen Roller haben. Und damit basta.

II

10

An diesem Abend wusste Molly nicht recht, was sie mit sich anfangen sollte. Mit Constances Hilfe hatte sie ein Zimmer im Obergeschoss ihres Hauses für den neuen Gast vorbereitet, der zugestimmt hatte, das obere Zimmer zu nehmen – sie nannte es das „Spukzimmer", obwohl nie etwas geschehen war, das diesen Namen rechtfertigte. Es war ein kleiner Raum mit einer niedrigen Decke, und irgendetwas daran jagte ihr Schauer über den Rücken, sodass der Name hängengeblieben war. Wahrscheinlich war es nichts weiter als die verblasste Tapete, die in einem vagen Rosa mit Rosenmuster gehalten war. Sie erinnerte sich an eine ähnliche Tapete in einem gruseligen Film, den sie mit elf oder zwölf Jahren gesehen hatte, in dem eine alte Dame von einem gutaussehenden Fremden ermordet wurde, dem sie ein Zimmer vermietet hatte.

Vielleicht war es, jetzt wo sie darüber nachdachte, keine so gute Idee, als alleinstehende Frau eine Ferienwohnung zu betreiben? Warum war ihr dieser Film nicht schon früher eingefallen?

Aber Molly schob diese Sorge beiseite, wohl wissend, dass trotz des geringen Risikos, an einen wirklich schlechten Menschen zu vermieten, das Geschäft perfekt zu ihr passte. Sie hatte bisher jeden einzelnen ihrer Gäste gemocht; bei einigen war sie sich sicher, dass sie den Kontakt aufrechterhalten und noch jahrelang zu Besuch kommen würden. Sie räumte die Putzmittel weg, nahm eine Dusche und ging zu Chez Papa, wobei sie sich vorstellte, wie stilvoll sie auf ihrem neuen Roller vorfahren würde.

„Soll ich Rot nehmen, oder vielleicht ein schickes Grün?", fragte sie Lawrence, als sie auf ihrem Barhocker saß und ein Kir unterwegs war.

Lawrence nippte an seinem Negroni. „Wie wär's mit Schwarz? Mit Schwarz kann man nie etwas falsch machen."

„Zu geschmackvoll."

„Ah. Dann vielleicht Pink?"

„Gibt's Pink?"

„Ich stell mir vor, du kannst jede Farbe bekommen, die du willst, wenn du sie nur dringend genug willst. Der Roller ist ja nicht sehr groß. Du könntest wahrscheinlich jemanden beauftragen, ihn neonpink mit Glitzer zu lackieren, wenn dir das vorschwebt."

„Das wäre nun wirklich geschmacklos", sagte Molly lachend. „Warum schaut Nico so mürrisch drein?", fügte sie leise hinzu, damit er es nicht hören konnte.

„Ärger im Paradies, anscheinend", sagte Lawrence.

„Oh je. Das hab ich befürchtet. Hast du Frances gesehen?"

„Nico hat mir gerade erzählt, dass sie mit jemandem, den sie am Tag zuvor kennengelernt hat, an die Küste gefahren ist. Er sah untröstlich aus."

„Jemand männliches oder weibliches?"

„Weiblich."

„Tja, vielleicht braucht er sich keine Sorgen zu machen. Obwohl bei Frances ... sie hat eine Spur romantischer Verwüstung hinter sich gelassen, seit wir dreizehn waren. Du weißt, ich liebe sie. Aber beständig in der Liebe ist sie nicht."

Lawrence nickte. „Ich kenne den Typ."

„Dein marokkanischer Julio?"

„*Oui*", sagte Lawrence und drehte sich so, dass Molly sein Gesicht nicht sehen konnte.

Für einen Moment war es ruhig im Chez Papa. Die Sonne neigte sich der Dämmerung zu, aber das Sonnenlicht strömte noch immer durch die Fensterscheiben, so hell, dass der Ort staubig wirkte und alle Gesichter in ein unvorteilhaftes Licht tauchte. Dann begannen zwei Männer am anderen Ende der Bar über Politik zu streiten, und eine junge Frau kam herein, die einen kleinen Jungen auf der Hüfte trug und nach Nico rief, und der Rhythmus des Restaurants nahm wieder Fahrt auf.

„Es tut mir leid", sagte Molly zu Lawrence und wünschte, sie hätte etwas Nützlicheres zu sagen.

Lawrence drehte sich zu ihr zurück und zuckte mit den Schultern. „Also erzähl mir, Miss Molly – hast du nicht irgendwelche interessanten Eisen im Feuer? Irgendwelche kuriosen Todesfälle im Dorf diese Woche? Irgendwelche mysteriösen Fremden in der Stadt?"

Sie lächelte. „Nein, nicht dass ich wüsste. Ich habe allerdings eine Frage an dich, da du ja alle kennst. Die Dordogne war wichtig für die Résistance, damals im Zweiten Weltkrieg, stimmt's?"

„Stimmt", sagte er, interessiert daran, warum sie fragte.

„Ich hab mich gefragt, ob es jemanden gibt, mit dem ich darüber reden könnte – ich meine, jemanden, der damals vielleicht dabei war?"

„Hast du Madame Gervais kennengelernt? Sie ist, glaube ich, 102 oder so. Wohnt in ... wie heißt noch mal die Straße mit dem Lampenladen?"

„Rue Baudelaire", sagte Nico, als er herüberkam. „Noch eins?"

„Auf jeden Fall", sagte Lawrence. „Ich liebe diesen Lampenladen. Ich könnte den ganzen Tag Lampen kaufen."

„Mme Gervais' Haus ist das winzige direkt daneben", sagte Nico.

„Was interessiert dich denn plötzlich so an Geschichte?", fragte Lawrence und beäugte sie genau.

„Ach, nichts", sagte Molly. „Nico, bringst du uns ein paar Pommes? Und für mich einen Salat. Lawrence, hab ich dir erzählt, dass ich einen Gast in meinem Haus unterbringen werde, da die Australier länger bleiben?"

„Ist es, damit du mit deinen Gästen über die Geschichte der Region sprechen kannst, ist es das, worauf du aus bist?"

„Genau", sagte Molly und fühlte sich ein wenig schlecht, dass sie Lawrence nicht reinen Wein einschenkte, war sich andererseits aber nicht sicher, wie gut er irgendetwas für sich behalten konnte. „Weißt du, Gäste mögen interessante Geschichten über die Historie. Und was ist interessanter als die Résistance?"

Lawrence nickte und nippte an seinem Drink, aber er ließ sich nicht täuschen. Sie hatte etwas vor, aber offenbar würde er noch nicht erfahren, was es war.

❦

MOLLY GING mit Bobo einmal um den Hof, bevor sie abschloss und zu Bett ging. Sie hatte sich eigentlich vorgenommen, sich sofort nach Duforts Weggang am Vortag in die Boutillier-Akte zu vertiefen, ertappte sich dann aber dabei, wie sie es hinauszögerte und andere Dinge fand, die sie tun konnte – vielleicht um die Enttäuschung darüber hinauszuzögern, wie wenig sie in der Hand hatten.

Jetzt war es so weit. Sie wusch sich und ging zu Bett, wobei sie Bobo bestimmt sagte, dass ihre Pfoten schmutzig seien und sie auf ihrem eigenen Bett schlafen müsse, das aus einem Haufen mottenzerfressener Decken in der Ecke des Zimmers bestand. Molly kletterte ins Bett, schüttelte die Kissen hinter sich auf, öffnete die Akte und begann zu lesen.

Zuerst das Transkript eines Interviews mit Mme Boutillier. Es war schmerzhaft zu lesen, da ihre Qual natürlich in jedem ihrer Worte deutlich wurde.

Valerie war eine ausgezeichnete Schülerin gewesen und hatte Bestnoten in ihrer Klasse gehabt.

Sie war an der *École Normale Supérieure*, einer äußerst selektiven Universität in Paris, aufgenommen worden. Sie hatte begonnen, für ihre Abreise zu packen, die nur zwei Wochen nach ihrem Verschwinden hatte stattfinden sollen. Kein Freund. Nie einen festen Freund gehabt. Hatte sich meistens mit einer großen Gruppe von Schulkameraden getroffen.

Hatte investigative Journalistin werden wollen. Starkes Gespür für soziale Gerechtigkeit.

Molly blickte auf und rieb sich die Augen. Es war einfach so falsch, dass diese ehrgeizige, lebhafte junge Frau so ausgelöscht wurde, verschwunden, verloren. Es war eine Gräueltat – vielleicht im Weltmaßstab klein, aber gewaltig für ihre Familie und Freunde und das Dorf, in dem sie aufgewachsen war.

Valerie war ein kleiner Wildfang gewesen, meistens in Jeans.

Sie hatte ihr hellbraunes Haar in einem Zopf den Rücken hinunter getragen.

Sie war allergisch gegen Wolle gewesen.

Ihr Lieblingsessen war *Aligot* gewesen. (Molly musste das nachschlagen. *Aligot* war ein Gericht aus L'Aubrac, bei dem Käse, Cantal oder Tomme, langsam in Kartoffelpüree geschmolzen wurde, wodurch ein wunderbar tröstliches und köstliches, dehnbares, käsiges, kartoffeliges Durcheinander entstand.)

Sie hatte eine Halskette mit einem sternförmigen Anhänger getragen, ein Geschenk von ihrem Bruder.

Am Tag ihres Verschwindens hatte Valerie einen grünen Pullover, blaue Jeans, Turnschuhe und einen karierten Seidenschal getragen. Die Haare zu einem Zopf geflochten, ohne Band; die Sternkette um den Hals.

Keine Ringe, keine Armbänder, kein Mantel. Ihre Mutter hatte gesagt, es habe sie verzweifeln lassen, dass Valerie nie einen

Mantel hatte tragen wollen, wenn es kalt wurde – sie war immer ohne herumgelaufen.

Sie hatte keine sichtbaren Muttermale, Leberflecke, Warzen oder Narben gehabt.

Sie hatte es geliebt, Streiche zu spielen. Sie hatte viel gelacht.

Das letzte Mal, dass ihre Mutter – oder sonst jemand – sie gesehen hatte, war am 29. Oktober 1999 gewesen.

11

La li lala lo.
Niemand zu Hause. Niemand mehr zu Hause.
Es war dunkel und sie lag auf der schmutzigen Matratze, blinzelnd zu einem winzigen Lichtspalt hinauf, der kürzlich zwischen zwei der Baumstämme erschienen war, die einen Teil der Decke bildeten. Der Spalt war nicht groß genug, um ihr Ideen zu geben, ihn zu vergrößern und irgendwie zu entkommen, denn sie dachte nicht mehr an Flucht. Es war ein Konzept, das ihr abhandengekommen war. Es war nicht so, dass sie es für unmöglich hielt, es war vielmehr so, dass *Flucht*, die Idee, nicht mehr existierte.

Er kam kaum noch. Er öffnete die Tür und schob eine Schüssel Linsen und einen Krug Milch herein, nahm den Eimer, der als Toilette diente, mit und leerte ihn, brachte ihn dann zurück. Aber er sprach nicht mehr, nicht wie früher.

Er vermied es, ihr in die Augen zu sehen.

Es war schlimm gewesen vorher, unvorstellbar schrecklich. Sie war nicht für die Gefangenschaft geeignet, nicht dass es irgendjemand wäre. Sie verbrachte fast ihre gesamte Zeit unterirdisch, in einem Erdkeller, den er über viele Monate hinweg neben der Scheune in einen Hang gegraben hatte. Und all diese Zeit, die langen Tage – es war endlos. Ihr altes Leben, ihr altes Ich, nur noch ein flüchtiger Traum.

Es war schlimm gewesen vorher, aber jetzt, da er nicht mehr mit ihr sprach und ihr nicht mehr in die Augen sah – jetzt war es noch schlimmer. Valerie spürte, wie sie begann, jeden Halt zu verlieren, den sie noch an der Realität hatte; der Halt war bereits ausgefranst, bereits schwach, und drohte nun, ganz zu reißen.

Aber Valerie hatte keine Angst. Es war, als ob über die Jahre die Angst so tiefgreifend und so konstant gewesen war, dass sie sich selbst erschöpft hatte.

La li la, la li lo.

Sie sang für sich selbst, als wäre sie ein Baby, um das sie sich kümmerte. *La li la.* Ihre Stimme war rau und brüchig, ebenso wie ihre Lippen und die Haut an ihren Händen und in ihren Kniekehlen.

Manchmal öffnete der Mann noch die Tür weit und ließ sie in den Sonnenschein hinaustreten. Er band ein Seil um ihre Taille und um seine eigene und ging mit ihr um das hintere Feld, außer Sichtweite der Straße. Anfangs hatte er ihre Beine zusammengebunden, sodass sie nur mit kleinen Schritten gehen konnte, aber schließlich hatte er darauf vertraut, dass sie nicht weglaufen würde. Und er hatte Recht gehabt, denn irgendwann war die Hoffnung, die ihr Weglaufen angetrieben hätte, fast erloschen. Sie glaubte, dass ihre Freunde und ihre Familie sie im Stich gelassen hatten. Aufgehört hatten zu suchen, sie für immer im Erdkeller bei diesem Mann gelassen hatten.

Für immer war an jedem Ort eine lange Zeit, aber noch länger, wenig überraschend, wenn man unter der Erde gefangen war, im Dunkeln, allein.

12

Auf dem Bauernhof neben dem von Achille Labiche wünschte sich der neunjährige Gilbert, dass seine Mutter sich mit dem Abendessen beeilen würde, aber ach, sie war bei allem so unendlich langsam. So methodisch, so bedächtig. Er hatte das Gefühl, vor Ungeduld in Flammen aufzugehen.

„Maman, gibt es irgendetwas draußen, von dem du möchtest, dass ich es erledige, bevor ich mit meinen Hausaufgaben anfange?", fragte er und dachte, dass selbst Hausarbeit besser wäre, als noch länger am Tisch sitzen zu müssen.

Madame Renaud neigte den Kopf. Dann schob sie einige Erbsen auf ihr Messer und aß sie, langsam kauend. Sie nahm einen Schluck Wein. „Gilbert, du weißt, dass ich es nicht mag, wenn du nachts nach draußen gehst. Willst du etwa entführt werden wie die arme Valerie Boutillier?"

Gilbert riss den Kopf hoch und blickte dann auf seinen Teller. Vor diesem Tag hätte er innerlich über die Ängste seiner Mutter gestöhnt, es satt gehabt, ihre endlosen Warnungen über etwas zu hören, das praktisch geschehen war, bevor er geboren wurde. Madame Renaud hatte einige ihrer grenzenlosen Ängste auf den

Fall Boutillier projiziert – ein mittlerweile sieben Jahre alter Zeitungsausschnitt war am Kühlschrank festgeklebt, sodass Gilbert mit dem Anblick des fröhlichen Gesichts des vermissten Mädchens aufgewachsen war – und wenn ihre Mutter Valerie erwähnte, geschah dies immer, um ihn davon abzuhalten, etwas zu tun, das er gerne tun wollte.

Du darfst nach Einbruch der Dunkelheit nicht rausgehen. Du kannst nicht ohne mich zum Markt gehen. Du musst vorsichtig sein, Gilbert, gegenüber den Menschen um dich herum und den schrecklichen Dingen, zu denen sie fähig sein könnten.

Doch trotz der Ängste seiner Mutter war Gilbert kein ängstliches Kind gewesen, sondern vielmehr furchtlos und hatte die Welt erkunden wollen, anstatt im Farmhaus eingesperrt zu sein. Und obwohl Gilbert seine Mutter liebte, hatte ihn ihre Nervosität genervt, und er hatte Valerie eher als eine mythische Figur denn als eine reale Person gesehen, wie eine Figur aus einem Märchen.

Aber das war vor letztem Sonntag gewesen.

Was passiert war: Gilbert war ein eifriger Leser, und er hatte einen Artikel in der Lokalzeitung gelesen, dass der Preis für Trüffel in der nächsten Saison durch die Decke gehen sollte. Er war aufmerksam für alles, was ihm die Möglichkeit bot, etwas Geld zu verdienen, da er und seine Mutter wenig davon hatten, und es gab viele Dinge, die er sich unbedingt wünschte: Ein Mikroskop und ein ferngesteuerter Hubschrauber standen in dieser bestimmten Woche auf seiner Liste. Der Artikel über Trüffel brachte ihn zum Nachdenken über die Eichen auf dem hinteren Teil ihres Grundstücks. Er fragte sich, ob dort nicht vielleicht ein Schatz verborgen sein könnte, der sich in den Blättern versteckte, wenn er nur einen Weg finden könnte, die kostbaren kleinen Knollen zu entdecken.

Mittlerweile wurden Hunde fast universell zum Auffinden von Trüffeln eingesetzt, und Gilbert wusste das. Und er wusste auch, dass ein Hund eine spezielle Ausbildung benötigen würde – er konnte nicht einfach den Hund eines Freundes für einen Nachmittag ausleihen und erwarten, dass er sofort Trüffel finden würde. Er dachte, die altmodische Art der Trüffelsuche mit einem Schwein würde auch funktionieren. Ein Schwein würde den Trüffel riechen und ihn fressen wollen, also bestand der Trick darin, das Schwein ihn finden zu lassen und dann einzugreifen und den Trüffel zu schnappen, bevor das Schwein ihn verschlingen konnte.

Gilbert ging ein paar Tage lang zwischen den Eichen umher, ging direkt nach der Schule dorthin und träumte davon, seiner Mutter einen Stapel Euro zu präsentieren, den er auf dem Trüffelmarkt verdient hatte, und sein glänzendes neues Mikroskop auf dem Küchentisch aufzubauen. Er musste nur das Schwein des Nachbarn ausleihen und er wäre im Geschäft. Ihm war klar, dass es Mai war und die Trüffelsaison im Winter lag, aber er dachte, das gäbe ihm nur mehrere Monate zusätzlich, um sie zu sammeln.

Der Nachbar war ein Milchbauer, ein eher ruhiger Typ, nicht sehr zugänglich. Also dachte Gilbert darüber nach und beschloss, dass er das Schwein heimlich ausleihen würde – einfach ein Seil um seinen Hals legen, es zu den Eichen am hinteren Ende des Grundstücks führen und reich werden.

Er war erst neun Jahre alt. In seinem optimistischen Geist erschien der Plan solide.

Also fütterte und tränkte er am Sonntag die Hühner und holte die Eier herein, fegte sein Zimmer und half seiner Mutter für gefühlte endlose Stunden im Garten, bis sie ihm endlich sagte, er könne spielen gehen. Er zog eine grüne Hose und ein grünes T-Shirt an, in der Meinung, es käme Tarnkleidung nahe. Er machte sich zuerst auf den Weg zum Eichenhain und dann durch ein Stück Wald zum Rand von Monsieur Labiches Grundstück.

Der Nachbar und seine Mutter kamen einigermaßen gut miteinander aus, obwohl sie dies bewerkstelligten, indem sie so wenig Kontakt wie möglich hatten. Madame Renaud fand

Monsieur Labiche schwierig im Umgang. Einige Jahre lang hatten sie Eier gegen Milch getauscht, aber diese Vereinbarung hatte vor über acht Jahren geendet, als Madame Renauds Mann gestorben war, da er sich um den Umgang mit Labiche gekümmert hatte, und Madame Renaud es nicht wollte, obwohl der Tausch zu ihren Gunsten war.

Gilbert sah Labiches Scheune durch die Bäume auftauchen. Er duckte sich, als er näher kam, hielt ab und zu an, um zu lauschen, und hörte nichts als die Geräusche des Frühlings im Wald: Vögel, die Krach machten, das Summen von Insekten, gelegentlich das Quaken eines Frosches.

Da er den Bauernhof des Nachbarn noch nie besucht hatte, war sich Gilbert nicht sicher, wo die Schweine gehalten wurden. Er stand hinter einer Eiche und spähte um sie herum, hob einen Zweig an, um unter dem neuen grünen Laub hindurchzusehen.

Er hörte etwas... eine Frau, die sang. Gilbert lag am äußersten Rand des Waldes und legte sich ins Laub, da er dachte, jemand würde gleich um die Ecke der Scheune kommen.

Und es kam jemand. *Zwei* Jemande.

Monsieur Labiche ging vor einer Frau her, und sie waren an der Taille zusammengebunden. Sie war sehr dünn, und Gilbert sah selbst aus der Entfernung, dass sie sehr blass war.

„Aber warum kommst du nicht mehr?", rief die Frau, ihre Stimme rau wie Schmirgelpapier. „Ich bin deine Valerie! Sieh mich an!"

Gilbert sah hin. Er wand sich in den Blättern nach vorne und kniff die Augen zusammen, um das Gesicht der Frau zu betrachten. Mit Erstaunen erkannte er zweifelsfrei, dass es sich um Valerie Boutillier handelte. Er sah sie direkt an, ihr Gesicht hatte die gleiche verschwommene Qualität wie der Zeitungsausschnitt, mit dem er aufgewachsen war.

Die Frau, die seit sieben Jahren vermisst wurde, war nicht verloren – sie lebte direkt nebenan.

Gilbert war ein kluger Junge. Er bemerkte das Seil, und

obwohl sie *Ich bin deine Valerie* gesagt hatte, vergaß er das Seil nicht oder missverstand dessen Zweck.

❧

ACHILLE SPÜLTE DIE DOSE AUS, die sein frühes Mittagessen enthalten hatte, und warf sie in den Mülleimer unter der Spüle. Er überlegte, sich für ein Nickerchen hinzulegen. Aber dann ging er mit einem ungewöhnlichen Anflug von Selbstvertrauen – oder vielleicht war es einfach das Nachgeben gegenüber dem Unvermeidlichen – nach draußen, startete den Traktor und bog links auf die Straße Richtung Salliac ab.
Es ist fade geworden.
Das Dorf war sechs Kilometer entfernt und der Traktor war langsam. Glücklicherweise gab es keinen Verkehr, sodass er nicht entscheiden musste, ob er zur Seite fahren und jemanden vorbeilassen sollte. Achille hatte genug Zeit, es sich anders zu überlegen, und dieses Wissen war hilfreich für ihn. Es war, als könnte er sich auf den Weg zum kleinen Dorf machen, aber sich einreden, dass er sich noch nicht verpflichtet hatte, hinzufahren, selbst als er immer näher kam.

Salliac hatte vier Straßen, die sich an beiden Enden kreuzten. Achille parkte seinen Traktor auf dem breiten Seitenstreifen kurz vor der Stelle, wo die Straßen zusammenliefen, und ging in Richtung Zentrum. Es war Markttag, obwohl das, wenn er sich richtig erinnerte, in Salliac nicht viel bedeutete, und er erwartete nicht viel Betrieb.

Und tatsächlich gab es nur eine Handvoll Verkäufer. Eine rotwangige Frau war da mit einer Auslage von Gemüse, das, wie Achille sofort bemerkte, nicht lokal angebaut worden war. Er ging hastig vorbei und versuchte, sich hinter einigen der wenigen Kunden zu verstecken. Als Nächstes sah er eine ältere Frau, etwa im Alter seiner Mutter, wäre diese noch am Leben gewesen, die selbstgemachte *Cannelés* verkaufte.

Achille liebte *Cannelés*, und sie erinnerten ihn an seine Mutter, da sie sie ihm einmal gebacken hatte. Es waren seltsame kleine Kuchen, fast eine Kreuzung zwischen Kuchen und Pudding, in gerillten Formen gebacken mit einer karamellisierten und leicht wachsigen Kruste. Er schloss für einen Moment die Augen und schwelgte in der Erinnerung, wie seine Mutter ihm erlaubt hatte, mehrere zu essen, als sie noch warm aus dem Ofen kamen, und er konnte praktisch die Vanille und den exotischen Geschmack von Rum schmecken.

Er warf einen kurzen Blick auf die alte Frau und versuchte zu sehen, ob sie ansprechbar war. Sie sah fast schlafend aus, ihr Gesicht der Sonne zugewandt, ihre Augen halb geschlossen.

Das könnte ein gutes Zeichen sein. Oder sie könnte wie eine Schlange sein, bereit zuzuschlagen.

Dann schaute er wieder auf die Cannelés, und sein Verlangen nach einem Geschmack seiner Kindheit überwand seinen Widerstand. „Bonjour, Madame", sagte er, und seine Stimme überraschte ihn. Sie klang selbstsicher. „Darf ich sechs haben?"

Sie öffnete die Augen, nickte und sammelte langsam sechs der Kuchen in eine kleine Papiertüte, während Achille in seiner Tasche nach etwas Geld suchte.

„Merci, Madame", sagte er, wobei die Manieren, die ihm seine Eltern beigebracht hatten, automatisch kamen, als ob ein Knopf gedrückt worden wäre.

Er ging weg und dachte, dass sein Vater gewollt hätte, dass er die Cannelés mit nach Hause nahm und sie nach einer Mahlzeit aß. Aber mit Anstrengung schob Achille diesen Gedanken beiseite und suchte nach einem ruhigen Plätzchen, um seine Leckerei zu genießen. Und dann, in einem unerwarteten Moment, als er gar nicht danach suchte, sah er sie: ein Teenager-Mädchen, das neben einem Fahrrad stand und auf einem Handy telefonierte.

Achille stand wie angewurzelt da, seine Augen auf sie gerichtet. Das Mädchen trug ein T-Shirt und Jeans sowie hohe Sneaker, die Achille seltsam vorkamen, da er kaum mit den neuesten

Modetrends vertraut war. Er ging ein paar Schritte näher, griff in die Papiertüte und aß einen Cannelé, ohne es zu merken. Er stand kauend da und beobachtete, aber das Mädchen war auf ihr Telefongespräch konzentriert und bemerkte ihn nicht.

Er sah, dass ihr Shirt am unteren Saum zerknittert war, als hätte sie es aus einem Wäschekorb geholt, um es anzuziehen, anstatt aus einer Kommode mit ordentlich gefalteten Sachen. Es war dunkelrot und es war etwas darauf geschrieben, das Achille nicht entziffern konnte. Er sah, wie sich ihre grünlichen Augen weiteten und dann fast schlossen, als sie den Kopf zurückwarf und lachte.

Schließlich verabschiedete sie sich und steckte das Telefon in ihren Rucksack. Achille ging näher heran, richtete sich auf und sah selbstsicherer aus als in jedem anderen Moment, seit er am Dorfrand von seinem Traktor gestiegen war.

Sie war ein hübsches Mädchen. Frisch und noch nicht alt genug, um zu denken, dass Blasiertheit attraktiv sei. Ein paar Sommersprossen über ihrer Nase verstreut und hellbraunes Haar, das ihr bis zu den Schultern fiel. Er konnte etwas in ihrem Ausdruck sehen, das ihn anzog; er konnte erkennen, dass sie versuchte, tapfer auszusehen, obwohl sie sich nicht so fühlte. Es war Montag, ungefähr zur Mittagszeit, und zweifellos hätte sie in der Schule sein sollen.

Als er ihr ein Cannelé anbot, lächelte sie und sagte danke.

„Lass mich deinen Namen erraten", sagte Achille mit einem schüchternen Lächeln.

Das Mädchen lachte und schüttelte den Kopf, während er alle Mädchennamen durchging, die ihm einfielen. Achille lachte ebenfalls und verbarg seine Frustration darüber, dass er nicht raten konnte.

„Ich heiße Aimée", sagte sie schließlich, und Achille strahlte sie an, denn ihr Name war die Perfektion selbst: *Geliebt*.

Achille war stolz auf sein exquisites Timing. Also lächelte er und verabschiedete sich, bevor irgendjemand auf dem Markt bemerkte, dass er mit ihr sprach. Er wurde mit einem breiten Grinsen belohnt, an das er während der gesamten Heimfahrt dachte.

Der Anfang... der Anfang war der beste Teil, und er hoffte, ihn so lange wie möglich hinauszuzögern.

Geliebt.

Ja.

13

Gilbert hatte versucht, alles gründlich zu durchdenken, bevor er handelte. Nachdem er Valerie gesehen hatte, war sein erster Gedanke, nach Hause zu rennen und es seiner Mutter zu erzählen, damit sie sofort die Gendarmerie rufen konnte.

Aber als er durch das Feld nach Hause lief, zögerte er. Seine Mutter hielt ihn für einen Träumer, der immer in der Welt eines Buches verloren war. Sie sagte ihm ständig, sein Kopf sei voller Watte und aberwitziger Ideen. Sie würde ihm vorwerfen, zu viele Detektivromane zu lesen und sich für Inspektor Maigret oder so etwas zu halten.

Es machte Gilbert traurig, das zu erkennen, aber seine Mutter war niemand, an den er sich wenden konnte und der ihm glauben würde.

Also gut, hatte er sich gesagt, ich brauche einen Plan B. Und schnell war er auf die Idee gekommen, eine anonyme Notiz für die Gendarmen zu hinterlassen. Es war reines Glück, dass seine Mutter später an diesem Tag nach Castillac fahren musste und ihm erlaubte mitzukommen, und noch mehr Glück, dass er es schaffte, lange genug von ihr wegzukommen, um die Straße hinunter zur Station zu sprinten, die Notiz sorgfältig in seiner

Jackentasche gefaltet. Und es war Glück jenseits aller Vorstellungskraft, dass, als er an der Tür stand und sich umsah, niemand in der Nähe war, niemand zusah – und er konnte das Klebeband an der grünen Tür befestigen und lässig weggehen, sein Herz pochend.

Er war versucht gewesen, hineinzugehen und selbst mit den Gendarmen zu sprechen. Vielleicht hätte er das getan, wenn Chef Dufort noch da gewesen wäre. Aber der neue Mann, der jetzt die Leitung hatte – wann immer Gilbert ihn gesehen hatte, hatte er finster und unfreundlich ausgesehen. Die Art von Erwachsenem, dem man aus dem Weg gehen wollte, nicht jemand, zu dem man mit irgendeinem Problem ging.

Nein, es war besser, die große Neuigkeit anonym zu überbringen. Es war der einzige Weg, wie die Erwachsenen zuhören würden.

Auf dem Heimweg hatte Gilbert mit Entsetzen festgestellt, dass er trotz allem scheinbaren Glück der Welt etwas wirklich, wirklich Dummes getan hatte: Er hatte in der Notiz nicht erwähnt, *wo* Valerie war.

Das war letzten Montag gewesen, vor über einer Woche. Eine weitere ganze Woche, die Valerie gefesselt leben musste, während ihre Familie und Freunde wahrscheinlich dachten, sie sei tot. Er wusste nicht, wie er so ein kompletter Idiot sein konnte. Der ganze Sinn der Notiz war es, die Gendarmen darauf aufmerksam zu machen, dass Valerie tatsächlich noch am Leben war, damit sie sie retten konnten! Aber er war so mitgerissen worden von dem Prozess, die richtigen Buchstaben zu finden und sie aus der Zeitung auszuschneiden und aufzukleben – alles, ohne dass seine Mutter entdeckte, was er tat –, dass er das wichtigste Stück Information weggelassen hatte. Ein Teil des Problems war, dass er, sobald er die Idee gehabt hatte, Buchstaben auszuschneiden, anstatt die Notiz einfach mit einem Bleistift zu schreiben, sich darauf festgelegt hatte, es auf diese Weise zu machen, obwohl alles, was er zum Benutzen finden konnte, eine vierseitige Lokalzeitung war, die seine Mutter manchmal kostenlos im Supermarkt mitnahm.

Es hatte nicht genug Überschriften gegeben, um Valeries ganzen Namen zu buchstabieren, oder auch nur „Valerie", also hatte er einen Kompromiss geschlossen und ihre Initialen verwendet, froh darüber, dass er es geschafft hatte, ein „V" und ein „B" zu finden.

Wenn er die Notiz geschrieben hätte, sagte er sich, hätten alle gedacht, es sei nur ein Kinderstreich. Dieser wütend aussehende Gendarm hätte sie zusammengeknüllt und in den Mülleimer geworfen.

Aber jetzt, auf dem Bauernhof festsitzend, weit weg vom Dorf, ohne Ressourcen – wie konnte er seinen Fehler korrigieren?

Er erwog, die Station anzurufen und eine Nachricht zu hinterlassen, seine Stimme so tief wie möglich zu machen, vielleicht etwas über den Hörer zu legen, um seine Stimme komisch klingen zu lassen. Aber wieder – *sie werden denken, ich bin nur ein Kind, das Unfug treibt*. Er überlegte, die Handschrift eines Erwachsenen zu kopieren, aber seine eigene Handschrift war so schrecklich – bei weitem seine schlechtesten Noten in der Schule –, dass er diese Idee schnell aufgab.

Nicht zum ersten Mal wünschte sich Gilbert seinen Vater herbei. Wenn er sich einer Sache sicher war, dann dass sein Vater jemand wäre, dem er so etwas erzählen könnte, und er würde genau wissen, was zu tun wäre. Er hatte eine kurze Erinnerung daran, wie er auf den Schultern seines Vaters ritt und eine Parade beobachtete, mit Valerie, die auf einem Wagen fuhr und allen zuwinkte, und das ganze Dorf jubelte.

Alles, woran er denken konnte, war, eine weitere Notiz zu machen und die Gendarmen auf diese Weise zu informieren. Aber dieses Mal hatte er nicht so viel Glück. Seine Mutter brachte die Zeitung nicht mit nach Hause. Sie erwähnte nichts davon, dass sie für irgendetwas ins Dorf fahren müsste – und er wusste, wenn er mit seinem Fahrrad fahren würde, wäre der Ärger, in den er geraten würde, so schrecklich, dass er vielleicht nie wieder herauskommen würde. So war es jetzt die zweite Woche, und er hatte keine Möglichkeit, die Notiz zu machen, keine Möglichkeit, die Notiz zu überbringen, und keine Ahnung, was er als Nächstes tun sollte.

❧

Jetzt, da der neue Gast, ein Mr. Wesley Addison aus Cincinnati, ankommen sollte, fragte sich Molly, ob sie einen Fehler gemacht hatte. Die Australier blieben eine zusätzliche Woche, und sie war begeistert darüber, da sie es fürchtete, sich von dem kleinen Oscar verabschieden zu müssen. Sie waren alle im Cottage untergebracht, und da Addisons Ankunft noch über eine Woche entfernt war, schien es das Einfachste zu sein, ihn in ihr Haus zu verlegen und Ned und Leslie dort zu lassen, wo sie waren.

Das Taubenhaus war fertig, aber am nächsten Tag sollten niederländische Frischvermählte kommen. Die Frau, die die Reservierung gemacht hatte, hatte deutlich gemacht, dass die Sonnenstrahlen, die durch Pierre Gaults kunstvolle kleine Fenster fielen, sie überzeugt hatten, also war Molly nicht bereit, ihr ein Schlafzimmer im Obergeschoss mit verblasster Tapete anzudrehen. Das Geisterzimmer war nicht hässlich, aber es war kaum der Ort für einen romantischen Kurzurlaub. Molly wusste, dass ein solcher Fehler jede Hoffnung auf wiederholte Buchungen oder gute Mundpropaganda zunichtemachen würde.

Also kam Addison gegen Mittag an, und er würde im Geisterzimmer übernachten. Molly hatte nur ein paar E-Mails mit ihm ausgetauscht. Er hatte bezahlt; er hatte den vorgeschlagenen Wechsel vom Cottage zum Schlafzimmer im Haus ohne Widerspruch akzeptiert; sie hatte überhaupt keinen Grund, irgendwelche Bedenken zu haben.

Dennoch hatte sie welche.

Die Vorstellung, dass ein fremder Mann im oberen Stockwerk

ihres Hauses wohnen würde, während sie schlief... jetzt, da es tatsächlich passieren sollte, war es ein wenig beunruhigend. Obwohl sie es unfair fand, so ängstlich zu sein. Es würde sicherlich alles gut gehen, sagte sie sich, als ob das Aussprechen es wahr machen würde.

Sie verbrachte den Vormittag damit, aufzuräumen, wie sie es immer tat, wenn ein neuer Gast ankommen sollte. Keine Zeit zum Essen, abgesehen von einem hastigen Mittagessen aus Keksen und etwas Camembert, der kurz davor war, zu alt zu werden. Als sie gerade eine Ladung nasse Wäsche in einen Korb legte, um sie draußen aufzuhängen, hörte sie, wie jemand in die Einfahrt fuhr – Castillac hatte offenbar wieder ein Taxi, und auf dem Rücksitz saß die imposante Gestalt von Wesley Addison.

„Bonjour!", rief Molly, als sie nach draußen kam und ihre von der Wäsche feuchten Hände an ihrer Jeans abwischte.

„Guten Tag, Miss Sutton", sagte Addison, bezahlte den Fahrer und holte seine kleine Tasche vom Rücksitz. „Ich bin Wesley Addison."

Molly mochte ihn nicht. Ja, okay, es war ein vorschnelles Urteil, aber das Gefühl war stark und unmittelbar.

„Kommen Sie herein!", sagte sie mit aufgesetzter Fröhlichkeit, bei der sie innerlich zusammenzuckte.

Er war ein großer Mann, sehr groß, mit einer Statur wie ein ehemaliger Footballspieler. Er hatte breite Schultern und sein Hals war nicht sichtbar. Und als er lächelte, konnte Molly sehen, dass ihm an der Seite ein Zahn fehlte.

„Also gut! Lassen Sie mich Ihnen Ihr Zimmer zeigen – und vielen Dank, dass Sie bereit waren, dorthin zu wechseln. Wie Sie sich vorstellen können, ist das Leben eines Gastwirts manchmal wie das Verschieben von Figuren auf einem Schachbrett!"

Addison sah Molly fragend an. „‚Gastwirt'?", sagte er. „Ich dachte, Sie hätten Ferienwohnungen."

„Ja! Nun, manchmal haben Französisch und Englisch nicht genau die gleichen Wörter, wissen Sie? Also wenn ich Französisch spreche, sage ich Ferienwohnung, und auf Englisch sage ich B&B und bezeichne mich als Gastwirtin. Es ist alles mehr oder weniger dasselbe."

„Heißt das, Sie werden Frühstück servieren?", fragte Addison verwirrt. „Und ich verstehe, dass ich in Ihrem Haus übernachten werde, aber es ist kein Gasthof, richtig?"

Molly holte tief Luft. „Das ist alles korrekt, Mr. Addison. Entschuldigen Sie meine Ungenauigkeit."

Sie gingen die gewundene Treppe in den ersten Stock hinauf, und Molly zeigte ihm sein Zimmer, das jetzt angenehm aussah, nachdem sie und Constance es gründlich geschrubbt und das Bett mit einer frischen Bettdecke bezogen hatten. „Hier sind wir", sagte Molly, die Mr. Addison so schnell wie möglich loswerden wollte. „Ich werde die meiste Zeit in La Baraque sein, also wenn Sie Fragen haben oder etwas brauchen, geben Sie einfach Laut."

„Laut geben?", sagte Addison. „Seltsam, ich hätte gedacht, Sie kämen aus Boston."

Molly lachte gekünstelt. „Ja, ich fürchte, der Akzent verrät mich jedes Mal."

„Aber ‚Laut geben' ist eine südliche Ausdrucksweise. Warum würde eine Person aus Boston dieses bestimmte Wort wählen?"

Molly zog ihre Augenbrauen weit nach oben und zuckte mit den Schultern. „Das kann ich nicht sagen, Mr. Addison. Ich fürchte, manchmal öffne ich meinen Mund und wer weiß, was herauskommen mag. Vielleicht hatte ich irgendwann einmal einen Freund, der ‚Laut geben' sagte. Vielleicht habe ich es im Fernsehen gehört."

„Fernsehen", spuckte Mr. Addison aus und verdrehte die Augen.

„Kein Fan?"

„Es hat mehr zur Verwirrung und Trübung der Linguistik beigetragen als jeder andere Einfluss. Ich verabscheue es. Ich bin sehr froh zu sehen, dass mein Zimmer keines hat, im Gegensatz zu den meisten Hotelzimmern. Würden Sie nun so freundlich sein und mir etwas Mineralwasser bringen? Ich hätte gerne Vittel. Und nachdem ich mich rehydriert habe, werde ich mich ausruhen. Reisen, wie Sie sicher wissen, kann äußerst ermüdend sein, besonders wenn man den Ozean überquert."

„Ja, Mr. Addison. Ich bringe Ihnen gleich etwas Mineralwasser."

Molly ging langsam die Treppe hinunter und vermutete, dass dies die längste Woche ihres ganzen Lebens werden würde.

14

Den ganzen Tag in der Schule war Gilbert von Gedanken an Valerie abgelenkt. Er suchte nach herumliegenden Zeitungen, die er mitgehen lassen konnte, einer alten Zeitschrift, irgendetwas – aber die Leute lasen nicht mehr so wie früher. Sie holten sich ihre Nachrichten online, lasen ihre Zeitschriften online, und lose Zeitungen für anonyme Notizen waren schwer zu finden.

Gilbert fragte sich, was die altmodischen Entführer jetzt tun würden, da ihre Hauptquelle für Schreibmaterial verschwunden war. Während des Naturwissenschaftsunterrichts spann er in seinem Kopf eine lange Geschichte über zwei tollpatschige Möchtegern-Kriminelle, die ein kleines Mädchen vom Spielplatz entführen, während ihre Mutter sich mit einer Freundin unterhält. Aber als sie nicht genug Zeitungen finden können, um ihre Lösegeldforderung zu buchstabieren, geben sie auf und lassen das Mädchen gehen.

Amüsant, zumindest für die Dauer des Naturwissenschaftsunterrichts, den Gilbert äußerst langweilig fand. Aber als die ausgedachte Geschichte zu Ende war, blieb ihm die Realität von Valerie, die an Monsieur Labiche gefesselt war, und Gilbert fiel kein Weg ein, wie er jemandem davon erzählen könnte.

Er wurde wie üblich am Ende des Tages in den Bus gescheucht und an der Einfahrt des Renaud-Hofes abgesetzt, auch wie üblich. Er rannte so schnell er konnte ins Haus, um dem Regen zu entkommen, und küsste seine Mutter zur Begrüßung. Sie saß am Küchentisch und schnitt Gemüse für eine Suppe.

„Maman, haben wir irgendwo alte Zeitungen? Ich brauche eine für die Schule."

„Ich glaube nicht. Es ist eine Brandgefahr, solche Dinge sich anhäufen zu lassen. Ich versuche, sie zu lesen und so schnell wie möglich loszuwerden. Wir wollen doch nicht in Flammen aufgehen, oder? Setz dich und iss dein Baguette mit Schokolade."

Gilbert seufzte. Es war immer so mit Maman: Sie waren immer nur einen Schritt von einem Großbrand entfernt, der den Hof bis auf die Grundmauern niederbrennen und sie beide gleich mit verschlingen würde, oder einen Schritt davon entfernt, erstochen, vergiftet oder entführt zu werden. Plötzlich hielt Gilbert es keine Sekunde länger im Haus aus. Er schnappte sich einen Regenmantel von der Garderobe neben der Tür und rief über die Schulter, als er wieder hinausging: „Ich gehe die Hühner kontrollieren. Bin später zurück!" Er knallte die Tür zu, bevor seine Mutter Luft holen konnte.

Zuerst ging er zum Hühnerstall, falls seine Mutter aus dem Fenster schaute. Er ging hinein und murmelte den Hennen zu, die ruhig waren und meist auf ihren Stangen schliefen. Die Regenwolken verdunkelten den Himmel, was sie zum Dösen brachte. Er wartete lange genug, bis er annahm, dass seine Mutter sich wieder gesetzt hatte, und lief dann zurück in den Regen und über das Feld in Richtung des Labiche-Hofes.

Es regnete stark. Alles war braun und grün, verschmiert und verschwommen, als lebte er in einem Aquarell. Der Regenmantel hatte einen Schirm, aber er funktionierte nicht sehr gut, und er musste sich ständig das Wasser aus den Augen wischen, um zu sehen, wohin er ging.

Warum er sehen wollte, wo Valerie war, konnte er nicht sagen.

Er wusste, dass er nichts für sie tun konnte. Aber vielleicht, nur vielleicht, dachte er mit dem Optimismus der Jugend – vielleicht hatte Monsieur Labiche die Tür unverschlossen gelassen, wo auch immer er sie festhielt. Vielleicht könnte er, Gilbert Renaud, ihr Versteck finden und sie ganz allein befreien.

Es war großartig, darüber nachzudenken. Wieder einmal tauchte eine Parade in seinen Gedanken auf, und er saß rittlings auf den starken Schultern seines Vaters, bis ihm klar wurde, dass nein, er würde *in* der Parade sein, genau wie Valerie. Auf dem Festwagen, allen seinen Mitschülern zuwinkend, während er vorbeifuhr.

Am Ende stand er im Wald und blickte auf den Labiche-Hof, sah aber nichts außer Kühen. Er hatte Angst, näher heranzugehen, weil der Regenmantel orange und so hell war, dass er meinte, selbst ein Blinder könnte ihn sehen. Also stapfte Gilbert schließlich nach Hause zurück und dachte über Kommissar Maigret, Hercule Poirot und sogar Madame Sutton nach, die in Castillac berühmt dafür war, den Desrosiers-Mord gelöst zu haben – wie würden sie mit der Situation umgehen, wenn sie neun Jahre alt wären und niemanden zum Reden hätten?

„Gilbert!", kreischte seine Mutter, als er hereinkam, während das Wasser herunterströmte und eine kleine Überschwemmung auf dem Küchenboden verursachte. „Was hast du dir dabei gedacht, bei diesem Wetter herumzulaufen? Weißt du nicht, dass du dir den Tod holen könntest?"

„Oui, Maman", antwortete er roboterhaft, wissend, dass er nicht widersprechen sollte. „Maman!", sagte er, als ihm eine Idee kam. „Weißt du, was nach einem Regen um diese Jahreszeit passiert?"

„Viele Dinge, Gilbert Liebling. Manchmal verfault der Salat direkt im Boden. Der Bach tritt über die Ufer–"

„Nein, ich meine etwas Gutes! Wildkräuter, Maman. Unsere Felder werden voll davon sein. Ich möchte Körbe und Körbe davon pflücken und sie diesen Samstag auf dem Markt verkaufen. Ich werde uns reich machen, Maman!"

„Ach, mein Junge, wirst du je aus deinen Tagträumen herauskommen und in der Realität ankommen? Du denkst, du wirst uns reich machen, indem du mit einem Korb am Arm im Schlamm nach Kräutern suchst?" Mme Renaud lachte und wandte sich wieder dem Karottenschneiden zu.

Nun, dachte Gilbert, vor Nässe zitternd. Sie hat nicht gesagt, dass ich es nicht darf.

༺

BEN HATTE DEN WEG GEEBNET, indem er Mme Gervais angerufen und gefragt hatte, ob es ihr etwas ausmachen würde, mit Molly über Castillac während des Krieges zu sprechen. Sie hatte bereitwillig zugestimmt, immer erfreut, wenn eine jüngere Person (und für Mme Gervais war absolut jeder eine jüngere Person) Interesse an der Vergangenheit zeigte. Molly machte auf dem Weg einen Abstecher zur Pâtisserie Bujold und kaufte ein paar Croissants und *zwei religieuses* aus Schokolade, das Gebäck, das nach Nonnen benannt worden war, weil die zwei übereinander gestapelten, mit Pudding gefüllten Windbeutel entfernt an eine Ordensschwester erinnerten. Sehr entfernt, aber Molly wollte es nicht zu wörtlich nehmen. Sie waren atemberaubend lecker und derzeit ihr Favorit.

Sie fand ihren Weg zur Rue Baudelaire ohne Probleme und blieb stehen, um ins Schaufenster des Lampengeschäfts neben Mme Gervais' kleinem Haus zu schauen. Sie bewunderte die Seidenschirme und die erstaunliche Vielfalt, die in den Bereich der Schaufensterauslage gequetscht war. Sie hatte Lampen nie wirklich Beachtung geschenkt, sah aber nun mehrere, von denen sie hoffte, dass sie nicht so teuer waren, wie sie aussahen, da sie sofort den perfekten Platz für sie in La Baraque ausgemacht hatte. Widerwillig riss sie sich von den Lampen los und klopfte an Mme Gervais' Tür.

„Bonjour, Madame Sutton!", sagte die alte Dame und öffnete die Tür fast sofort.

Molly war erleichtert zu hören, dass Mme Gervais' Akzent einer war, den sie leicht verstehen konnte. Sie gingen ins Wohnzimmer – Mme Gervais wirkte viel jünger als ihre 102 Jahre – und machten es sich bequem.

„Nun sagen Sie mir", sagte Mme Gervais, während sie in der Küche geschäftig den Topf auf den Herd stellte. „Ben war am Telefon etwas zurückhaltend. Gibt es etwas Bestimmtes, das Sie über die Kriegsjahre wissen möchten? Oder soll ich allgemeiner sprechen? Ich kann Ihnen etwas von meinen eigenen Erfahrungen erzählen oder einen allgemeineren Überblick geben."

Molly dachte einen Moment nach. „Ich werde nicht zurückhaltend sein", sagte sie. „Ich interessiere mich sowohl für Ihre Erfahrungen *als auch* für Ihren Überblick. Jetzt, wo ich in Castillac lebe, ist die Geschichte aus all den Gründen wichtig für mich, die ich Ihnen nicht erklären muss. Aber heute Morgen bin ich hinter etwas Bestimmtem her. Können Sie ein Geheimnis für sich behalten?", fragte sie mit einem halben Lächeln.

Mme Gervais lachte. „Lustig, dass Sie das fragen, denn natürlich kamen in Kriegszeiten die Geheimnisse Schlag auf Schlag. Und oft ging es um Leben und Tod."

„Bei diesem hier möglicherweise auch", sagte Molly. „Sie erinnern sich sicher an Valerie Boutillier?"

Mme Gervais nickte langsam, überrascht.

„Es gibt Hinweise darauf, dass sie möglicherweise noch am Leben ist, irgendwo in Castillac oder in der Nähe. Die Behörden werden aus welchen Gründen auch immer nichts unternehmen. Also nehme ich die Suche auf."

„Mit Ben?"

„Ja."

Mme Gervais warf Molly einen langen Blick zu. „Und warum ist das für Sie wichtig, eine Amerikanerin, die Valerie nie kannte?"

„Jeder, der darüber nachdenkt, dass eine Frau seit sieben Jahren vermisst wird, würde doch versuchen zu helfen, wenn er könnte, oder? Die meisten Menschen, meine ich. Und außerdem – ich vermute, es ist eine häufige Sache, dass Neuankömmlinge vielleicht beschützender gegenüber ihrer neuen Heimat sind als manche, die dort aufgewachsen sind und sie als selbstverständlich ansehen? Meine Gefühle für Castillac sind tief. Und Valerie ist Teil dieses Dorfes. Sie hat einen starken Eindruck hinterlassen, bevor sie verschwand, und natürlich ist sie jetzt eine Quelle kollektiver Trauer und sogar Angst.

„Ich möchte nicht großspurig klingen, Mme Gervais. Es ist nicht so, dass ich denke, ich hätte irgendwelche besonderen Fähigkeiten oder so etwas. Aber wenn Valerie noch am Leben ist, würde ich sie gerne finden. Ich würde es zumindest gerne versuchen."

„Zuerst werde ich uns einen Tee machen. Was können wir sonst noch tun?", sagte Mme Gervais achselzuckend. „Und wie denken Sie, dass ich helfen kann?"

Molly blickte in das Gesicht der alten Dame. Es war stark faltig, aber ihre Wangen hatten Farbe und ihre Augen leuchteten; sie war vital und scharfsinnig und bereit mitzumachen. „Sie können eine große Hilfe sein, wie ich erklären werde. Ich gehe davon aus, dass Valerie, als sie damals 1999 entführt wurde, nicht getötet, sondern irgendwo versteckt wurde. Und dann eine weitere Annahme, dass der Entführer jemand aus der Gegend ist und sie sich noch in der Nähe befindet."

„Als Gefangene gehalten?"

„Ja."

Die beiden Frauen dachten über den Vorschlag nach.

„Manchmal denke ich, es gibt kein Ende des Grauens, das wir Menschen einander zufügen", sagte Mme Gervais.

„Ja", sagte Molly. „Das denke ich auch." Sie seufzten beide

gemeinsam. „Also frage ich mich, ob Sie vielleicht einige Geschichten aus der Kriegszeit haben könnten, die relevant sein könnten. Ich habe gehört, dass hier in der Dordogne Menschen – meist Juden – über lange Zeiträume versteckt wurden, um sowohl den Nazis als auch der *Milice*, die ihre Befehle von Vichy erhielt, zu entkommen. Wie entkamen sie der Gefangennahme? Welche Art von Verstecken wurden genutzt?"

„Sie denken, wenn der Entführer von hier ist, könnte er diese Geschichten auch kennen und etwas Ähnliches versucht haben?"

„Ja, genau."

Mme Gervais stellte die Tassen und die Teekanne auf ein Tablett, goss heißes Wasser in die Kanne und trug das Tablett ins kleine Wohnzimmer.

„Ich denke gerade nach, Molly. Kennen Sie den Wald namens *La Double?*"

„Ja, Madame. Ich bin dort schon einige Male spazieren gegangen."

„Viele aus dem Widerstand haben sich dort versteckt. Die Männer aus der Gegend hatten vor dem Krieg in diesem Wald gejagt und kannten ihn in- und auswendig – sie konnten den Nazis leicht entkommen, und es gab damals viele Geschichten, die damit endeten, dass unsere Kämpfer die Nazis irgendwie belästigten und dann in den schützenden Armen des Waldes verschwanden.

„Aber ich glaube nicht, dass das die Art von Information ist, nach der Sie suchen. Ich werde darüber noch etwas nachdenken müssen. Natürlich wusste ich von Leuten, die jüdische Familien versteckten – die Dordogne war glücklicherweise eines der am wenigsten unterdrückten Départements in dieser Hinsicht, und wir hatten jüdische Kinder, die lange Zeit ganz offen in Périgueux zur Schule gingen. Erst später geriet die Milice so außer Kontrolle und begann, französische Bürger links und rechts hinzurichten und von Haus zu Haus nach Juden zu suchen.

„Eines kann ich Ihnen sagen – ich würde eher auf Bauernhöfe

achten. Offensichtlich ist es schwieriger, jemanden in der Stadt zu verstecken, wo jedes zufällige Geräusch bemerkt werden könnte und es im Allgemeinen weniger Platz gibt. Zweifellos haben Sie diese Dinge bereits bedacht."
Molly nickte.
„Außerdem", fuhr Mme Gervais fort, „könnte ein Bauernhof einen Teil der Nahrung für einen Langzeitgefangenen bereitstellen. Natürlich gab es während des Krieges ständig Nahrungsmittelknappheit, und selbst die Bauern hatten Mühe, satt zu werden. Aber wenn man ein Dorfhaus hat, könnte man dem Gefangenen vielleicht etwas Salat geben, wenn man das Glück hat, überhaupt einen Garten zu haben. Aber Käse und Fleisch müsste man kaufen. Da ist natürlich die Ausgabe, aber auch – es könnte auffallen. Wenn ein einzelner Mann – und ich denke, wir müssen uns nicht mit der politisch korrekten Vorstellung aufhalten, dass Frauen zu so etwas gleichermaßen fähig wären, nur unter uns gesagt – wenn er genug Essen für zwei kaufen würde, könnte es, *könnte* es, irgendwann auffallen.

„Obwohl die Menschen im Allgemeinen nicht sehr aufmerksam sind, würden Sie dem nicht zustimmen?"

Molly nickte wieder. „Ich fürchte, das stimmt. Mich selbst eingeschlossen, die meiste Zeit."

„Was konkrete Verstecke angeht, fürchte ich, kann ich an nichts besonders Ungewöhnliches denken, an das Sie nicht schon gedacht hätten. Dachböden, Keller und Scheunen, das ist es, woran ich mich erinnere. Die armen Menschen mussten fast die ganze Zeit drinnen bleiben, völlig abhängig von demjenigen, der sie aufgenommen hatte, und alle wussten, dass eine Entdeckung wahrscheinlich die Hinrichtung oder Deportation für alle Beteiligten und vielleicht sogar für die ganze Gemeinschaft bedeuten würde."

Mme Gervais senkte den Kopf, in Erinnerungen versunken, und Molly saß still bei ihr und unterbrach sie nicht.

15

Es hatte in der Nacht geregnet, und der Bereich um die Scheune war matschig. Bourbon sah aus, als trüge sie braune Socken. Nach dem Morgenmelken schlenderten die Kühe gemächlich auf die Westweide, wo es in der ersten Tageshälfte schattig war, da es bereits sehr warm war.

„Bourbon!", rief Achille, und die Hündin drehte sich um und sah ihn fragend an. Normalerweise folgte sie den Kühen auf die Weide, um sicherzustellen, dass sie geordnet dort ankamen. „Wir werden den Zaun überprüfen", sagte er, und er meinte, Bourbon nickze, bevor sie zu ihm zurücktrabte.

Als sie an einem kleinen Wäldchen vorbeikamen, schnitt Achille einen Ast ab, um damit zu laufen. Nicht zum Abstützen, denn er war stark und brauchte das nicht, sondern nur einen Stock, um im Schlamm herumzustochern oder durch die Luft zu schwingen, wenn ihm danach war. Der Zaun auf dem Hof war nicht in bestem Zustand. Einige Strecken waren aus Holz, mit ein paar Abschnitten aus Stacheldraht. Mehrere verrottende Pfosten mussten ersetzt werden. Achille seufzte, als er einen fand, der so weit hin war, dass es wirklich nicht länger aufgeschoben werden konnte. Als er gegen den Pfosten drückte, brach er fast ab. Sein Vater hatte versucht, ihm beizubringen, die schlimmsten Arbeiten gleich am Morgen zu erledigen, aber Achille hatte es nie geschafft, sich diese Angewohnheit anzueignen. Stattdessen schob er alles, was er nicht gerne tat, auf, vermied es und vergaß es, bis es nicht mehr möglich war, es zu ignorieren.

„Wenn ich es nicht repariere, werden die Kühe ausbrechen", sagte er zu Bourbon. „Und es würde mich überhaupt nicht wundern, wenn einige der Nachbarn die Gelegenheit nutzen würden, um eine von ihnen zu stehlen. Oder sogar mehr", sagte er und redete sich in Rage. „Na gut, lass uns den Rest dieser Linie ablaufen und sehen, ob es noch etwas gibt, was ich heute machen muss, und dann holen wir das Werkzeug."

Achille machte sich auf den Weg entlang der Zaunlinie und überprüfte jeden Pfosten, aber schon bald starrten seine Augen zwar auf den Zaun, ohne ihn jedoch wahrzunehmen. Stattdessen sah er das junge Mädchen vom Markt in Salliac am letzten Montag vor sich. Er schätzte sie auf zwölf oder dreizehn Jahre. Er dachte an ihr Grinsen, als er ihr den Cannelé angeboten hatte. An ihren unschuldigen Gesichtsausdruck. Ihre abgenutzten Turnschuhe.

Je mehr er über sie nachdachte, desto mehr war er davon überzeugt, dass sie gut geeignet wäre. Es wäre viel besser, überlegte er, jemanden Jüngeren zu haben. Das war ein Fehler, den er dieses Mal korrigieren würde, indem er das Alter richtig wählte. Jünger würde weniger Gegenwehr bedeuten, dachte er. Sie wäre williger, anpassungsfähiger. Kontrollierbarer.

Er musste sie wiedersehen. Und sobald er diesen Gedanken hatte, spürte Achille eine Art hektischen Druck tief in seinem Inneren, von dem er wusste, dass er ihn unangenehm begleiten würde, bis zum nächsten Markttag, wenn er versuchen konnte, sie wiederzufinden.

Was, wenn sie nicht da ist? Was, wenn sie nie wiederkommt?

DIE GEFANGEN VON CASTILLAC

Den Zaunpfosten vergessen, kehrte Achille zum Haus zurück und pfiff nach Bourbon. Sein Gesicht war verzerrt und eine Hand zur Faust geballt, während die andere den Ast immer wieder gegen den Boden schlug.

Es ist fade geworden.

Er musste handeln. Es war keine Wahl, sondern ein Zwang, und es musste bald geschehen.

§.

DIE FÜHRUNG eines Gîte-Betriebs stellte sich als ähnlich wie viele andere Jobs heraus – man jongliert einfach von einer Katastrophe zur nächsten. Molly ging zum Taubenschlag, um einen letzten Check zu machen, bevor das niederländische Paar, die De Groots, am Nachmittag ankommen sollte, und stellte fest, dass der dramatische Regensturm in der Nacht zuvor ein ebenso dramatisches Leck im neuen Dach verursacht hatte. Sie machte einen Notfallanruf bei Pierre Gault und setzte ihre Kopfhörer auf, um Blues zu hören, während sie den Rest des Vormittags damit verbrachte, Wasser aufzuwischen, Teppiche zu waschen und zum Trocknen aufzuhängen.

Als sie an das dachte, was Madame Gervais neulich gesagt hatte, fiel ihr auf, dass der Taubenschlag ein perfekter Ort wäre, um jemanden zu verstecken. Er lag abseits der Straße, zum einen. Obwohl es innen hell genug war, waren die Fenster viel zu klein, um hindurchzuschlüpfen, und zu hoch, um durchzusehen. Sie nahm sich vor, nach weiteren Taubenschlägen am Rande des Dorfes und in der nahen Umgebung Ausschau zu halten. Valerie könnte wie Rapunzel gewesen sein, all die Jahre in einem Miniaturturm eingesperrt. Molly erschauderte, als sie bei der Vorstellung, so lange eingesperrt zu sein, eine Welle von Klaustrophobie durchfuhr.

Die harte körperliche Arbeit des Aufräumens verbesserte ihre

Laune, sodass sie, als Pierre ankam, nicht mehr fluchte, sondern optimistisch war, dass die De Groots den Ort lieben würden – wenn Pierre das Dach vor dem nächsten Regen reparieren könnte.

„Molly, ich kann mir nicht vorstellen, wie das passiert ist", sagte er vom Dach aus. „Es muss eine gewaltige Windböe gewesen sein – siehst du, dieser Ziegel hier ist glatt abgebrochen. Bist du sicher, dass niemand hier oben war?"

„Warum sollte jemand aufs Dach gestiegen sein? Nein, es war hier wie üblich ruhig, und niemand hat nach einer Leiter gefragt, um irgendwelche Dächer zu erklimmen."

„Ich werde es heute reparieren", sagte er. „Das ist kein Problem. Aber ich muss die Ziegel darüber entfernen, siehst du, bevor ich den zerbrochenen ersetzen kann. Vielleicht ist etwas darauf gefallen?"

„Was könnte möglicherweise vom Himmel gefallen sein, das schwer genug war, um einen dieser Ziegel zu zerbrechen?", fragte Molly skeptisch. „Komm schon, Pierre – du hast geschlafen, als du den aufgelegt hast. Er muss schon einen Riss gehabt haben, als du ihn benutzt hast."

Molly hatte ehrlich gesagt kein Problem mit dem Fehler; sie akzeptierte durchaus, dass Dinge passieren. Aber komm schon, wenn du Mist baust, gib es einfach zu, dachte sie, nachdem sie sich von Pierre verabschiedet hatte und zurück zu ihrem Haus ging, um sich für die Ankunft der De Groots umzuziehen.

Und es war gut, dass sie sich beeilte, denn das Dorftaxi fuhr keine fünfzehn Minuten später in La Baraque ein, gerade als Molly versuchte, einen Kamm durch ihr Haar zu ziehen und es als aussichtsloses Unterfangen aufgab.

„Bonjour!", rief sie, aufrichtig erfreut, die neuen Gäste zu treffen.

„Hallo, Molly!", sagte Herman De Groot. „Ich hoffe, es ist in Ordnung, wenn ich dich beim Vornamen nenne? Nach unserem

E-Mail-Austausch fühle ich mich, als würde ich dich schon kennen."

„Natürlich", erwiderte Molly mit einem Lächeln. Zu Christophe, dem neuen Taxifahrer, sagte sie: „Ich bin sehr froh, dich zu sehen. Es wäre ein bisschen eng geworden, die Gäste auf meinem Roller hierher zu bringen."

Christophe grinste. Die De Groots hatten ihre Taschen aus dem Taxi genommen und standen nun mit den Armen umeinander geschlungen da, während sie einander in die Augen schauten.

Ach, junge Liebe, dachte Molly mit einem erträglich kleinen Stich des Neids.

Herman strich seiner Frau die Haare aus dem Gesicht und beugte sich hinunter, um sie zu küssen. Christophe gluckste, stieg wieder in seinen schicken grünen Citroën und fuhr rückwärts aus der Einfahrt.

Einen unangenehmen Moment lang stand Molly da und wartete, dass der Kuss endete.

„Ähm, na dann!", sagte sie und versuchte, ihre Anmut zu bewahren, obwohl sie an einem gewissen Punkt Lust verspürt hatte, ihnen einen Tritt zu verpassen.

Die De Groots lösten sich voneinander, und Anika hatte den Anstand, ein wenig zu erröten. Molly führte sie zu ihrer Unterkunft im blitzblanken Taubenhaus, wobei sie fast über die orange Katze stolperte, die plötzlich aufgetaucht war und ihr zwischen die Beine geriet. Sie bewunderten das Design, erwähnten das glänzende Holz und die winzigen Fenster, und nachdem Molly sie einquartiert hatte, ging sie zu ihrem Haus zurück und fühlte sich ein wenig weniger genervt von Pierre Gault.

Aber das Schlimmste war, dass sie das Gefühl hatte, all die Aufgaben ihres täglichen Lebens – das Putzen und Begrüßen der Gäste, das Reparieren von kaputten Dingen, La Baraque zu einem schönen und freundlichen Ort zum Verweilen zu machen – all diese Aufgaben stünden dem im Weg, was wirklich wichtig war, nämlich einen brauchbaren Plan zu entwickeln, um Valerie zu finden.

Wer hatte die Notiz hinterlassen? Und wenn derjenige Valerie Boutillier wirklich gesehen hatte, warum sagte er oder sie nicht einfach, wo sie war?

16

Natürlich hoffte Molly, dass all ihre Gäste ihren Aufenthalt in La Baraque genossen, aber sie wollte wirklich, dass Ned und Leslie mit dem Gefühl abreisten, dass sie es kaum erwarten konnten, wiederzukommen. Hauptsächlich – nun ja, ausschließlich – weil sie hoffte, dass sie mit Oscar zurückkehren würden. Die Eltern hatten Molly den Gefallen getan, Oscar ein paar Nächte bei ihr bleiben zu lassen, da es offensichtlich war, wie viel Freude Oscar ihr bereitete. Und es schadete ihnen selbst auch nicht, eine kleine Auszeit von dem kleinen Kerl zu bekommen.

Sie hatten mehrere weitere Ausflüge ohne Kind unternommen und eine wunderbare Zeit gehabt, um dann nach Hause zu einem glücklichen Kind und einem strahlenden Babysitter zurückzukehren. Es war, als hätte man eine Großmutter, die Kinder liebte, direkt zur Hand, jemanden, der immer bereit war, jegliche Aufgaben stehen und liegen zu lassen und zum Vergnügen des krabbelnden Babys auf dem Boden herumzutoben.

Nicht, dass Molly es gemocht hätte, als Großmutter betrachtet zu werden; sie war erst achtunddreißig und hatte die Hoffnung auf eine eigene Familie noch nicht ganz aufgegeben, nicht ganz tief in ihrem Inneren. Aber der Teil über das

Aufschieben von Arbeit und die Bereitschaft zum Spielen? Ja, tausendmal ja, und sie würde das Baby schrecklich vermissen, wenn die Familie schließlich abreisen musste.

Sie würden am Dienstag abreisen. Molly wollte etwas Festliches machen, also lud sie einige ihrer Freunde aus Castillac ein, sowie Wesley Addison von oben (denn wie konnte man eine Party veranstalten und nicht einen Gast von *innerhalb* des eigenen Hauses einladen?). Kein Abendessen, nur Cocktails, oder *apéros*, wie die Franzosen sie nannten, zusammen mit „schweren Vorspeisen", wie man anständige Häppchen in den USA nannte.

Molly verbrachte ein paar gute Stunden in der Küche mit der Zubereitung dieser Häppchen: *gougères*, kleine, käsige Teigbällchen; *pissaladière*, eine Zwiebeltarte; und *brandade au morue*, ein Püree aus Stockfisch mit Käse und Kartoffeln, das mit Scheiben von geröstetem Baguette gelöffelt werden konnte. Keines der Gerichte war schwierig oder erforderte besondere Präzision, aber es war trotzdem ein ehrgeiziges Menü, wenn man es allein in wenigen Stunden zubereiten wollte. Gerade als die ersten Gäste eintreffen sollten, schob Molly das letzte Blech mit *brandade* in den Ofen und rannte zum Duschen und Umziehen. Glücklicherweise wusste sie, dass niemand pünktlich zur angegebenen Zeit erscheinen würde.

Sie vergaß Wesley Addison.

Als sie gerade in die Dusche steigen wollte, hörte sie ihn schwer die Treppe herunterkommen. Es ließ sie innehalten, nackt zu sein, während ein fremder Mann in ihrem Haus war, nur den Flur hinunter, aber es gab ein Schloss an der Badezimmertür und sie benutzte es. Sicherlich konnte er sich die paar Momente, die sie brauchen würde, um fertig zu werden, alte Gartenzeitschriften ansehen.

„HALLO!" rief Mr. Addison.

Molly verdrehte die Augen, verteilte Shampoo auf ihrem Kopf, massierte es ein und versuchte, die Irritation wie den Schaum in ihrem Haar abzuspülen.

„FRÄULEIN SUTTON!" rief er erneut.
Um Gottes willen.
„ICH KOMME!" rief Molly zurück. Bobo beobachtete aufmerksam, wie sie aus der Dusche sprang, sich abtrocknete und etwas Pflegeprodukt in ihr Haar gab, wobei sie sicherstellte, dass es bis in die Spitzen gelangte. Wenn sie diesen Schritt überspringen würde – ihr Haar tatsächlich seinen natürlichen Gang gehen ließe, ohne menschliches Zutun – würde es sich zu einem unglaublich krausen Ball verknoten, den kein Kamm oder keine Bürste bändigen könnte. Aber sie vermutete, dass die Verzögerung sie etwas kosten würde.

Schnell warf sie sich ein kurzes Frühlingskleid über, schlüpfte in ein Paar Sandalen und verließ ihr Schlafzimmer in der Hoffnung, Addison zu beruhigen und sich später etwas schminken zu können.

„Fräulein Sutton! Ich war der Auffassung, dass Sie mich zu einer gesellschaftlichen Zusammenkunft heute Abend eingeladen hatten?" Er blickte bedeutungsvoll auf seine Uhr.

„Ja!" sagte sie mit einem falschen Ton von Heiterkeit. Sie war heilfroh, dass Lawrence nicht da war, um ihn zu hören, denn er würde sie auf ewig damit aufziehen. „Ich fürchte – oh! Lassen Sie mich –" Die Brandade roch fertig und sie bewegte sich schnell in die Küche und nahm sie aus dem Ofen. „Ich hoffe, Sie haben Hunger!" sagte sie, während sie hinter die Theke zurückkam und sich eine Schürze umband. „Die anderen sollten bald hier sein. Ich fürchte, hier in Castillac ist die für so etwas angegebene Zeit eher ein vager Vorschlag als eine Zugabfahrtszeit." Sie lachte.

Addison starrte sie an. „Zugabfahrtszeit?" sagte er und sah völlig verwirrt aus.

„Ich meinte nur... ach, vergessen Sie's. Was darf ich Ihnen zu trinken anbieten? Kirs sind sehr beliebt, oder ich habe Wein, und irgendwo eine Flasche Wodka..."

Addison starrte weiter, antwortete aber nicht. Bobo knurrte ihn an – leise, als wolle er subtil dabei sein.

„Oder wenn Sie etwas ohne Alkohol möchten, habe ich Mineralwasser und Zitrone?"

Molly glaubte, ihn bei diesem Vorschlag nicken zu sehen, also holte sie ein Glas und machte ihm ein Getränk aus kaltem Perrier und fügte ein Stück Zitrone hinzu. „Also, erzählen Sie mir, wie Sie nach Castillac gekommen sind", fragte sie ihn. „Wir bekommen schon einige amerikanische Besucher, aber nicht allzu oft. Ich bin immer neugierig, wie die Leute den Weg hierher finden."

„Ich war schon einmal hier", sagte Mr. Addison. Er hob das Glas an seine Lippen und trank die Hälfte davon. „Ich war vor sieben Jahren hier", sagte er. „Und ich hatte immer den Wunsch zurückzukehren und zu sehen, wie sich die Dinge verändert haben."

„Also... damals, waren Sie für einen längeren Aufenthalt hier? Zu welcher Jahreszeit war das?"

„Drei Monate, Juli bis September. Ich traf mich mit einer Gruppe britischer Menschen, die hierhergezogen waren, um den Fortschritt ihres Spracherwerbs zu untersuchen."

„Interessant! Und wie haben sie sich geschlagen?"

„Schlecht. Zu alt. Wissen Sie, dass ab einem gewissen Alter das Erlernen einer Fremdsprache nicht mehr möglich ist?"

Molly nickte. „Das überrascht mich nicht. Obwohl ich mich jetzt recht wohl fühle, wenn ich Französisch spreche. Wohl dabei, peinliche Fehler zu machen, schätze ich", sagte sie lachend.

Addison sah sie eindringlich an. „Ich verstehe nicht. Sie fühlen sich bei Fehlern wohl?"

Unbewusst trat Molly ein paar Schritte zurück und wünschte sich etwas mehr Freiraum zwischen sich und Wesley Addison. Sie schob den Zwiebelkuchen zum Aufwärmen in den Ofen und mixte sich einen Kir.

Ein festes Klopfen ertönte und Michel Faure kam durch die Haustür, die Arme für Molly ausgebreitet. „Salut, endlich!", sagte er, und sie begrüßten sich mit Wangenküssen.

„Ich freue mich so, dich zu sehen!", sagte sie. „Und wo ist Adèle?"

„Sie kommt gleich, sie ist nur kurz in ihrer Wohnung vorbeigefahren. Wir haben dich vermisst, Molls!"

„Ich denke, wenn ich auf den Seychellen Urlaub gemacht hätte, hätte ich niemanden vermisst!", sagte sie.

„Ich verstehe nicht", sagte Mr. Addison. „Wieso sollte der Ort einer Reise Einfluss darauf haben, wie man über diejenigen empfindet, die nicht dabei waren?"

Molly holte tief Luft. „Darf ich Ihnen meinen Gast vorstellen, Wesley Addison. Das ist Michel Faure, der mit seiner Schwester Adèle gereist ist, die hoffentlich jeden Moment kommen wird. Und wenn Sie mich jetzt beide für einen Moment entschuldigen würden, ich habe noch einiges in der Küche zu erledigen."

Zum ersten Mal wünschte sich Molly, sie hätte eine altmodische Küche, nicht offen, sondern sicher hinter einer geschlossenen Tür, wo sie sich zurückziehen und sich um ihre aufwendigen Vorspeisen kümmern und vielleicht in Ruhe einen halben Kir trinken könnte, bevor sie sich wieder Addison stellen musste.

Sie wusste, dass man in ihrem Geschäft mit jedem auskommen musste, und sie versuchte, diese erste echte Herausforderung mit Anmut anzunehmen, auch wenn sie es nicht so empfand.

§⁂

SCHON BALD WAR das große offene Erdgeschoss von Mollys Haus mit lachenden und Geschichten erzählenden Freunden gefüllt. Ned und Leslie waren vorbeigekommen, und Molly hatte Mme Sabourin in ihrem Garten gesehen und ihr spontan eine Einladung zugerufen. Die De Groots hatten abgesagt und sich im Taubenhaus verschanzt. Adèle war mit einer neuen Handtasche als Geschenk für Molly eingetroffen.

Lawrence hatte sich mit purem Wodka begnügt und Mollys Entschuldigungen dafür akzeptiert, dass sie nicht alle Zutaten für einen richtigen Negroni hatte. „Du weißt schon, dass du ein völliger Kulturbanause bist", sagte er liebevoll, während er am Wodka nippte und nach einer Olive griff.

„Absolut", grinste Molly. „Ich denke nicht gerade mit Zuneigung an diesen Drink", fügte sie hinzu.

„Ich glaube, da steckt eine Geschichte dahinter", sagte Michel und hob eine Augenbraue.

„Ja, aber ihr könnt sie erraten. Das Einzige, was sie etwas interessant macht, ist, dass ich nach zwei Negronis in ein Taxi mit einem Mörder gestiegen bin."

„Ich glaube, das kann ich nicht überbieten", sagte Michel.

„Und hör mal, meine Schöne – diese *brandade* ist perfekt!" Er tauchte einen Toast ein und kaute genüsslich.

„Michel isst alles, was nicht niet- und nagelfest ist", lachte Adèle. „Der Junge hat einen teuren Geschmack, der offenbar viel zu lange vernachlässigt wurde."

„Du magst Handtaschen, ich mag Kaviar", antwortete er. „Kein Grund zu urteilen."

„Hat also jeder sein 'Ding'? Negronis, Handtaschen, Kaviar ... ich bin mir nicht sicher, ob ich da reinpasse", sagte Leslie.

„Ich habe auch kein Ding", sagte Ned.

„Hast du wohl!", sagte Leslie. Sie verlagerte Oscar auf ihre andere Hüfte und zeigte auf ihren Mann. „Dieser Mann hat eine Schuhmarotte, das würdet ihr nicht glauben. Wir mussten eine extra Reisetasche auf die Reise mitnehmen, nur für seine Schuhe."

„Interessant", sagte Lawrence und musterte Ned von oben bis unten. „Das findet man in der Hetero-Welt nicht oft."

„Ich betrachte sie als Werkzeuge", sagte Ned. „Jeder hat seine Rolle. Der Hausschuh, der Laufschuh, der Wanderstiefel – man möchte einen Schuh tragen, der für die spezifische Aktivität gemacht ist. Mehrzweckschuhe sind traurige kleine Dinger: Alleskönner, aber Meister in gar nichts."

DIE GEFANGEN VON CASTILLAC

„Das wusste ich gar nicht", sagte Molly und warf einen Blick auf Neds Füße. „Aber du trägst jetzt Mokassins, keine schicken Slipper. Wenn ich dir sage, dass die nicht gehen, könntest du upgraden?"

„Natürlich kann er upgraden", sagte Leslie lachend. „Er wollte fast die Slipper anziehen, hat sich aber in letzter Minute umentschieden."

Mme Sabourin lächelte höflich und nippte an ihrem Kir. Sie kannte nur sechs englische Wörter, und so war das Gespräch für sie Kauderwelsch, aber trotzdem fand sie es interessant, dass die jüngeren Leute anscheinend mit so viel guter Laune die Füße der anderen inspizierten.

„Und wie sieht's bei Ihnen aus, Wesley? Wie ist Ihre Schuhsammlung so?"

Wesley starrte Ned an, als könne er nicht ganz verstehen, was er meinte. „Entschuldigung", sagte er schließlich. „Ich habe Schwierigkeiten, mich auf das zu konzentrieren, was Sie sagen, weil ich eher Ihrem Akzent zuhöre als Ihren Worten. Ich bin Linguist", sagte Wesley und streckte die Hand aus, um Ned zu schütteln. „Ich habe einmal eine Abhandlung über den australischen Akzent geschrieben, in der ich den Grad der allophonischen Variation bei den alveolaren Plosiven untersuchte, um genau zu sein."

Alle verstummten.

„Ich habe nicht die geringste Ahnung, wovon Sie sprechen", sagte Ned. „Also, wie wäre es, wenn wir uns einen Teller von diesem unglaublichen Essen holen und mit unseren Getränken auf die Terrasse gehen, damit Sie mir erklären können, was zum Teufel Sie da gerade gesagt haben."

„In Ordnung", sagte Wesley und machte eine halbe Verbeugung.

„Hallo, kleine Gans", sagte Molly und kam herüber, um Oscar Grimassen zu schneiden. Oscar schüttelte den Kopf und lächelte sie an. „Ich werde euch alle so sehr vermissen", sagte

Molly. „Ich habe das Gefühl, ihr drei seid jetzt alle Teil der Familie."

„Wir sind traurig, abreisen zu müssen", sagte Leslie.

Ein Schwall feuchter Luft wehte herein, als sich die Haustür öffnete und Frances hereinstürmte, gefolgt von einem missmutig aussehenden Nico. Frances sah wie immer sehr dramatisch aus und trug ein kurzes Shiftkleid aus einem hauchzarten, kaum vorhandenen Stoff und klobige Plateauschuhe, die ihre Beine noch länger erscheinen ließen.

„Na, hallo, du Verrückte!", sagte Molly und gab ihrer Freundin einen Kuss auf beide Wangen. „Ich sehe dich ja kaum noch! Oh mein Gott, wirst du etwa rot?"

Frances warf ihr glattes schwarzes Haar aus dem Gesicht und hob das Kinn. „Ich werde nicht rot", sagte sie. „Und lass mich dir sagen", flüsterte sie, „Nico ist... er ist so ein geheimnisvoller Mann!"

„Ähm, hmm", sagte Molly, die das schon früher von Frances über Ehemann Nummer eins und zwei gehört hatte. „Ich freue mich für dich. Und ich bin so froh, dass du gekommen bist. Du musst unbedingt diese Brandade probieren. Sie ist mein neuer Favorit, ich glaube, ich werde sie von nun an dreimal täglich essen."

Frances lachte und ging, um Michel zu begrüßen.

Molly ging in die Küche, um weitere *Gougères* aus dem Ofen zu holen. Sie schüttete sie in einen mit einer Serviette ausgelegten Korb und blieb dann einen Moment stehen, um den Raum zu betrachten, der mit Menschen gefüllt war, die sie vor einem Jahr noch nicht einmal gekannt hatte. Mme Sabourin kicherte über irgendetwas mit Adèle. Frances brachte Michel zum Lachen, und Nico funkelte sie finster an. Lawrence stand allein da und streichelte die orangefarbene Katze. Mollys Augen füllten sich mit Tränen, so dankbar war sie, dass sie den Weg nach La Baraque, nach Castillac, gefunden hatte und dass all diese Menschen, die ihr jetzt so lieb geworden waren, nun Teil ihres Lebens waren.

Sie war so *gerührt,* dass selbst der nüchterne Tonfall von Wesley Addison auf der Terrasse, als er Ned über Diphthonge belehrte, sie liebevoll lächeln ließ.

Das bedeutete nicht, dass Molly Valerie vergessen hatte. Wenn sie erst einmal an einem Fall dran war, beschäftigte er sie hundertprozentig, auch wenn diese Gedanken leise im Hintergrund liefen. Aber an diesem Abend hatte sie das Gefühl, dass das Beste, was sie alle tun konnten, war, so zusammen zu sein, zu lachen und über die Schuhe der anderen zu reden. Es machte es erträglicher, sich dem Schrecken dessen zu stellen, was Menschen einander antaten.

Es war eigentlich der Sinn von allem.

17

Die ganze Woche hatte sich Achille auf Montag gefreut, wenn der Markt in Salliac stattfand. Doch nun war es Montagmorgen, spät genug, dass er wusste, dass die Händler bereits aufgebaut und geöffnet hatten, und trotzdem fand er immer wieder Gründe, es hinauszuzögern.

Es ist möglich, sagte er sich, dass Aimée nicht die Richtige wäre. Sie könnte zu jung sein. Sie könnte über Teenager-Dinge reden wollen, von denen er keine Ahnung hatte. Sie könnten vielleicht nicht genug Gemeinsamkeiten finden. Aber dann dachte er daran, wie lebhaft sie gewesen war, als sie mit ihrer Freundin telefoniert hatte, wie sie ihren Kopf wie ein kleines Fohlen geworfen hatte, wie ihre grünen Augen aufgeleuchtet hatten, als er ihr einen Cannelé angeboten hatte.

Er wollte diese Lebendigkeit in seiner Nähe. Wollte, dass sie aufgeregt mit ihm sprach, wie er es bei ihrem Gespräch mit ihrer Freundin mitgehört hatte. Und obwohl es stimmte, dass Aimées Lächeln und Lachen ihn anzogen, war es etwas ganz anderes, das ihn mit ihr verbunden fühlen ließ. Es lag ein Schatten über dem Mädchen. Ein Gefühl, dass sie irgendwie verletzt war, dass zu

Hause etwas nicht stimmte, vielleicht sogar schrecklich falsch war.

Achille dachte nicht direkt darüber nach. Es war mehr ein vages Gefühl als alles andere, obwohl er für sich ihre zerknitterte Kleidung, die Tatsache, dass sie auf dem Markt statt in der Schule war, und sogar, dass Aimée einen Cannelé von einem fremden Mann annahm, bemerkt hatte. All diese Eindrücke ließen ihn glauben, dass sie ihn brauchte.

Dass es etwas in ihr gab, das er verstand.

Die Hofarbeit war längst erledigt, und Achille verbrachte einige Momente vor dem Spiegel über dem Waschbecken im Bad und versuchte, sein Aussehen zu verbessern. Bourbon beobachtete ihn aufmerksam und lief hinter ihm hin und her. Er hatte keine Zahnbürste, aber er stocherte mit dünnen Weidenzweigen, die er am Bach geschnitten hatte, in seinen Zähnen. Er kämmte sein Haar und achtete darauf, alle Knoten herauszuarbeiten. Er verzog das Gesicht vor seinem Spiegelbild und fragte sich, wie er zu einem Mann geworden war, wenn er sich innerlich noch so sehr wie ein Junge fühlte.

Der Traktor war alt, aber robust, und er pflegte ihn gut. So fühlte es sich wie ein Verrat an, als er hinaufkletterte und den Schlüssel drehte, und der Motor ansprang und wieder ausging. Nervös drehte er den Schlüssel erneut, vorsichtig mit dem Druck auf der Kupplung, falls er beim ersten Mal zu schnell losgelassen hatte. Der Motor tat dasselbe - schien zum Leben zu erwachen, keuchte dann aber und starb ab.

Achille sprang herunter, mit einem Knoten im Magen. Der Markt in Salliac fand an diesem Tag statt, und nur am Morgen. Er hatte keine Kontrolle darüber, wann er Aimée sehen könnte: Dies war seine Chance, jetzt sofort, und wenn er nicht rechtzeitig dort ankäme, könnte alles verloren sein.

Speichel sammelte sich in seinen Mundwinkeln, als er die Schläuche und das Öl überprüfte. Er konnte nichts Ungewöhnliches finden.

In Ordnung, sagte er zu sich selbst, beruhige dich. *Beruhige dich.* Der Traktor wird dieses Mal anspringen. Er *wird* es. Er kletterte wieder hinauf und drehte den Schlüssel. Und er sprang an. Die Erleichterung schlug in unbändige Aufregung um. Er setzte zurück und gab dann Gas, schoss die kurze Auffahrt zur Straße hinunter und bog links auf die Straße Richtung Salliac ab. Er dachte kein einziges Mal an Valerie.

Jetzt, wo das Wetter wieder sonnig und warm war, drängten sich viel mehr Menschen auf dem Platz im Zentrum des kleinen Dorfes. Er sah die Frau, die importiertes Gemüse verkaufte, einen großen Mann, der Bio-Spinat und Salate verkaufte, und einen anderen Mann, der Töpfe und Pfannen verkaufte. Auf einer Seite des Platzes machten ein Crêperie-Wagen und ein Pizza-Wagen gute Geschäfte. Dann, eingequetscht zwischen einem Fischhändler und zwei jungen Frauen, die Käse verkauften, entdeckte Achille die alte Frau, die an einem Tisch mit ihrer mageren Auslage von Cannelés saß.

„Bonjour Madame", sagte Achille, seine Stimme klang ein wenig zittrig. „Darf ich sechs haben?"

Sie lächelte ihn an. „Oui, Monsieur Labiche", und legte langsam sechs der dunkelgoldenen Leckereien in eine Tüte. Er erschrak beim Klang seines Namens, aber die Frau kam ihm bekannt vor, und er vermutete, dass sie wahrscheinlich eine Freundin seiner Eltern gewesen war. Hier kennt jeder jeden, dachte er mit einem Schauder.

Achille hatte sich gesagt, dass er erst nach Aimée Ausschau halten durfte, wenn er die Tüte mit Cannelés bereit hatte. Mit hinterhältiger Einsicht verstand er perfekt, dass das Mädchen ohne die Cannelés kein Interesse an ihm haben würde. Er konnte sie nicht einfach wie einen Babyfrosch fangen – sie musste erst besänftigt und dann angelockt werden.

Achille hatte im Laufe der Jahre mit vielen Mädchen geübt, sie sogar bis zu dem Punkt gebracht, an dem er sie hätte nehmen können, und sich im letzten Moment dagegen entschieden. Er mochte jeden Teil davon - nach Kandidatinnen Ausschau halten, versuchen zu sehen, worauf sie reagierten, Acht geben, damit er verschwinden konnte, wenn jemand anderes ihn zu bemerken schien. Viele Wochen, sogar Monate lang war er nicht in der Lage gewesen, zum Salliac-Markt oder irgendeinen Markt zu kommen, weil die Anwesenheit so vieler Menschen einfach zu überwältigend war. Aber sobald er eine Kandidatin im Sinn hatte, existierten die anderen Menschen kaum noch. Er war auf *sie* fokussiert.

Und viele von ihnen mochten die Aufmerksamkeit, sehnten sich sogar danach. Valerie jedoch - sie war anders und war es seit dem ersten Moment, als er sie entdeckt hatte. Sie war die lebendigste Person, die er je gesehen hatte, geradezu vor Energie sprühend, ein glücklicher Kobold, der nie aufhörte, sich zu bewegen. Valerie hatte ihn hypnotisiert. Und damals hatte er noch keine der Methoden entwickelt gehabt, die er jetzt bei dem Mädchen auf dem Salliac-Markt anwenden wollte; rückblickend vermutete er, dass sie bei Valerie sowieso nicht funktioniert hätten.

Denn sie brauchte keine Aufmerksamkeit von irgendjemandem: An ihr gab es keinen Anflug von Traurigkeit, den Achille kilometerweit hätte erkennen können, keine Verletzlichkeit, die er hätte ausnutzen können. Er hatte sie verfolgt und sie eines Nachts gepackt, als sie auf dem Heimweg aus dem Haus einer Freundin kam. Er hatte sie nicht sanft gelockt, sondern mit roher Gewalt genommen. Es war ein schreckliches Risiko gewesen, sie direkt auf einer Straße in Castillac zu fesseln und zu knebeln und sie dann auf dem Traktor nach Hause zu bringen, wo sie zwischen seinen Beinen saß - jeder hätte es sehen können, und ihm war klar, in welchen Schwierigkeiten er gewesen wäre, wenn man ihn erwischt hätte. Sie hatte es ihm fast unmöglich gemacht zu fahren, so sehr hatte sie sich gewehrt, aber er hatte es geschafft, sie zurück zum Hof zu bringen, ohne dass eine Menschenseele gesehen hatte, was er getan hatte.

Er hatte befürchtet, dass die Notwendigkeit der Gewaltanwendung die Art von Verbindung, die er suchte, unmöglich machen würde, dass sie wütend sein und ihn anschreien und damit ohne Unterlass weitermachen würde. Aber es war nicht ganz so gekommen. Sie war wütend gewesen, aber schließlich war die Wut verpufft. Und Valerie war sieben ganze Jahre lang sein gewesen.

Es war sicherlich bedauerlich, dass es fade wurde. Aber das lag nicht in seiner Macht.

Er ging mit geradem Rücken über den Markt, ängstlich, aber fähig, es zu verbergen, und suchte nach dem Mädchen. Der Gedanke an Aimée gab ihm Kraft und Sinn.

Geliebt.

ᛃ

ES WAR NICHT EINFACH GEWESEN, und mehrmals hatte Gilbert gedacht, sie würde es nie erlauben, aber endlich hatte Maman gesagt, er könne alleine nach Brennnesseln und anderen Frühlingskräutern suchen, und wenn er genug fände, könnten sie am Samstag zum Castillac-Markt gehen, um sie zu verkaufen. Gilbert hatte diese Idee erstmals im Herbst, während der Pilzsaison, gehabt und seither unermüdlich versucht, sie dazu zu überreden, in der Hoffnung, genug Geld zu verdienen, um einen ferngesteuerten Hubschrauber zu kaufen, den er im Auge hatte.

Maman sagte, er sei zu jung, er würde nie lange genug bei der Sache bleiben, um es lohnenswert zu machen, er sei zu sehr in seiner eigenen Traumwelt verloren, um draußen auf den Feldern aufzupassen. Er würde sich nur selbst enttäuschen. Aber Gilbert hatte sie schließlich mürbe gemacht.

Jetzt war der Hubschrauber vergessen, und stattdessen war er verzweifelt auf der Suche nach einer Möglichkeit, wieder ins Dorf zu kommen, um den Gendarmen eine weitere Nachricht zu hinterlassen, diesmal ohne die entscheidende Information über Valeries Aufenthaltsort zu vergessen.

Nach mehreren Tagen Selbstvorwürfen hatte er sich an seinen Fehler gewöhnt und fühlte sich nicht mehr so schuldig. Sicherlich machten selbst die berühmtesten Detektive, Maigret und Poirot, gelegentlich Fehler. Möglicherweise hatte sogar James Bond irgendwann einmal einen Fehler gemacht, nicht dass Maman ihn je einen Bond-Film hatte sehen lassen. Er rechnete damit, dass er bis Samstagmorgen das Material für eine zweite Nachricht gefunden haben würde; einmal in Castillac würde er Maman sagen, er müsse auf die Toilette, und die Nachricht wie beim letzten Mal an die Tür der Station kleben.

Wenn sie es nur nicht für einen dummen Streich halten, dachte er mit einem Anflug von Vorahnung. Aber dagegen kann ich nichts tun.

Er und Maman hatten seit seiner Kindheit oft nach Pilzen und Kräutern gesucht, und er hatte keine Schwierigkeiten, die zu identifizieren, die er wollte. Er wusste, wo die Brennnesseln wuchsen und wie man sie sammelte, ohne sich zu verbrennen. Er wusste, dass er junge Löwenzahnblätter, Schafgarbe und Vogelmiere pflücken sollte und dass ältere Brunnenkresseblätter mehr Geschmack hatten.

Es stimmte: Er *war* in Tagträumen versunken, als er das Haus verließ und über das Feld hinter dem Haus lief. Er stellte sich nette, reiche Damen vor, die ihm Hände voll Euro für seine frischen Frühlingskräuter zahlten. Vielleicht konnte er Valerie Boutillier retten *und* diesen Hubschrauber bekommen!

Es regnete nicht mehr. Die Luft war kühl und der Boden nass. Er zog ein Paar Gartenhandschuhe seiner Mutter an und erntete in nur wenigen Minuten einen halben Korb Brennnesseln. Er fragte sich, ob Valerie hungrig war. Gab Labiche ihr außer Milch irgendetwas? Er ging in den Wald in Richtung Labiches Hof, nur um nachzusehen, ob sie draußen war.

So überfürsorglich Maman auch war, hatte sie ihm immer

erlaubt, allein über den Hof zu streifen und nach Lust und Laune im Wald zu spielen, und er betrachtete die Felder und Wälder als sein Revier. Er kannte die einzelnen Bäume und die sanften Hänge, den Bach und die moosigen Ufer, alle Details des Landes mit einer mühelosen Vertrautheit. Aber jetzt, da er Valerie gesehen hatte, das lange vermisste Mädchen, und erkannt hatte, dass sie all diese Zeit der Welt entrissen und versteckt worden war - von seinem Nachbarn -, schien der Wald nicht mehr so freundlich wie zuvor.

Gilbert erschrak, als hinter ihm ein Zweig knackte. Er sah sich immer wieder schnell um, als wolle er jemanden beim Spionieren erwischen. Seine Ängste konzentrierten sich nicht auf Labiche, obwohl er fürchtete, ihn zu sehen; es war, als ob sich alles in etwas Beängstigendes und Verdächtiges verwandelt hätte, sobald der Schleier der Sicherheit und Geborgenheit zerrissen war. Die dicken Stämme der Eichen waren perfekt zum Verstecken, und er stellte sich vor, dass jemand dort war, bereit, ihn zu packen.

Zunächst hatte sich seine ganze Konzentration darauf gerichtet, genug zu finden, um die Reise zum Markt am nächsten Tag zu rechtfertigen. Aber schon bald machte er sich Sorgen, dass Labiche durch den Wald schlich und ihn ausspionierte. Und wenn sein Nachbar, der so ruhig wirkte, ein Mann, der sich mehr für Kühe als für alles andere interessierte - wenn der sich als kranker Verbrecher entpuppen konnte, wer wusste schon, wer sonst noch etwas ebenso Böses plante?

Gilbert drehte sich um. Die Schatten des Waldes machten ihn nervös. Vielleicht sollte er diesen Plan einfach vergessen und nach Hause gehen, sich einen anderen Weg ausdenken.

Moment mal.

Er würde nicht wie seine Mutter sein, die Angst vor einer Million Dinge hatte, die noch gar nicht passiert waren. Labiche hielt Valerie schon seit ganzen sieben Jahren gefangen, und nicht ein einziges Mal hatte er Anstalten gemacht, Gilbert zu seinem Gefängnis hinzuzufügen. Und außerdem hatte er Labiche nie im

Wald gesehen, wirklich nie. Alles, was Labiche jemals tat, war mit seinem Hund über die Felder zu spazieren und laut mit seinen Kühen zu reden.

Der Wald war Gilberts Zuhause. Dort war er sicher. Oder etwa nicht?

18

Achille hatte das abendliche Melken beendet, sein Abendessen gegessen und aufgeräumt. Der alte Fernseher war seit Monaten kaputt, und er las nicht gerne. Es gab nichts zu tun, und er fühlte sich unruhig. Seit dem Montagsmarkt in Salliac war er schlecht gelaunt. Er hatte es endlich in das kleine Dorf geschafft, die Cannelés gekauft, beobachtet und gewartet... aber das Mädchen war nicht aufgetaucht. Er quälte sich mit dem Gedanken, dass sie vielleicht früher da gewesen war und er sie verpasst hatte. Vielleicht hatte sie sogar nach ihm gesucht, vielleicht hatte sie gehofft, er würde mit seiner Tüte frischer Cannelés dort sein, und er hatte sie enttäuscht. Und wofür? Er hatte nicht einmal einen Grund. Er war spät zum Montagsmarkt gekommen, weil er Zeit mit dem Lesen einer Zeitung verschwendet hatte, und dann hatte der Traktor nicht anspringen wollen.

Er hatte gezögert, weil der Markt eine Menschenmenge bedeutete, selbst in einem kleinen Dorf wie Salliac, und es kostete ihn Zeit und Mühe, sich dazu zu zwingen, sich unter die Leute zu mischen.

Oder vielleicht war sie gar nicht gekommen. Erinnerte sich nicht einmal an ihn.

Um diesen quälenden Gedanken zu entkommen, ging er zum Wurzelkeller. Er stand vor der Tür und lauschte. Valerie war ruhig. Die Tür war mit einem Vorhängeschloss gesichert, und er nahm den einzigen Schlüssel heraus, der an einer kleinen Kette an seinem Gürtel befestigt war. Er zögerte.

Es war fade geworden. Fade, weil Valerie jetzt so anders war, die Hälfte der Zeit Unsinn redete und ihm nicht mehr so zuhörte wie früher. Sie war nicht mehr wie damals, als er sie mitgenommen hatte, so lebhaft und vital.

Einfach ausgedrückt - er war ihrer überdrüssig.

Aber er öffnete die Tür in der Hoffnung, dass sie sich vielleicht wieder verändert hatte, so wie sie früher war, und sie könnten einen Abend zusammen verbringen wie früher, über alles Mögliche reden, und er würde sie verlassen und in sein Haus und sein Bett zurückkehren, mit dem warmen Gefühl der Kameradschaft, der Fürsorge für sie, genau wie bei seinen Mädchen und seinem Hund.

Das war alles, wonach er strebte. Alles, was er wollte, war jemand, mit dem er reden konnte, jemand, um den er sich kümmern konnte. Jemand, der nirgendwo hingehen würde. Der ihn nicht verlassen würde.

Er wusste, dass es andere Männer in seiner Situation gab, die die Frauen, die sie festhielten, schrecklich ausnutzten - er hatte vor Jahren einen solchen Bericht in der Zeitung gelesen, und das hatte ihn auf die Idee gebracht, den Bunker zu bauen -, aber Achille war nicht so, und er verachtete die Männer, die sich so verhielten.

„*Bonsoir*, Valerie", sagte er sanft, als er eintrat und die Tür hinter sich schloss. Er hatte eine Kerze in einem Porzellanhalter mitgebracht und zündete den Docht mit einem Streichholz an.

„Lala lali lo", sagte Valerie, ohne ihn anzusehen.

„Fängst du schon wieder damit an?", sagte Achille. „Ich bin

nicht wirklich ein Musikliebhaber. Bei uns zu Hause gab es nie Musik, als meine Eltern noch lebten. Ich bin das nicht gewohnt."

„Leeeeelaaaaaa-"

„Hör auf damit!" Achille schlug die Hände über die Ohren.

„Ich bin deine Valerie", sagte sie. Sie kauerte auf ihrer Matratze in der Ecke des Wurzelkellers. Er war vier Schritte lang und drei Schritte breit. In den ersten Jahren ihrer Gefangenschaft war sie stundenlang gelaufen, nie in der Lage, mehr als vier Schritte in eine Richtung zu machen.

„Ja", sagte Achille und spürte einen kurzen Anflug von Zärtlichkeit für sie. Er streckte die Hand aus und streichelte ihre eingefallene Wange. „Es ist nur... ich weiß nicht, was ich jetzt mit dir anfangen soll."

„Tu tu tu", sagte Valerie. Sie legte sich auf den Rücken und stemmte die Füße gegen die Decke. Sie trug eine Jeans, die Achille vor vier Jahren in einem Geschäft in Bergerac gekauft hatte. Es war immer aufregend, ihr Kleidung zu kaufen. Er hatte das Gefühl, dass er der Welt praktisch mitteilte, dass Valerie bei ihm lebte, als würde er der Welt einen großen Hinweis geben, dass er eine Frau hatte, jemanden, dem er so nahestand, dass er ihr Kleidung kaufte. Aber niemand schien jemals darauf zu achten.

„Ich war heute auf dem Markt in Salliac", sagte er und setzte sich auf die Ecke ihres Bettes.

Valerie sagte nichts.

„Ich sage es dir geradeheraus. Ich bin hingegangen, weil ich dort letzte Woche ein Mädchen getroffen habe. Sie hat einen braunen Pferdeschwanz. Sie erinnert mich ein bisschen an dich, wie eine jüngere Version von dir."

Valerie sagte nichts. Sie drückte ihre Füße gegen die Decke, und ein paar Erdkrümel fielen auf die Matratze.

„Möchtest du Gesellschaft?", fragte Achille. „Ich meine, abgesehen von mir? Würdest du es mögen, wenn ich sie hierherbrächte, um mit dir zu leben?"

Valerie hob den Kopf und starrte ihn an. „Ich bin deine Valerie", sagte sie.

„Natürlich. Daran wird sich nie etwas ändern", sagte er und meinte es auch so. „Aber ich habe so viel Arbeit zu erledigen, ich kann dich nicht so oft besuchen, wie wir beide es gerne hätten. Also dachtest du vielleicht, es wäre schön, wenn du Gesellschaft hättest. Ich denke, der Keller ist groß genug für zwei, findest du nicht?"

„La li la", sagte Valerie.

Achille spürte einen Anflug von Wut. Warum machte sie weiter mit diesem sinnlosen Unsinn, wenn sie wusste, wie sehr es ihn irritierte? Warum hatte sie ihre Verbindung zerstört, für die er so hart gearbeitet und so viel riskiert hatte?

Valerie zog ihre Knie an die Brust, schlang ihre Arme um die Beine und wiegte sich auf der Matratze vor und zurück, vor und zurück.

Plötzlich wurde für Achille alles im Kellergewölbe unerträglich: der Geruch, ihr Gesang, die Leere, wo sie früher gewesen war, die Dunkelheit.

„Also gut, das war's dann", sagte er und stand auf. Er nahm ihren schmutzigen Teller und die Schüssel in eine Hand und den Abfalleimer in die andere und sagte gute Nacht. Valerie antwortete nicht, sondern schaukelte weiter hin und her.

Achille leerte den Eimer in ein tiefes Loch, das er gegraben hatte, und warf eine Handvoll Kalk darauf. Er spülte den Eimer sorgfältig aus, schloss die Tür wieder auf und stellte den Eimer wortlos zurück in den Bunker.

Das war seit sieben Jahren seine nächtliche Routine gewesen. Immer wenn er den ausgespülten Eimer zurückbrachte, hatte er etwas Liebevolles gesagt, und sei es nur „Gute Nacht, *chérie*", aber an diesem Abend schloss er schweigend die Tür, verriegelte sie und schlurfte mit schwerem Herzen zum Haus zurück.

Er war ihrer überdrüssig, und schlimmer noch, in diesem

Moment mochte er sie nicht einmal mehr. Was sollte er also jetzt mit ihr anfangen?

AM NÄCHSTEN MORGEN kam Molly in ihrem Bademantel und Pantoffeln in die Küche, um Kaffee zu machen, blieb aber wie angewurzelt stehen, als sie das Chaos vom Vorabend sah. Lawrence hatte ihr freundlicherweise geholfen, die Spülmaschine zu beladen, bevor er gegangen war, und Adèle hatte beim Wegräumen des Essens geholfen, aber überall schienen schmutzige Gläser hervorgesprossen zu sein, Krümel bedeckten den Boden wie ein Teppich, und Bobo stand in der Ecke und sah sehr schuldbewusst aus.

„Ich bin mir sicher, du hast etwas gefressen, das du nicht hättest fressen sollen", sagte Molly und kraulte sie hinter den Ohren. „Aber hey, du solltest auch mal ab und zu über die Stränge schlagen können. Werd nur bitte nicht krank, ich flehe dich an. Ich bin echt nicht in der Stimmung, mich jetzt mit Erbrochenem zu befassen."

Bobo leckte sich das Maul und drückte ihren Kopf gegen Mollys Hand.

Nur eine Tasse Kaffee, dann gehe ich zum Markt, um frische Croissants für alle zu holen. Ich räume auf, wenn ich zurück bin.

Sie ließ Bobo stehen, holte eine Tasse heraus, goss einen großzügigen Schuss Sahne hinein und bereitete die French Press vor, während das Wasser aufkochte.

Bobo knurrte.

Molly hörte die schweren Schritte von Wesley Addison, der die Treppe herunterkam.

Verdammt.

Sie band ihren Bademantel fest zu und setzte ihr Pokerface auf. „Guten Morgen!", zwitscherte sie, als er um die Ecke bog.

„Bonjour", sagte er und blickte sich angewidert im Raum um.

Molly bemerkte, dass sein Akzent recht gut war. „Ich trinke gerade einen Kaffee, bevor ich ins Dorf gehe, um frisches Brot zu holen. Ich weiß, es ist alles ein Durcheinander, aber ich kümmere mich darum, wenn ich zurück bin", erklärte sie. „Gibt es etwas Bestimmtes, das Sie möchten, dass ich Ihnen mitbringe? Irgendein Gebäck, das Sie besonders mögen?"

„Ich esse kein Gebäck", sagte Wesley Addison.

„Glutenproblem?", fragte Molly mitfühlend.

„Nein. Ich mag es einfach nicht."

Freak.

„Nun, was kann ich Ihnen sonst zum Frühstück bringen? Ich mache Ihnen gerne Eier. Es gibt einen Bauern auf dem Markt, der herrliche Würste hat, wenn Sie warten können, bis ich zurück bin."

„Raoul?"

„Ja", sagte Molly, „genau den meine ich. Allein der Gedanke an ihn lässt mir das Wasser im Mund zusammenlaufen."

Addison sah alarmiert aus.

„Nein!", sagte Molly. „Ich meine nicht – ich meinte nur, dass seine Würste sehr gut sind, und ich denke, ich werde welche für mein Mittagessen kaufen. Also Sie kennen Raoul von früher, als Sie hier waren? Kochen Sie gerne?"

„Nein."

Molly wartete darauf, dass er mehr sagte. Schließlich sagte Addison: „Ich koche nicht. Es war meine Frau, die Raoul gefunden und die Würste gekocht hat. Sie hörte auch nicht auf, darüber zu reden. Kaufte sie jeden einzelnen Samstag, und wir aßen sie meist an diesem Abend zum Dinner, jede Woche monatelang."

Molly nickte. Ihre Stimmung hob sich allein bei dem Gedanken an die Tasse Kaffee, die fast fertig war. Sie warf den Filter und den Kaffeesatz in den Komposteimer neben der Spüle und goss die herrliche dunkelbraune Flüssigkeit in ihre Tasse. „Oh!", sagte sie, nachdem sie den ersten ambrosischen Schluck genommen hatte. „Entschuldigung – möchten Sie auch etwas Kaffee?"

„Nein", sagte Addison. „Ich trinke keinen Kaffee."

Verrückter Freak.

„Meine Frau war allerdings süchtig danach. Ich sehe, Sie haben die gleiche Begeisterung für das Zeug wie sie."

Molly lächelte. „Und wo ist Ihre Frau? Wollte sie dieses Mal nicht mitkommen? Schwierig wegzukommen?"

„Oh, es ist nichts dergleichen", sagte Addison. „Sie ist tot. Sie ist tatsächlich in der Nähe von Castillac gestorben."

„Oh! Das... das tut mir sehr leid", sagte Molly.

Bobo knurrte.

„Ruhig, Bobo-Mädchen", sagte Molly und tätschelte ihren gefleckten Kopf.

Molly wollte mehr über diese Geschichte erfahren, aber im Moment überwog ihr Wunsch nach etwas zu essen ihre Neugier. Sie entschuldigte sich bei Wesley Addison, wusch sich das Gesicht, warf sich ein paar Klamotten über und machte sich auf den Weg die Rue des Chênes hinunter zur Pâtisserie Bujold und zum Samstagmorgenmarkt. Zum ersten Mal seit Tagen schien die Sonne, ihre Party war ein großer Erfolg gewesen, und Molly wollte das alles genießen – und nur dieses eine Mal nicht an etwas Hässliches oder Trauriges denken.

19

Castillac befand sich in einem frühlingsinduzierten Zustand der Euphorie. Nach den Regenfällen der letzten Woche fühlte sich die warme Sonne so gut auf der Haut aller an, und Molly sah mehr als eine Person ihr Gesicht zur Sonne wenden, die Augen geschlossen, die ungewohnte Wärme und Helligkeit in sich aufsaugend. Der Samstagsmarkt war voller als gewöhnlich. Jede Woche schienen sich mehr Händler auf dem Platz zu drängen und mit frischem Gemüse, Käse und lokal gezüchtetem Fleisch um Schönwetterkunden zu konkurrieren. Molly konnte irgendwo in der Nähe den Geruch von hefigem Brot und Kaffee wahrnehmen.

Der Roller, auf den sie ein Auge geworfen hatte, war keck auf dem Bürgersteig geparkt, und sie hielt einen Moment inne, um ihn begehrlich zu betrachten. Das geschwungene Chrom, poliert und glänzend. Das entzückend niedliche Armaturenbrett mit seinen gut gestalteten Anzeigen und Messgeräten. Selbst die kleinen Flächen, wo der Fahrer seine Füße aufsetzte, und der elegant geformte Ledersitz – alles war Perfektion.

Sie fuhr mit der Hand über den Lenker und stellte sich vor, wie sie durch den Verkehr zickzackte wie ein Slalomfahrer, eine

Tüte von der Pâtisserie Bujold sicher auf dem winzigen Gepäckträger hinter ihr verstaut.

„Hübsch, nicht wahr?", sagte eine vertraute Stimme.

„Oh, bonjour Thomas", sagte Molly in frostigem Ton, da sie den Verrat von Constances Ex-Freund weder vergessen noch verziehen hatte.

„Du bist immer noch sauer."

„Natürlich bin ich immer noch sauer!", sagte Molly. „Constance ist meine Freundin und du hast sie abscheulich behandelt. Schlägst du etwa vor, ich sollte einfach darüber hinwegkommen?"

„Nein, natürlich nicht. Ich ... aber ich möchte, dass du weißt ..."

„Thomas!", rief eine junge Frau, die aus der Menge auftauchte und an seinem Arm zog. „Lass uns gehen, wir kommen zu spät!"

Thomas hatte den Gesichtsausdruck einer Kuh, die von einem Bordercollie belästigt wird.

„Trotzdem schön, dich zu sehen", sagte Molly, lächelte in sich hinein und ging weiter. Sie liebte es, dass das Dorf klein genug war, um auf dem Samstagsmarkt viele Leute zu treffen, die sie kannte, aber sie konnte auch sehen, dass es an einem Ort dieser Größe kompliziert werden konnte, wenn eine Beziehung in die Brüche ging.

Gut, dass ich mich dem Single-Dasein verschrieben habe, dachte sie, während sie sich auf Raouls Stand zubewegte. Sie nahm ein Päckchen Würste in die Hand und fragte sich kurz, wie genau Mrs. Addison ums Leben gekommen war. Sie winkte ihrer Nachbarin, Mme Sabourin, zu, die gerade Pflaumen in eine Papiertüte schaufelte.

„Manette!", sagte sie überrascht, als sie ihre Freundin Gemüse an einer anderen Stelle als üblich verkaufen sah. „Ich bin völlig durcheinander, dich auf dieser Seite des Platzes zu sehen. Ich dachte, jeder bleibt an seinem üblichen Platz."

„Normalerweise schon", sagte Manette düster. „Es ist dieser neue Typ, der, der Vollkornbrot verkauft. Und fang bloß nicht an, mit ihm über das Brot zu reden – er wird endlos darüber schwafeln, wie gesund es ist, bis du ihn am liebsten mit einem Knüppel über den Kopf schlagen würdest, damit er endlich die Klappe hält. Und wenn du dich nach dem Geschmack fragst, es ist in Ordnung, solange du Brot magst, das nach Tapetenkleister schmeckt. Und schwer wie ein Betonklotz ist."

Molly lachte. „Ich denke, ich nehme Paprika und Auberginen zu meinen Würsten, bitte."

„Von Raoul?"

„Natürlich. Jetzt sag mir, wie es dir geht, Manette. Geht es den Kindern gut? Wie geht's deiner Schwiegermutter?"

„Immer noch krank. Oder tut so, als wäre sie krank, schwer zu sagen. Aber danke der Nachfrage. Den Kindern geht's gut. Wild, bringen mich an den Rand des Wahnsinns, aber gut." Manette zwinkerte ihr zu und wog das Gemüse ab.

Irgendetwas an Manette ließ Molly ihre eigene Mutter vermissen. Sie war so rotwangig und gutmütig – Eigenschaften, die ihre eigene Mutter nur selten gehabt hatte – und Molly konnte nicht anders, als kurz davon zu träumen, mit Manette nach Hause zu gehen und sich einzufügen, in das glückliche Chaos ihrer großen Familie einzutauchen.

Aber der Markt war an diesem Samstag überfüllt, und zu viele Kunden verlangten nach Manettes Aufmerksamkeit, als dass Molly weiter mit ihr plaudern konnte. Sie bezahlte, ordnete ihr Gemüse in ihrem Korb und ging mit einem Abschiedswinken weiter.

Ein runzeliger Mann, den sie noch nie getroffen hatte, saß an einem kleinen Tisch, auf dem ordentlich angeordnete Plastikbehälter mit Walnüssen standen. Der Mann sah selbst ein bisschen wie eine Walnuss aus, seine gealterte Haut in Falten und tiefen Furchen, mit lebhaften dunklen Augen, die herausblickten.

„Bonjour, Monsieur", sagte Molly und stellte sich dann vor. Sie hatte festgestellt, dass fast alle Einheimischen deutlich auflebten, wenn sie erfuhren, dass sie in Castillac lebte und nicht nur auf der Durchreise war.

Aber leider hatte der Walnuss-Mann, obwohl er durchaus freundlich war, einen Akzent, den Molly überhaupt nicht verstehen konnte. Er war so unverständlich, dass sie nicht einmal seinen Namen verstehen konnte, sondern mit weit aufgerissenen Augen und einem aufgesetzten Lächeln dastand und nur hoffte, dass sich die Wolken lichten und die Bedeutung plötzlich klar werden würde. Aber das geschah nicht. Ein wenig verlegen und auch verärgert über sich selbst kaufte sie eine Schachtel der mühsam geschälten Walnüsse, schenkte dem Walnuss-Mann ein breites Lächeln zusammen mit einigen Euro und ging weiter.

❧

NEBEN DEM WALNUSS-MANN saß ein Junge, ebenfalls an einem kleinen Tisch. Der Junge sah beunruhigt aus – seine Stirn war gerunzelt und er beobachtete sie aufmerksam –, was Mollys Ohren sich genauso spitzen ließ wie Bobos. Auf seinem Tisch lagen Haufen von welkem Grünzeug und ein paar schmuddelig aussehende Plastiktüten.

„Bonjour, Madame", sagte Gilbert so leise, dass Molly ihn kaum hören konnte.

„Bonjour", sagte Molly, die Lust hatte, seine sommersprossige Wange zu berühren, sich aber zurückhielt. „Hast du die selbst gefunden?"

„Ja", sagte Gilbert, und sein Gesicht errötete. Das ist der Moment, sagte er zu sich selbst. Sprich mit ihr! Molly Sutton war die beste Detektivin im ganzen Dorf, vielleicht sogar in der ganzen Dordogne! *Sag es ihr einfach!*

Aber er konnte die Worte nicht herausbringen.

Er konnte keine Worte hervorbringen.

„Die sind wild? Ich habe noch nie etwas selbst gesammelt", sagte sie. „Ich meine, ich habe im *Supermarkt* gesammelt", lachte sie über sich selbst, „aber nicht in der Natur. Offensichtlich ist das etwas ganz anderes. Ich hätte Angst, einen Fehler zu machen. Nicht, dass ich denke, *du* hättest einen Fehler gemacht – die sehen wunderbar aus und ich bin sicher, du weißt, was du tust." Molly hielt inne und sah ihn von der Seite an. „Du weißt doch, was du tust, oder?"

Gilbert erstarrte. Er nickte, sein Gesicht nun sehr blass. Was ist los mit dir!, schrie er sich selbst an, ohne Erfolg. Er war nicht einmal annähernd dazu gekommen, den Zettel an die Stationstür zu kleben; jedes Mal, wenn er die Straße hinunterlief, um nachzusehen, war dort eine Menschenmenge, die zum Markt kam und ging. Keine Möglichkeit, es zu tun, ohne gesehen zu werden.

Schüchterne Jungen sind so niedlich, dachte Molly. Sie musste sich fast physisch zurückhalten, um nicht durch sein Haar zu wuscheln, das oben länger und etwas lockig war.

„Ich mag wilde Kräuter sehr gerne, besonders Brennnesseln", sagte sie. „Wie viel verlangst du dafür? Kann ich es mir leisten, alles zu kaufen und mir ein richtiges Festmahl zu gönnen?"

„Oui, Madame", sagte Gilbert. „Fünf Euro, das ist alles."

„Du verlangst nicht genug. Für all diese Arbeit? Es muss Stunden gedauert haben, all das zu sammeln! Bist du sicher, dass fünf Euro dein Preis ist?"

Gilbert nickte und unterdrückte ein Lächeln.

„Molly! Ich hatte gehofft, dich hier zu sehen!", rief Ben Dufort über die Menge hinweg und küsste sie auf beide Wangen.

„Salut, Ben! Vielleicht könnten wir in ein Café gehen, wenn wir mit dem Einkaufen fertig sind? Ich habe ein oder zwei Ideen..."

„Das glaube ich dir aufs Wort", sagte er lächelnd zu ihr.

Gilbert beobachtete sie. Wenn es je einen Moment gab, seine Informationen preiszugeben, dann jetzt. Madame Sutton und Chef Dufort, zusammen, direkt vor ihm, und seine Mutter außer Sichtweite im Gespräch mit Manette.

Doch er sagte nichts. Er beobachtete die beiden zusammen.

Chef Dufort – nun, Gilbert würde ihn weiterhin so nennen, auch wenn er nicht mehr wirklich Chef war – er war so... so groß und stark und gutaussehend. Gilbert war ziemlich sicher, dass Madame Sutton das auch fand.

Sicherlich wäre es ungefährlich, es ihnen zu erzählen. Sie waren keine Schreihälse. Sie wirkten nett.

Ja, sie *waren* nett. Aber das bedeutete noch lange nicht, dass sie ihm glauben würden. Er war erst neun Jahre alt. Sie würden denken, er würde tagträumen, nur auf der Suche nach Aufmerksamkeit. Und er hatte nur eine Chance. Wenn sie zum falschen Schluss kämen, hätte er keine Möglichkeit, sie danach zu überzeugen.

Er sollte es ihnen trotzdem einfach sagen. Es riskieren.

Oder vielleicht... vielleicht könnte er mit dem Geld, das er vom Verkauf der Kräuter gespart hatte, eine Kamera kaufen, und er könnte Labiche ausspionieren und Fotos machen, wenn er ihn das nächste Mal mit Valerie draußen sah!

Eine dumme Idee. Das würde Monate dauern.

„Hallo? Träumst du, mein Freund?", sagte Molly zu ihm. „Also, fünf Euro ist dein endgültiger Preis?"

Gilbert nickte, doppelt beschämt, weil sich nun aus Frustration und Unsicherheit über das Richtige zu tun Tränen in seinen Augenwinkeln sammelten. Manchmal hasste er es wirklich, ein Kind zu sein.

Er nahm ihr Geld und sah zu, wie das Paar in der Menge verschwand, sich voll bewusst, dass seine beste Chance, sein Geheimnis zu erzählen, gerade mit ihnen verschwunden war.

※

MOLLY UND BEN bahnten sich ihren Weg durch die Menge zum Café de la Place, wo Pascal ihre Bestellungen mit seinem üblichen strahlenden Lächeln entgegennahm und in der Küche verschwand.

„Ist das hier zu öffentlich?", fragte Molly mit leiser Stimme.

„Nicht jeder ist ein eingefleischter Lauscher wie du", sagte Ben grinsend. „Aber du hast Recht, ja, wir sollten vorsichtig sein mit dem, was wir sagen. Der Erfolg unserer Ermittlungen könnte davon abhängen, dass der Entführer nach all dieser Zeit nachlässig geworden ist und nicht mehr so vorsichtig ist, entdeckt zu werden. Wir wollen nicht, dass das halbe Dorf darüber spricht, was wir vorhaben."

„Ich habe das Gleiche gedacht", sagte Molly. „Aber ich habe versucht, einen Weg zu finden, um ein wenig herumzuschnüffeln, ohne Verdacht zu erregen, und ich habe zumindest einen Ansatz einer Idee."

Pascal kehrte mit zwei Cafés crème und Tellern mit warmen Croissants zurück, dazu kleine Schälchen mit süßer Butter und Himbeermarmelade. Molly stürzte sich hungrig darauf. „Nun, ganz einfach – und korrigiere mich bitte, wenn ich falsch liege – ich denke, ich muss in die Häuser der Leute kommen. Ich weiß, dass ich nicht wirklich etwas inspizieren könnte, wie zum Beispiel, ob es versteckte Fächer gibt oder so. Nur eingeladen zu werden, wird wahrscheinlich nicht genug sein. Aber es ist ein Anfang, oder?

„Jedenfalls ist mein Plan, von Tür zu Tür zu gehen, mit einer Art Umfrage. Ich werde mit einem Klemmbrett und einigen Formularen bewaffnet sein und fragen, ob ich hereinkommen und ihnen ein paar Fragen stellen kann. Vielleicht sage ich, dass ich historische Forschungen über die Gegend mache oder genealogische Nachforschungen. Ich wünschte, ich könnte sagen, es sei eine Regierungssache, aber sie würden kaum glauben, dass eine Amerikanerin das tut."

„Und sie wären weniger geneigt, die Tür zu öffnen."

„Aber, also, ich dachte mir... wenn du jemanden als Gefangenen auf deinem Dachboden oder so hättest, wärst du nicht super nervös, wenn überhaupt ein Fremder vorbeikäme? Denkst du, ich könnte diese Nervosität spüren?"

Ben schluckte einen Bissen Croissant, bevor er antwortete. „Vielleicht", sagte er, klang dabei aber nicht sehr überzeugt. „Denk daran, wir suchen jemanden, der es geschafft hat, dieses Geheimnis sieben lange Jahre zu bewahren. Wenn er der Typ wäre, der sofort ins Schwitzen gerät, sobald jemand in die Nähe seines Hauses kommt, wäre er schon längst aufgeflogen. Manche Verbrecher sind aus Eis – sie können lügen, ohne auch nur eines der körperlichen Anzeichen von Nervosität zu zeigen. Deshalb sind Lügendetektortests nicht perfekt. Ironischerweise sind es die größten Lügner, die nicht erwischt werden."

Molly nickte, fühlte sich dabei ein wenig entmutigt. Wenn Valerie in einem geheimen Raum irgendwo festgehalten wurde, wie um alles in der Welt sollte Molly jemals herausfinden, wo? Sie könnte direkt unter ihrer Nase sein – im Obergeschoss des Café de la Place, theoretisch. Die Tage verstrichen und sie waren immer noch am Anfang.

Sie blickte in Bens warme braune Augen und sagte: „Du glaubst immer noch, dass sie getötet wurde."

„Ich fürchte ja. Der Bericht von meiner Seite ist, dass mein Freund in Toulouse für uns tätig wird – er kommt irgendwann diese Woche und bringt einen ausgebildeten Hund mit. Er soll in der Lage sein, eine Leiche in einem großen Gebiet aufzuspüren."

„Also was hast du vor, mit ihm an der Leine durchs Dorf zu spazieren?"

„Ich plane, konzentrische Kreise zu ziehen, beginnend in der Mitte des Dorfes und dann nach außen. Mein Freund wird mir wahrscheinlich Anweisungen geben, wie man den Hund am effizientesten einsetzt. Ich möchte ziemlich schnell aufs Land raus. Sofern Valerie Boutillier nicht in jemandes Gefrierschrank steckt", fügte er mit leiser Stimme hinzu, „erwarte ich, dass ich sie dort finden werde. Draußen im Wald – der Wald von La Double birgt viele Geheimnisse. Und möglicherweise wird dieser Hund zumindest eines davon aufdecken."

20

Nach dem Gespräch mit Dufort war Molly entschlossen, bei ihrem Teil der Ermittlungen voranzukommen. Also entwickelte sie am Nachmittag, während sie die Überreste der Party vom Vorabend aufräumte, eine Persona für sich selbst: eine unbeholfene genealogische Forscherin, die sich für die alten Namen und Familien der Gegend interessierte. Sie dachte, das würde harmlos wirken und keine besonderen Kenntnisse ihrerseits erfordern. In ihrem früheren Leben in Amerika war Molly Spendensammlerin gewesen, daran gewöhnt, auf Fremde zuzugehen, sie zu beruhigen und sie dazu zu bringen, Schecks auszustellen, bevor sie wussten, wie ihnen geschah.

Nun ja, in diesem letzten Teil war sie nicht besonders gut gewesen. Oder zumindest hatte es ihr nicht sonderlich gefallen. Aber diese Aufgabe, diese Ermittlung, war grundlegend anders: Das Leben einer Frau stand möglicherweise auf dem Spiel. Das war etwas ganz anderes, als einer Schule zu ermöglichen, ein schickes neues Gebäude zu bauen, das sie eigentlich gar nicht brauchte.

Im Bett las Molly an diesem Abend ihre Fragen Bobo laut vor, die ausnahmsweise einmal aufs Bett durfte. Sie erstellte online ein

Formular und fand ein Notizbuch, das sie mit Kopien des Formulars und einigen Seiten mit gefälschten Notizen füllte, suchte ein paar anständige Stifte heraus und betrachtete sich als voll ausgerüstet.

Am nächsten Morgen ließ sie ein paar nicht mehr ganz frische Croissants auf der Theke zusammen mit einer Notiz für Wesley Addison und machte sich auf den Weg ins Dorf. Sie wünschte, sie könnte Bobo zum Schutz mitnehmen. Als Probelauf hielt sie am Nachbarhaus an, wo Mme Sabourin wohnte.

„Bonjour, Mme Sabourin!", sagte sie enthusiastisch.

„Bonjour Molly", antwortete die alte Dame. Sie gaben sich Wangenküsse. „Ich hatte neulich Abend eine wunderbare Zeit. Sie haben einige interessante Freunde", sagte sie mit einem leichten Lächeln.

Molly ging ihre Fragen durch, und Mme Sabourin antwortete bereitwillig, obwohl Molly meinte zu erkennen, dass sie sich fragte, worum es bei all dem ging. Und dann, nur um methodisch vorzugehen, ging sie zum nächsten Haus in der Rue des Chênes, stellte sich vor und ging ihre Fragenliste durch, und dann zum nächsten Haus und so weiter, wobei sie auf einer Karte markierte, wenn niemand zu Hause war.

Die Häuser in Castillac reichten von sehr alt - einige Teile stammten aus dem 15. Jahrhundert - bis brandneu, teilweise war der Putz kaum getrocknet. Molly war dankbar, dass viele Leute (meist ältere Frauen) sie hereinbaten und ihr eine Tasse Kaffee oder Tee anboten und mehr als glücklich waren, auf die Details ihrer Familiengeschichten sowie die Geschichte der Dordogne einzugehen. Sie hörte von der Folterung des Adligen Alain de Monéys im Jahr 1870 und von den Unruhen, die durch die Religionskriege des 16. Jahrhunderts verursacht wurden. Von Gruppen von Hugenotten, die Frankreich in Richtung England und Schweden verlassen hatten. Von den Helden des Widerstands, die so viel Mut im Kampf gegen die Nazis bewiesen hatten. Von den

Ausländern, die über die Jahrzehnte gekommen waren und deren Blut und Namen sich mit denen von Castillac vermischt hatten. Im Laufe eines sehr langen Tages erfuhr sie eine beträchtliche Menge über diese Familien, ihre Beziehungen untereinander und Verbindungen zu anderen Teilen des Landes und darüber hinaus. Aber nicht ein einziges Mal bekam sie auch nur den kleinsten Hinweis darauf, dass irgendjemand etwas auch nur im Entferntesten Verdächtiges tat, noch entdeckte sie den geringsten Beweis dafür, dass Valerie Boutillier irgendwo in der Nähe lebte.

꽃

AM NÄCHSTEN MORGEN wachte Achille auf und sprang sofort aus dem Bett. Es war Montag, der Tag des Salliac-Marktes, und er würde diesmal nicht den halben Tag mit Nichtstun verschwenden. Er würde direkt dorthin gehen, gleich nach dem Morgenmelken.

Er würde sie nicht noch einmal verpassen.

Die Morgenarbeit schien ewig zu dauern: die Mädchen vom entfernten Feld holen, sie an die Maschine anschließen, sie auf die Westweide treiben; Valerie ihr Frühstück bringen und ihren Eimer leeren; einen Eimer Schlempe zum Schwein bringen; den Hund füttern.

Alle Tiere schienen sich wie in Zeitlupe zu bewegen, und es war für Achille frustrierend, dass es nichts gab, was er sagen oder tun konnte, um sie schneller zu bewegen. Als er Bourbon antrieb, drehte sie sich um und sah ihn schief an, und danach hielt er den Mund.

Endlich war er bereit zu gehen. Er überlegte, zu duschen und sich die Haare zu kämmen, wollte aber keine Zeit verlieren, also stieg er nach Mist und Schweiß riechend und mit abstehenden Haaren am Hinterkopf in großer Eile auf den Traktor.

Der Traktor hustete und stotterte, aber der Motor sprang an

und bewegte sich langsam die kurze Auffahrt hinunter zur Hauptstraße und weiter nach Salliac.

Achille verkaufte seine Milch an eine Genossenschaft und hatte gerade eine Zahlung erhalten. Er fühlte sich wohlhabend und voller Optimismus und stellte sich den Moment vor, in dem das Mädchen auf seinen Traktor steigen würde, um mit ihm nach Hause zu fahren, und wie es ihm mehr Freude bereiten würde als alles andere in seinem ganzen Leben. Er spielte dieses Bild immer wieder in seinem Kopf durch, änderte kleine Details und ließ es wieder ablaufen.

Er wusste genau, dass, selbst wenn er sie dazu bringen könnte, freiwillig mit ihm nach Hause zu kommen, sie niemals dort bei ihm bleiben wollen würde. Er machte sich in dieser Hinsicht keine Illusionen. Aber sie festzuhalten, völlig für sie verantwortlich zu sein, für alles, was mit ihr zu tun hatte - ihre ganze Welt zu sein - das war ein Teil des Reizes. Der beste Teil, gestand er sich manchmal ein.

Anfangs würde das neue Mädchen auf dem Dachboden bleiben müssen. Es wäre nachts ohnehin wärmer dort, obwohl er wahrscheinlich einiges Kreischen und Weinen ertragen müsste.

Er mochte kein Weinen.

Deshalb war er gezwungen gewesen, den Wurzelkeller zu bauen, in dem Valerie lebte. Es war ein gewaltiges Unterfangen gewesen, und er war immer noch stolz darauf, es geschafft zu haben. Nach ein paar Monaten mit Valerie auf dem Dachboden hatte er genug von ihrem Weinen und Schreien gehabt, die ganze Nacht lang. Er hatte einen Melkplan einzuhalten, und nichts durfte das beeinträchtigen. Es hatte Monate gedauert, den Keller zu bauen, selbst unter Verwendung des Baggeraufsatzes am Traktor für den Großteil der Ausgrabungen. Er hatte recherchieren müssen, Materialien sammeln – man stelle sich vor, ganz allein eine unterirdische Wohnung zu bauen und sicherstellen zu müssen, dass das Dach nicht einstürzte!

Es war nicht einfach gewesen, nein. Nicht zusätzlich zu all den täglichen Verantwortlichkeiten, die er ohnehin schon hatte. Es war ja nicht so, als ob Valerie mitgeholfen hätte. Sie hatte diese Monate damit verbracht, sich die Kehle aus dem Leib zu schreien. Er hatte großes Glück gehabt, dass keiner der Nachbarn etwas gehört hatte.

Als er sich Salliac näherte, verdrängte er jeden Gedanken an Valerie und den Hof aus seinem Kopf und konzentrierte seine ganze Aufmerksamkeit darauf, das Mädchen zu finden.

Er wusste, dass sie dort war, er konnte es spüren.

Es war ein schöner Tag, warm mit einer leichten Brise, und es waren mehr Leute unterwegs als beim letzten Mal. Ein Mann stieß von hinten gegen ihn, und Achille zuckte heftig zusammen, dann schauderte er bei dem Gedanken, dass der Fremde ihn so ohne Vorwarnung berührt hatte.

Der Markt fühlte sich gefährlich an. Jeden Moment könnte jemand anfangen, mit ihm zu sprechen, und er hätte keine Ahnung, was er darauf antworten sollte.

Und dann sah er sie. Es fühlte sich an wie ein Moment aus einem Film, er konnte tatsächlich Musik hören, als hätte jemand ein Radio eingeschaltet oder ein Orchester wäre aus dem Nichts aufgetaucht. Er hob seinen Blick und auf der anderen Seite des Platzes stand das Mädchen, von der Sonne beleuchtet, während sie sich zurücklehnte, ein Knie gebeugt und den Fuß gegen eine Mauer gestützt, und mit zwei Freundinnen redete.

Sie ist es.

Achille wollte zu ihr rennen, ihre Hände in seine nehmen und in ihr hübsches Gesicht schauen. Er wollte jetzt ihr Gespräch beginnen, das Gespräch, von dem er erwartete, dass es Jahre und Jahre andauern würde. Aber er hielt sich zurück.

Er wusste, dass Eile ein Fehler wäre. Und da waren noch ihre Freundinnen, mit denen er sich auseinandersetzen musste. Er würde geduldig sein müssen.

Zumindest das war eine nützliche Sache, die sein Vater ihm während dieser quälenden Jagdausflüge beigebracht hatte. Sie mussten stundenlang regungslos im Wald sitzen und auf Wild warten. Die Windrichtung prüfen, ihre Kleidung braun und grün zur Tarnung, warten und hoffen. Die Zeit schien endlos. Dieser Teil war nicht die Qual - es war das Töten, das Achille nicht mochte. Die Jagdausflüge wären wunderbar gewesen, wenn er die Tiere hätte mit nach Hause nehmen dürfen, um sie zu behalten und sich um sie zu kümmern. Seine Mutter hätte nichts dagegen gehabt, weil sie die meiste Zeit weg war. In einem speziellen Krankenhaus, war alles, was sein Vater je sagte. Alles, was Achille wusste, war, dass sie da war und dann nicht mehr, und sie ging immer wieder, bis sie schließlich nie mehr zurückkehrte.

Immer ging sie weg. Ließ ihn immer zurück.

Achille ließ das Mädchen nicht aus den Augen. Endlich wanderte eine der Freundinnen davon, und er sah, wie das Mädchen die andere Freundin küsste, ein großes Mädchen mit so langen Beinen, dass sie ihn an Spinnenbeine erinnerten.

Er hatte die Cannelés vergessen!

Schnell scannte er die Tische, die den Platz umringten, auf der Suche nach der alten Frau, die Cannelés verkaufte. Er konnte sie nirgendwo sehen. Aber sie war notwendig; er konnte sich dem Mädchen nicht mit leeren Händen nähern - sie verließ sich darauf, dass er für sie sorgte.

Er spürte, wie sich seine Kehle vor Überaufregung zuzuschnüren begann. Seine Hände zitterten und plötzlich fühlten sich all die anderen Menschen auf dem Markt wieder bedrohlich an. Sie waren zu nah und bewegten sich zu unberechenbar. Jemand könnte wieder gegen ihn stoßen, jemand könnte ihm eine Frage stellen.

Es war überwältigend.

Achille drehte sich um und ging schnell zu seinem Traktor zurück. Der Tag war nicht richtig. Es gab zu viele Schwierigkeiten. Er musste nach Hause und sich beruhigen und alles durchdenken.

Aber als er seine Hände auf den Sitz des Traktors legte und

sich gerade hochziehen wollte, blitzte das Bild des Mädchens, das im Sonnenschein stand, in seinem Kopf auf, und er hielt inne. Er ließ seine Hände fallen und drehte sich wieder um.
Ich kann es schaffen.
Er suchte erneut nach der Cannelé-Verkäuferin und konnte sie immer noch nicht sehen. Also ging er stattdessen in einen Laden, der Süßigkeiten verkaufte, und kaufte eine Handvoll Karamells. Er lächelte den Besitzer an, steckte die Karamells in seine Tasche und machte sich auf, um seine Seelenverwandte zu finden.

21

Am Montagmorgen schlenderte Molly mit ihrer ersten Tasse Kaffee nach draußen und betrachtete die Narzissen. „Bobo! Zertrample nicht die Blumen!", rief sie, als Bobo direkt in das Beet sprang und wie wild zu graben begann.

Molly griff ein und zog sie wieder heraus. Dann beugte sie sich hinunter und atmete den süßen Duft der Blumen ein, wobei sie die Augen schloss, um ihre ganze Aufmerksamkeit auf den komplexen, berauschenden Geruch zu richten.

„Okay, ich mache es", sagte sie und richtete sich mit plötzlicher Zielstrebigkeit auf. Sie hätte nicht erklären können, warum das Riechen an der Narzisse sie dazu gebracht hatte, sich an diesem Tag für den Kauf des Rollers zu entscheiden – vielleicht hatte es etwas mit Carpe Diem und dem Leben im Moment zu tun –, aber aus welchem Grund auch immer, sie ging hinein, um ihre Handtasche zu holen und machte sich auf den Weg nach Castillac zu dem kleinen Laden am Stadtrand, vor dem eine Reihe von Rollern in einem Regenbogen glänzender Farben stand.

„Bleib, Bobo!", sagte sie, und Bobo lief zurück und rollte sich auf der Eingangsstufe zusammen, als hätte sie das sowieso vorgehabt, bevor Molly ein Wort gesagt hatte.

Es war etwa eine halbe Stunde Fußweg zum Rollerhändler. Lang genug für Molly, um zu versuchen, einen besseren Plan als das Abklappern von Häusern zu entwickeln, und daran zu scheitern. Lang genug, um darüber nachzudenken, wie freundlich Ben war und wie bemerkenswert es war, dass er sie behandelte, als würde sie bedeutsame Beiträge zu ihrer Ermittlung leisten, obwohl er jahrelange Ausbildung und Erfahrung hatte und sie null.

Lang genug natürlich, um bei der Pâtisserie Bujold vorbeizuschauen und ein Croissant aux amandes zu kaufen. Sie war so gut gelaunt, dass sie Monsieur Nugent freundlicher als sonst begrüßte und fast schwindelig vor Vorfreude auf ihren neuen Roller aus dem Laden segelte.

Doch dann hielt sie auf der Straße inne. „Lapin!", sagte sie laut und sah sich dann um, um sicherzugehen, dass niemand sie gehört hatte. Ich muss mit Lapin sprechen, dachte sie. Seine Karriere dreht sich darum, in den Häusern der Leute herumzuschnüffeln, und zwar direkt nachdem jemand gestorben ist – ein Moment großer Verwundbarkeit für jeden, aber vielleicht besonders für jemanden mit einem schrecklichen Geheimnis. Würde Lapin nicht mehr als jeder andere Ideen haben, wer unausgeglichen genug sein könnte, um sieben Jahre lang eine Geisel zu nehmen?

Bedauernd wandte sie sich in die entgegengesetzte Richtung vom Rollerhändler und ging direkt zu Chez Papa, wo es eine gute Chance gab, ihn zu finden.

„Tut mir leid, du hast ihn gerade verpasst", sagte Nico, der am Fegen war. „Er kam für einen schnellen Kaffee und ein Croissant vorbei und ist dann eilig weggelaufen. Ich muss sagen, ich bin ein bisschen neugierig? Ich dachte, du und Lapin wärt nicht gerade Freunde."

„Ach", sagte Molly und winkte ab. „Wir kommen ganz gut miteinander aus." Und tatsächlich verstanden sie sich gut, aber das bedeutete nicht, dass sie sich darauf freute, ihn anzurufen und ein Treffen zu vereinbaren. Es wäre viel besser gewesen, einfach ein paar Worte bei Chez Papa zu wechseln, nachdem sie sich zufällig getroffen hätten. Oder zumindest würde es für Lapin wie ein Zufall erscheinen, was die Hauptsache war.

„Möchtest du einen Kaffee oder so?"

„Nein!", sagte Molly. „Ich gehe einen Roller kaufen!" Und die Tür fiel krachend hinter ihr zu, als sie sich erneut auf den Weg durch das Dorf machte.

※

DER GLÄNZENDE SMARAGDGRÜNE Roller ihrer Vorstellung war nicht das, was Molly am Ende bekam. Wie so oft prallte ihr Traum mit ihrem Geldbeutel zusammen, und sie landete bei einem zehn Jahre alten Modell, verbeult und zerkratzt, aber von dem der Händler schwor, es liefe wie ein Traum. Es hatte die Farbe von Schlamm.

Molly liebte ihn.

Der Händler hatte ihr eine kurze Einweisung auf dem Parkplatz gegeben, und Molly hatte ihn sofort im Schlaf beherrscht. Sie fühlte sich mächtig, als sie damit durchs Dorf fuhr – sie konnte so schnell herumkommen! Scharfe Kurven nehmen! Den Wind im Gesicht spüren!

Keine Reue nach dem Kauf, nicht einmal ein bisschen, obwohl sie wusste, dass sie Geld ausgegeben hatte, das wahrscheinlich besser für einen neuen Warmwasserbereiter verwendet worden wäre. Sie würde wahrscheinlich auch irgendwann ein Auto brauchen; es war so etwas wie ein Wunder, dass sie den Winter ohne eines überstanden hatte. Aber der nächste Winter war noch weit weg, Castillac hatte jetzt einen neuen Taxifahrer, den ihre Gäste nutzen konnten, und so war alles in Ordnung in der Welt des Transports, zumindest für den Moment.

Molly überprüfte die Karte in ihrem gefälschten Genealogen-Notizbuch. Sie hatte beim Haustürgeschäft beträchtliche Fortschritte gemacht und fast ein Drittel des Dorfes abgedeckt. Jetzt, wo sie mobil war, dachte sie sich, warum nicht einige der Orte am Rande von Castillac überprüfen – immerhin hatte Mme Gervais vorgeschlagen, sie solle sich die Bauernhöfe ansehen, und jetzt konnte sie das tun, ohne den ganzen Tag mit Laufen zu verschwenden.

Zuerst stellte sie sicher, dass sie genug Benzin hatte, dann wählte sie eine Straße nach dem Zufallsprinzip und fuhr los. Wie so viele französische Dörfer lag Castillac mitten auf dem Land ohne nennenswerte Vororte, sodass sie innerhalb weniger Minuten an Ackerland vorbeifuhr. Beim ersten Bauernhaus war niemand zu Hause. Beim zweiten bat sie eine nette ältere Frau herein und redete ihr die Ohren voll über Käseherstellung. Sie probierte den Käse der Frau, lächelte viel und zog weiter.

Der dritte Hof gehörte Achille Labiche, laut der Karte aus dem *mairie*.

Molly fuhr die Einfahrt hinunter und parkte liebevoll den Roller neben einem Baum. Es war eine so schöne Landschaft, im Mai war alles so grün, dass es fast leuchtete, und sie bewunderte die Herde schwarzweißer Kühe auf dem Feld. Ein Border Collie schlich hinter einem Traktor hervor und beobachtete sie aufmerksam, wie Border Collies es nun mal taten.

„Hey du", sagte Molly auf Französisch, weil es schließlich ein französischer Hund war. Der Hund bewegte sich nicht, reagierte nicht auf ihre Begrüßung, sondern beobachtete sie weiter.

Molly ging zur Tür und klopfte kräftig. Sie war schon bei so vielen Häusern gewesen, dass die Routine sie etwas abgestumpft hatte. Sie machte sich keine großen Sorgen mehr, fremde Häuser aufzusuchen, obwohl sie nach jemandem mit einem gefährlichen Geheimnis suchte. So sehr sie auch versuchte, aufmerksam zu bleiben und auf der Hut zu sein, fiel es ihr schwer, ein hohes Maß an Konzentration aufrechtzuerhalten, wenn sie immer wieder dasselbe Gespräch führte und nie etwas sah, das auch nur im Entferntesten verdächtig erschien.

War jemand zu Hause? Sie überlegte, ob sie durch das Küchenfenster schauen sollte, rief stattdessen aber: „Bonjour? Monsieur Labiche?"

Sie hörte langsame Schritte im Haus und wartete.

Die Tür öffnete sich einen Spalt.

„Monsieur Labiche? Salut! Mein Name ist Molly Sutton. Ich bin letzten Sommer nach Castillac gezogen und betreibe genealogische Forschungen über Menschen in der Gegend. Ich habe mich gefragt, ob Sie mir vielleicht fünf Minuten Ihrer Zeit schenken würden? Bitte verstehen Sie - ich verkaufe nichts! Ich möchte nur ein wenig über Ihre Familiennamen erfahren, wenn es Ihnen nichts ausmacht, kurz mit mir zu sprechen."

Achille wollte am liebsten die Tür zuschlagen und wieder hineingehen. Seine Hände zitterten. Aber das Letzte, was er wollte, war Aufmerksamkeit zu erregen, indem er unhöflich erschien. Er wollte nicht, dass diese Ausländerin in der ganzen Stadt über den unfreundlichen Labiche tratschen würde, der sich geweigert hatte, mit ihr zu sprechen.

Er holte tief Luft und hielt sie einen Moment lang an.

„Also gut", sagte er, trat in den Sonnenschein hinaus und schloss die Tür hinter sich. „Ich weiß nichts über meine Familiengeschichte. Mein Nachname ist Labiche. Der Mädchenname meiner Mutter war Maillard. Das ist alles, was ich wirklich weiß."

Molly lächelte. „Normalerweise stelle ich fest, dass die Leute mehr wissen, als sie denken", sagte sie. „Leben Ihre Eltern noch?"

Achille nickte. „Sie sind hinten auf der Weide und kümmern sich um einige Zäune", sagte er, und in dem Moment, als die Worte seinen Mund verließen, schrie eine Stimme in seinem Kopf: *Dummkopf! Sie wird dich mit deinen dummen Lügen durchschauen!*

Er steckte seine zitternden Hände in die Taschen. Er sah den Roller und fragte sich, ob Valerie ihn die Auffahrt herunterkommen gehört hatte. Würde sie anfangen zu schreien?

„In Ordnung. Vielleicht wäre es sinnvoll, wenn ich später wiederkomme, wenn ich mit ihnen sprechen kann?"

„Sie sind sehr beschäftigt", sagte Achille über die laute Stimme und die aufgewühlte Dunkelheit in seinem Kopf hinweg. „Ich kann Ihnen wahrscheinlich alles erzählen, was sie auch wissen."

„Ausgezeichnet", sagte Molly und strich sich eine Handvoll Locken hinters Ohr. „Stammen sie beide aus Castillac?"

„Ja."

Kein Redner, dachte sie. *Oh, ich mag ab und zu eine harte Nuss.* Sie bückte sich, als wolle sie ihren Schuh richten, und trat einen oder zwei Schritte zurück, um dem Mann etwas Raum zu geben. Sie suchte keinen Blickkontakt, sondern blickte mit einem Lächeln – aber nicht zu breit – über die grünen Felder. Sie versuchte, den scheuen Mann nicht zu überfordern und dachte daran, wie seltsam passend es war, dass sein Name *la biche* war, was Reh bedeutete.

„Ihre Weide sieht toll aus", sagte sie und zeigte darauf. „Haben Sie schon immer Holstein-Rinder gezüchtet?"

„Ja", sagte Achille. *Konnte sie keinen Wink verstehen? Geh einfach weg. Bitte. Ich flehe dich an.* Aber er konnte keine Worte finden, um sie zum Gehen zu bewegen, also stand er einfach da, die Hände in den Taschen, und fühlte sich gefangen.

„Sind Sie hier nur mit Ihren Eltern?"

„Ja."

„Gibt es andere Verwandte in der Nähe? Hatten Ihre Eltern Brüder oder Schwestern?"

„Ich weiß es nicht."

„Wirklich? Das ist ungewöhnlich", sagte Molly auf freundliche Art, nicht in einer Ihre-Familie-ist-ein-Haufen-Verrückter Art. „Ich wurde als Kind zu so vielen Familientreffen geschleppt. Meine Tante Bethany? Oh mein Gott, die konnte einem ein Ohr abkauen. Nicht das, was ein Kind an einem Samstagnachmittag machen möchte, wissen Sie?"

Labiche machte einen Schritt rückwärts und stieß gegen die Tür.

Molly öffnete ihr Notizbuch und tat so, als würde sie ihre

Notizen durchsehen. Dann schaute sie sich auf dem Hof um und versuchte, etwas zu finden, das Labiche zum Reden bringen würde. Sie sah den Melkstall und den Schweinepferch. Sie sah eine Tür, die in einen kleinen Hügel eingelassen war, wahrscheinlich ein Ort, um Kartoffeln zu überwintern oder so etwas. Sie sah den Border Collie bei der Arbeit, wie er um den Traktor kreiste und sie beobachtete.

„Ihr Hund sieht sehr konzentriert aus", sagte Molly leichthin. „Treibt sie die Kühe?"

„Oh ja", sagte Achille und lächelte trotz allem. „Ich habe sie nie trainiert. Sie weiß einfach, was zu tun ist. Treibt die Mädels in den Wahnsinn, wie sie sie schikaniert."

Molly lachte. „Ich habe einen Hund, ich glaube, sie hat etwas Schäferhund in sich, vielleicht auch eine Art Jagdhund? Sie ist ein bisschen verrückt, aber sie ist gute Gesellschaft. Ich lebe allein", fügte sie mit einem Achselzucken hinzu, in der Hoffnung, dass ein bisschen Teilen ihm helfen würde, sich zu lockern.

Aber das kurze Lächeln, als er über Bourbon sprach, flackerte und verschwand, und Achille sagte nichts weiter. Molly ging davon aus, dass sie nie ins Farmhaus eingeladen werden würde, also zuckte sie mit den Schultern und dankte ihm für seine Zeit.

Als sie den Roller für die Fahrt zurück nach La Baraque startete, gab es kein nagendes Gefühl über Labiche, keine Alarmglocken, keine Intuition. Stattdessen dachte die berühmteste Detektivin von ganz Castillac – laut dem neunjährigen Gilbert – nur daran, wie herrlich es war, über eine schmale Straße zu düsen, und was es zum Mittagessen geben sollte.

22

Achille ging zurück ins Haus und lief unruhig in der Küche auf und ab. Er ballte die Faust und führte sie zum Mund, um an einem Knöchel zu kauen. Das ist schlimm, dachte er immer wieder. *Schlimm.* Diese rothaarige Frau war eine Quasselstrippe, das konnte jeder sehen. Sie würde ins Dorf gehen und Dinge über ihn erzählen. Wahrscheinlich hatte sie keine Minute verschwendet und redete jetzt schon über ihn! Saß in einer Bar inmitten einer Menschenmenge und plapperte ohne Ende über seinen Hof und alles, was sie gesehen und gehört hatte.

Sie würde den Leuten erzählen, dass mit ihm etwas nicht stimmte. Er wusste, wie das ablief. Er sah, wie sie ihn ansah, wie sie starrte.

Achille lief auf und ab. Er dachte daran, wie sie dastand, ihn ansah und dieses Notizbuch hielt. Dort schrieb sie alles auf. All ihre Urteile, ihre Diagnosen, alles, was ihn in Schwierigkeiten bringen würde. Und wenn sie ihn wegbringen würden, was würde dann aus seinen Mädchen werden?

Was würde aus Valerie werden?

Nun, das ging nicht. Er konnte es nicht zulassen. Vielleicht war sie schon auf dem Weg zur Gendarmerie! Und dann würde eine Horde von Menschen auf seinen Hof einfallen und ihre Nasen in Dinge stecken, die sie nichts angingen. Er wusste die ganze Zeit, dass diese Leute nur nach einem Vorwand suchten, um ihn wegzubringen – und sie würde ihnen diesen Vorwand liefern. Sie würden ihn in dasselbe Krankenhaus stecken, in das sie seine Mutter gebracht hatten, und sie ließen sie nicht heraus, obwohl sie gebettelt hatte, nach Hause zu kommen.

Er kaute an seinem Knöchel, bis die Haut aufplatzte, und saugte an dem Rinnsal Blut.

Sie würden sie finden.

Und er würde ins Gefängnis kommen. Darüber war er sich absolut im Klaren. Er wusste, dass sie es nie verstehen würden, dass sie nie begreifen könnten, was er und Valerie all diese Jahre füreinander bedeutet hatten.

Er musste sich darum kümmern, und er sollte besser schnell handeln.

Achille ging hinaus, knallte die Tür hinter sich zu und blinzelte in die Sonne. Er lief zum Geräteschuppen und holte ein Beil. Bourbon bewegte sich neben ihm und beobachtete ihn.

Er schloss die Tür zum Bunker auf. Valerie lag auf dem Rücken, die Füße gegen die Decke gestreckt.

„Hallo", sagte sie.

Das ließ ihn innehalten. Sie hatte ihn seit Monaten nicht mehr so begrüßt; sie war entweder still gewesen oder hatte diesen Unsinn gesungen, der ihm auf die Nerven ging. Aber Achille änderte jetzt nicht seine Meinung. Es war besser für sie so.

Sie hatte den Verstand verloren, das konnte jeder sehen. Und wenn ein Tier verrückt wurde, was war dann die humane Art zu handeln?

Es zu erlösen.

Sie zu *erlösen*.

Aber das Blut: Er müsste es draußen tun, wo der Regen die Beweise wegwaschen würde.

Er verließ das Haus und pfiff nach Bourbon. Sein Körper fühlte sich angespannt an. Muskeln zuckten in seinen Waden und an den Seiten seines Halses.

Um sich zu beruhigen, wollte Achille zu seinen Kühen gehen, um zwischen der Herde umherzulaufen und ihre tierische Wärme zu spüren, aber in der Einfahrt hielt er inne. Er stand da und erinnerte sich an eines der Male, als sie seine Mutter weggebracht hatten. Wie er an derselben Stelle gestanden und zugeschaut hatte, ohne etwas zu sagen, aus Angst, sie würden ihn auch mitnehmen. Sie hatte gesummt, seine Mutter, und die Erinnerung an diesen melodielosen Klang reichte aus, um Achille schreien zu lassen, nur um ihn zu übertönen.

Aber er schrie nicht. Er hatte jahrelang geübt, leise zu sein, der Nachbar, gegen den niemand etwas einwenden konnte. Er hatte auch Valerie beigebracht, leise zu sein, obwohl es eine Weile gedauert hatte, bis sie es verstanden hatte.

Das war *schlimm*.

„Komm, Bourbon!", rief er und kletterte über das Tor zur Westweide. Der Hund raste auf ihn zu und sprang durch die Bretter des Zauns, als wäre er ein Vollblüter beim Hindernisrennen. Achille lachte.

Er wollte sie nicht töten. Er war kein Mörder. Aber an diesem Dienstagnachmittag im Mai sah er keinen anderen Ausweg. Wenn es einmal getan wäre, könnten alle Gendarmen des Départements kommen, um seinen Hof zu durchsuchen, und sie würden nichts finden.

Es würde unangenehm sein, aber viele Dinge im Leben waren unangenehm. Und wenn es vorbei wäre, könnte er sich auf das Mädchen in Salliac konzentrieren. Er würde geduldig mit ihr sein, sehr langsam vorgehen, und vielleicht würde all das Gerede in Castillac abklingen. Sie würden ihn in Ruhe lassen.

Wenn diese ausländische Frau nur weggeblieben wäre. Sie sollte nicht in den Angelegenheiten anderer Leute herumschnüffeln, das sollte sie einfach nicht.

DER TAG, den Molly gefürchtet hatte, war gekommen: Die Australier reisten ab, den ganzen Weg zurück nach Sydney, und es war Zeit, sich von dem kleinen Oscar zu verabschieden. Sie wusste, dass sie, wenn sie dieses Gîte-Geschäft ernsthaft betreiben wollte, sich nicht so an jedes Kind hängen konnte, das in La Baraque übernachtete. Offensichtlich würde sie einen Weg finden müssen, sie zwar nicht auf Abstand zu halten, aber doch nicht ganz so nah an ihr Herz heranzulassen.

„Mama!", rief Oscar und streckte seine pummeligen Arme aus, als er sie auf sich zukommen sah. Ned und Leslie packten gerade ihr Auto ein, und alle drei sahen zu, wie Oscar über das Gras krabbelte und sich dann an Mollys Bein hochzog.

„Weißt du, du wirst sehr bald laufen", sagte sie und hob ihn hoch. „Du wirst überall herumlaufen und in alle möglichen Schwierigkeiten geraten!" Sie unterdrückte ein Schluchzen und lehnte ihre Stirn an seinen Kopf, um ein letztes Mal seinen Babyduft einzuatmen. „Ich werde dich sehr vermissen", sagte sie mit etwas zittriger Stimme.

Es gelang ihr, sich zusammenzureißen, um ein letztes Gespräch mit Ned und Leslie über ihre Heimreise zu führen, dann gab es Umarmungen für alle, und die Familie saß im Auto und fuhr die Rue des Chênes hinunter. Molly rannte direkt ins Haus in ihr Schlafzimmer, warf sich aufs Bett und schluchzte.

Sie weinte darüber, dass sie Oscar wahrscheinlich nie wiedersehen würde. Sie weinte darüber, wie schwer es war, sich von jemandem zu verabschieden, der ihr am Herzen lag. Sie weinte über die Babys, die sie sich wünschte, aber nicht hatte, darüber, wie einsam es war, allein zu leben, und über all die anderen Dinge, die ihr in den letzten Jahren auch nur einen Moment lang Kummer bereitet hatten. Sie weinte darüber, dass ihre Artischockensetzlinge eingegangen waren, weil sie vergessen hatte, sie zu gießen. Sie weinte darüber, dass sie bei der Suche nach der armen Valerie Boutillier nicht den geringsten Fortschritt gemacht hatte. Sie ließ den Klang und die Emotion herausströmen und heulte, ohne irgendetwas zurückzuhalten. Und dann war sie fertig. Sie spitzte die Ohren und lauschte, ob sie Wesley Addison hörte, da sie völlig vergessen hatte, dass sie ihr Haus mit jemandem teilte. Ihr Gesicht sah aus, als wäre in der Nähe eine Granate explodiert, aber das Weinen hatte ihr tatsächlich gutgetan. Bis ihre Gedanken wieder zu Valerie zurückkehrten.

Sie überlegte, sich wieder aufs Bett zu werfen und noch mehr zu weinen, aber das fühlte sich zu sehr nach Aufgeben an. Sie zog die dünne Akte hervor, die Ben ihr gegeben hatte, und machte es sich bequem, um sie noch einmal durchzulesen.

23

Es war sicherlich bedauerlich. Aber Achille hatte lange nachgedacht und konnte keinen anderen Ausweg sehen. Er hatte Pläne für den nächsten Markttag am Montag in Salliac. Er hoffte, einen großen Fortschritt mit dem Mädchen zu machen.

Aimée, Aimée, Aimée.

Er hatte fest beschlossen, dass sie die Richtige war, sie würde ihm gehören. Nicht nächste Woche – nein, es würde Geduld erfordern. Diesmal wollte er sie nicht zwingen, er wollte, dass das Mädchen aus freien Stücken auf den Traktor stieg. Er war bereit, Zeit zu investieren, um sie kennenzulernen und den Weg zu ebnen. So viel Zeit wie nötig, er hatte keine Angst, die Geduld zu verlieren.

Aber er konnte es nicht schaffen mit dieser neuen Angst, die in seiner Brust aufblühte. Dank dieser aufdringlichen Frau, dieser Molly Sutton, waren die Gendarmen aus Castillac kurz davor, auf seinem Hof aufzutauchen und mit der Suche zu beginnen. Sie konnten jeden Moment hier sein!

Valerie musste weg.

So, wie er es sah, schuldete er ihr das.

Achille wusste genau, dass wenn er nur das Vorhängeschloss aufschließen und die Tür öffnen würde, Valerie nicht fesseln, sondern weggehen würde, sodass sie fliehen könnte – er bald das Heulen der Polizeisirene hören und sich in Handschellen und Gewahrsam wiederfinden würde. Er wusste, dass er sie niemals dazu bringen könnte, es zu verstehen. Darüber machte er sich keine Illusionen.

In gewisser Weise war die ganze Sache sehr einfach. Das sagte sich Achille immer wieder, während er im strömenden Regen das morgendliche Melken erledigte. Als er sein Frühstück machte und dann Valerie einen Krug frische Milch und drei in Butter gebratene Eier brachte.

Es ist sehr einfach.

Er hatte sein ganzes Leben auf dem Land verbracht; er wusste, wie man Tiere tötete. Er mochte es nie, es war kein Teil der Landwirtschaft, den er genoss, aber er hatte im Laufe der Jahre unzählige Kühe und Schweine getötet, und auch Hühner, als er ein Teenager war und seine Mutter während einer ihrer klaren Phasen eine Weile Geflügel gehalten hatte. Sein Vater hatte ihn regelmäßig zur Jagd mitgenommen, und sie hatten Wildschweine und Tauben geschossen, obwohl er alles getan hatte, um diesen Tagen mit seinem Vater zu entgehen – denn was Achille wollte, war nicht, die Tiere zu erschießen, sondern sie zu fangen und zu behalten, was sein Vater nicht verstanden hatte.

Valerie würde technisch gesehen keine Schwierigkeiten darstellen. Er könnte es wahrscheinlich tun, während sie schlief, und sie würde kaum merken, was geschah.

Aber *er* würde es wissen. Und der Gedanke daran, wie er sich danach fühlen würde, verursachte ihm ein übles Gefühl im Bauch, das nicht wegging. Verwirrenderweise erfüllte ihn die Vorstellung von Valeries Verschwinden sowohl mit überwältigender Erleichterung als auch mit unerträglicher Trauer.

Also doch nicht so einfach.

Der Regen prasselte wirklich heftig, so stark, dass er kaum die

Bäume sehen konnte, die das Feld in Richtung des Renaud-Hofes säumten. Er saß in der Küche und blickte aus dem verschmierten Fenster, während er darüber nachdachte, wie er es tun sollte. Es fühlte sich falsch an, eine Tötungsmethode, die er für Nutztiere verwendete, bei einer Frau anzuwenden, die er geliebt hatte, immer noch liebte. Aber andererseits war er mit diesen Methoden vertraut, fühlte sich sicher damit.

Eine Rasierklinge hatte viele Vorteile ... aber so blutig. Er wollte, dass es schnell ging, so schnell wie möglich, so schnell, dass sie keine Zeit hatte zu begreifen, was er vorhatte.

Er wollte es nicht tun. Er war kein Mörder.

Aber manchmal musste man Dinge tun, die man nicht tun wollte, war es nicht das, was seine Lehrer und sein Vater ihm immer wieder gesagt hatten?

Und dank dieser schnüffelnden Ausländerin musste er sich beeilen.

AM MITTWOCH NAHM Molly ihr Notizbuch und stieg auf ihren Roller, mit dem Plan, einige Stunden mit der Fortsetzung der Umfrage zu verbringen, weil sie nicht wusste, was sie sonst tun sollte. In dem Versuch, methodisch vorzugehen, fuhr sie durch das Dorf und bog in die Einfahrt des Hofes neben Labiches ein.

Das Farmhaus war klein und ordentlich. Molly hörte Hähne krähen. Als sie parkte und zum Haus blickte, sah sie zwei Köpfe, die sie aus dem Fenster beobachteten.

Am Mittwochnachmittag endete die Schule früher, was erklärte, warum der Junge, der mit einem breiten Grinsen aus dem Haus rannte, zu Hause war.

„Na hallo, mächtiger Krieger des Waldes!", sagte sie und erkannte Gilbert vom Markt wieder.

„Wie hast du gelernt, Französisch zu sprechen?", fragte er.

„Oh, man merkt, dass ich keine Muttersprachlerin bin?", sagte sie lächelnd.

Gilberts Mutter kam nach draußen und wischte sich die Hände an ihrer Schürze ab. „Bonjour, Madame", sagte sie zu Molly, ihr Gesichtsausdruck bei weitem nicht so einladend wie der ihres Sohnes.

„Bonjour, Madame", antwortete Molly. „Ich habe Ihren Sohn letzte Woche auf dem Markt getroffen. Die Wildkräuter haben einen köstlichen Salat ergeben!" Madame Renaud sagte nichts, also trug Molly schnell ihre Genealogie-Erklärung vor, während sie ihr Notizbuch öffnete und ihren Stift herausholte.

„Ah", sagte die Frau und sah einen Hauch weniger misstrauisch aus. „Der Familienname meines Mannes war Renaud. Meine Familie waren die Tisons. Fast niemand mehr übrig von meiner Seite der Familie jetzt. Nun, ich habe diesen Cousin, der nach Amerika gegangen ist. Höre kaum noch von ihm." Sie starrte Molly an, als wäre es ihre Schuld. „Sie sind Amerikanerin, nehme ich an?", sagte sie.

„Ja, das bin ich. Obwohl ich nicht vorhabe, zurückzuziehen. Ich bin sehr glücklich hier in Castillac."

„Was ist mit Ihrer Familie? Stört sie das nicht?"

„Ich habe nicht mehr viel Familie", sagte Molly. „Nein, es ist schon in Ordnung – meine Eltern sind schon vor einiger Zeit gestorben, und mein Bruder und ich stehen uns nicht besonders nahe. So ist das Leben, nicht wahr?"

Der Junge war hinter seine Mutter getreten und betrachtete Molly aufmerksam.

„Hey!", rief er plötzlich. „Willst du die Hühner sehen? Maman und ich züchten Hühner. Hauptsächlich für die Eier, aber natürlich essen wir sie auch, wenn sie zu alt zum Legen sind." Gilbert schaute hoffnungsvoll. „Ich zeige es ihr, Maman, du kannst wieder reingehen."

Aber Mme Renaud wandte sich ihrem Sohn zu und legte ihren

Arm um seine Schultern, wobei sie ihm ein sprödes Lächeln schenkte.

Gilbert sah niedergeschlagen aus.

Molly versuchte, die offensichtliche Spannung zu entschlüsseln, aber sie hatte keine Ahnung, worum es ging.

Mme Renaud sprach noch einen Moment über einige Verwandte, die weiter in den Süden gezogen waren, aber Molly hatte Mühe, aufmerksam zuzuhören. Gilbert war unter dem Arm seiner Mutter hervorgeschlüpft und dann wieder hinter sie getreten. Er starrte Molly an, seine Augen weit aufgerissen und etwas mitteilend. Aber was?

„Oh, ich sehe, Sie haben so einen schönen *potager*", rief Molly aus. „Würde es Ihnen etwas ausmachen, ihn mir zu zeigen? Ich fange gerade erst mit meinem an, und ehrlich gesagt, bin ich ziemlich im Rückstand. Ich sehe, Ihr Spinat produziert schon seit einiger Zeit, stimmt das?"

Nach Mollys Erfahrung sprachen Gärtner gerne über ihre Gärten. Sie tat es jedenfalls. Mme Renaud war zögerlich, ging aber zum eingezäunten *potager* hinüber und zeigte auf die Gemüsepflanzen, wobei sie jede Sorte der Reihe nach benannte, obwohl sie scheinbar keine Freude daran hatte, darüber zu sprechen.

Der Gemüsegarten war wunderschön. Ordentliche Reihen von Salat sahen im Sonnenschein wie Juwelen aus, hellgrün wechselte sich mit karmesinrot und lila und dunkelgrün ab, alles glitzernd von einem Schauer, der kurz vor dem Mittagessen gekommen und gegangen war.

Vielleicht ist der Junge einfach nur gelangweilt? Seine Mutter ist wirklich nicht sehr unterhaltsam, das steht fest. Eher auf der düsteren Seite.

Impulsiv sagte Molly: „Hey Gilbert, hinter meinem Haus gibt es eine Wiese, die voller Pflanzen ist, die ich nicht identifizieren kann. Vielleicht möchtest du mal zum Mittagessen vorbeikommen und mir eine Lektion erteilen?" Molly schaute Mme Renaud an und bat mit ihrem Gesichtsausdruck um Erlaubnis.

„Ich glaube nicht, nein", schnappte Mme Renaud. „Madame Sutton, ich weiß nicht, wie die Dinge drüben in Amerika laufen. Ich war nie dort und ehrlich gesagt habe ich auch kein Verlangen danach. Im Fernsehen sehe ich, dass Menschen einfach so im Kino getötet werden. Hier machen wir die Dinge anders. Ich bin sicher, Sie sind sehr nett, aber ich werde meinem Kind nicht erlauben, Ihr Haus allein zu besuchen. Sie sind eine Fremde für uns, und noch dazu eine Ausländerin... Nein.

„Komm, Gilbert, geh ins Haus. Ich habe noch einige Aufgaben für dich, bevor es Zeit zum Spielen ist." Und damit packte Mme Renaud Gilbert fest an der Schulter und marschierte mit ihm ins Haus, ohne ein weiteres Wort an Molly zu richten.

Gilbert drehte seinen Kopf kurz bevor er durch die Tür ging, und Molly dachte, sein Gesicht sähe regelrecht gequält aus.

Kopfschüttelnd stieg sie wieder auf den Roller und fuhr zum nächsten Hof auf der Straße, wobei sie sich bei ihrer Suche immer weniger optimistisch fühlte, je weiter sie kam.

Währenddessen setzte sich Gilbert auf einen Küchenstuhl. Seine Mutter teilte ihm mit, dass er kein Gemüse auf dem Markt verkaufen dürfe, wenn sie ihm nicht vertrauen könne, sich von Leuten fernzuhalten, die sie nicht kannten und nicht kennenlernen wollten.

„Aber ich *will* sie kennenlernen!", protestierte er. „Sie ist so ziemlich die einzige Person im ganzen Dorf, die Verbrechen aufklärt!" Mit einem Geistesblitz fragte er sich, ob das der Grund war, warum Molly hier gewesen war, dass sie an einem Fall arbeitete und die Genealogie-Sache nur eine Tarnung war.

„Nun, Verbrechen aufzuklären ist nicht deine Aufgabe, Gilbert", sagte seine Mutter bestimmt. „Deine Aufgabe ist es, sicherzustellen, dass dir keine Verbrechen zustoßen. Und das bedeutet, bei Menschen zu bleiben, die du kennst und denen du vertraust, verstehst du mich?"

„Oui, Maman", sagte Gilbert niedergeschlagen.

„Wir werden den Markt für die absehbare Zukunft komplett

auslassen. Es ist Frühling, der Garten produziert gut und wir haben alles, was wir brauchen, direkt hier. Konzentriere dich einfach auf deine Schule und spiele draußen, wenn du zusätzliche Zeit hast."

Am Tag zuvor, in seiner Sorge und Entmutigung darüber, was er wegen Valerie tun sollte, hätte er gesagt, dass er nicht dachte, seine Situation könnte noch schlimmer werden, aber das war sie gerade geworden. Für einen kurzen, aufregenden Moment dachte er, er könnte Molly zum Hühnerstall bringen und ihr alles erzählen. Er konnte die Erleichterung, die ihm das Erzählen gebracht hätte, praktisch schmecken.

Und jetzt... was nun?

24

„Hup, ho!", sagte Achille. Er schob den Griff der Axt unter seinen Gürtel und nahm das dicke Seil auf. „Es ist ein wunderschöner Tag", sagte er. „Lass uns einen kleinen Spaziergang im Wald machen." Seine Stimme klang normal, obwohl er das Gefühl hatte, dass alles in ihm – sein Gehirn, sein Magen, sein Herz – zitterte und kurz davor war zusammenzubrechen.

Valerie stand auf und ließ zu, dass er ihr das Seil um die Taille band. „Ein Spaziergang im Wald", wiederholte sie.

„Ein Spaziergang im Wald, ja."

Sie stand mit herabhängenden Händen da und beobachtete, wie er die Seile festband. Früher hatte sie alles, was er tat, mit solchem Interesse verfolgt, ihre Augen so intelligent und neugierig. Aber nicht mehr. Sie schien kaum noch wahrzunehmen, dass sie überhaupt etwas sah. Er führte sie aus dem Bunker und über den Bauernhof in Richtung Weide und dann in den Wald.

Und ihr Gang war seltsam geworden. Sie lief nicht mehr normal neben ihm her, sondern zuckte hin und her, nicht als ob sie versuchen würde, sich zu befreien, sondern als ob sie die Logik des Seils und des Angebundenseins an ihn nicht mehr verstehen könnte.

Er war ungeduldig und wütend auf sie, weil sie ihn dazu zwang, dies zu tun.

Alles, was er an diesem schönen Maitag wollte, war, sich um seine Kühe zu kümmern und von dem Mädchen auf dem Salliac-Markt zu träumen. Alles, was er wollte, war ein einfacher, unkomplizierter Tag, um zu planen und zu träumen, während er seine beruhigende Routine der Aufgaben durchging.

Er wollte nicht in den Wald gehen, er wollte ihr nicht die Axt an den Hals setzen, er wollte es nicht, er wollte es nicht.

Sie erklommen einen niedrigen Hügel, wobei Valerie sich mehrmals in Büschen verhedderte. Achille zog sie grob mit sich.

Ich bin kein Mörder, sagte er zu sich selbst, während er ihren Hals aufmerksam betrachtete und plante, wo er den Schlag ansetzen sollte.

Valerie stand still. Sie schloss die Augen und hob ihr Kinn, als würde sie sich vorbereiten, resigniert gegenüber dem, was passieren würde.

Achille zog die Axt aus seinem Gürtel. Er pflegte seine Werkzeuge gut und wusste, dass die Klinge scharf war, aber er prüfte sie trotzdem mit dem Daumen und schnitt sich dabei fast.

„Es tut mir leid", murmelte er und hob die Axt über seinen Kopf.

Valerie bewegte sich nicht und öffnete ihre Augen nicht. Es war eigentlich perfekt – wenn er richtig zielte, wäre sie schnell weg. Aber Achille ließ die Axt aus seinen Händen fallen. Sie prallte einmal auf und lag auf einem Haufen feuchter Blätter, in einem Sonnenstrahl glitzernd.

Sie war seine *Valerie*.

Er war nicht bereit. Er konnte sie nicht einfach abschlachten wie ein Oktoberschwein.

Niedergeschlagen führte er sie aus dem Wald und zurück zum Erdkeller. Sie begann wieder ihren Unsinn zu singen, was die Muskeln in Achilles Nacken verkrampfen ließ. Er dachte an Molly Sutton und das Gift, das sie über ihn im Dorf verbreitete, und er

wusste, dass er einen Weg finden musste, die Sache zu Ende zu bringen.
Er war einfach noch nicht bereit.
Noch nicht.

※

„Ich kenne diesen Blick", sagte Frances, während sie ihre Mittagsteller auf die Terrasse von La Baraque trug. „Du arbeitest an etwas. Ich kann es sehen. Es geht um diese Boutillier-Person, über die du bei der Dinnerparty gesprochen hast, oder? Erzähl schon, Süße. Du weißt, du willst es."

Molly sah verlegen aus. Sie wollte es. Aber sie vermutete, dass Ben dagegen wäre, wenn sie mit jemand anderem über den Fall sprach; sie hatte bereits mit Madame Gervais geplaudert.

„Komm schon, Molly. Sag mir nicht, dass du eine weitere Leiche gefunden hast!"

„Nein, nein, nichts dergleichen", sagte Molly dankbar. „Tatsächlich – was ich hoffe – ist, dass es dieses Mal genau das Gegenteil sein könnte. Jemanden lebendig zu finden, von dem alle annehmen, dass er tot ist." Sie zögerte, ihr Gewissen machte einen letzten Versuch, sie davon abzuhalten, es zu erzählen. „Du hast recht, ich suche nach Valerie Boutillier", sagte sie.

„Sie ist... wer ist sie nochmal?"

„Wir haben bei der Dinnerparty vor einiger Zeit ein wenig über sie gesprochen. Erinnerst du dich, dass ich dir erzählt habe, dass es zwei vermisste Frauen in Castillac gab, von denen ich nichts wusste, bevor ich hierher gezogen bin?"

„Nun, wie hättest du das auch wissen sollen? Es ist ja nicht so, als würden die Immobilienmakler Kriminalitätsberichte herausgeben, oder?"

„Richtig. Nun, Valerie wird seit sieben Jahren vermisst. Eine junge Frau, die gerade zur Universität gehen wollte, verschwand einfach aus dem Nichts."

„Und also – nicht um unhöflich zu sein, natürlich respektiere ich deine Fähigkeiten. Aber warum um alles in der Welt glaubst du, dass sie noch am Leben ist? Oder irgendwo, wo du sie finden könntest?"

Molly erzählte Frances von der Notiz und ihrer Zusammenarbeit mit Ben.

„Ich wusste, dass er es nie als Bauer schaffen würde", lachte Frances. „Ich meine wirklich, er ist für dieses Leben genauso wenig geeignet wie ich! Okay, also was hast du?"

Molly sah nach unten. Sie hob ihre Gabel und legte sie wieder hin, starrte in die Wiese hinaus. „Nichts."

Frances stürzte sich auf ihren Salat und wartete darauf, dass Molly es näher erläuterte. Bobo schoss um die Hausecke und verschwand.

„Ich habe angefangen, von Tür zu Tür zu gehen und Fragen über Genealogie zu stellen, so zu tun, als würde ich an einem Projekt arbeiten. Aber ich glaube nicht, dass es mich irgendwohin bringt. Wenn jemand sie versteckt, werde ich es nicht herausfinden, indem ich zehn Minuten im Flur stehe, weißt du? Und wenn ich eingeladen werde, mich zu setzen und eine Tasse Kaffee zu trinken, bedeutet das nicht, dass die Person nichts zu verbergen hat, oder? Ich weiß nicht, was ich mir dabei gedacht habe – dass sie oben sein würde und auf den Boden klopfen würde? Um Hilfe rufen würde?

„Wenn es irgendwie jemandem gelungen ist, sie so lange versteckt zu halten, wird es mehr als fünf Minuten brauchen, um herauszufinden, wo sie ist. Sie wird nicht dort sein, wo der Briefträger oder irgendein zufälliger Besucher in Hörweite wäre, weißt du?"

„Hmm. Ja, stimmt. Du brauchst... einen anderen Plan."

„Ich weiß. Aber mir fällt nichts ein, Franny. Hast du irgendwelche Ideen?"

„Schenk mir ein Glas von diesem Rosé ein. Lass mich darüber nachdenken."

„Ich bin so frustriert, obwohl es eigentlich Spaß gemacht hat, so viele Leute aus dem Dorf kennenzulernen. Und sie sind so nett – die meisten laden mich ein, hören sich mein Geplapper an und versuchen ihr Bestes, um hilfreich zu sein. Ich schwöre, ich liebe diesen Ort wirklich."

„Offensichtlich ist er auch mir ans Herz gewachsen", sagte Frances mit einem verschmitzten Lächeln.

„Behandelt Nico dich gut?"

„Fast zu gut", sagte Frances mit einem leicht verwirrten Gesichtsausdruck. „Aber hör mal... zurück zu Valerie. Hatte sie einen Freund oder so was?"

„Anscheinend nicht. Sie war ein ehrgeiziges Mädchen, kurz davor, die Stadt zu verlassen, um ihr neues Leben an einer angesehenen Schule zu beginnen. Ihre Familie steht sich nahe, sie hat einen kleinen Bruder und beide Eltern leben noch."

„Hast du mit einem von ihnen gesprochen?"

„Ich möchte gern. Aber es erscheint im Moment unsensibel. Ich meine, wir haben buchstäblich nichts außer einer Notiz, die wie eine Parodie auf einen Erpresserbrief aussieht und die möglicherweise von ihrer Tochter handelt oder auch nicht. Wenn ich dächte, es würde wirklich einen Unterschied machen, würde ich sie vielleicht anrufen. Aber im Moment scheint es, als würde ich sie nur wegen nichts aufwühlen.

„Ben besorgt gerade einen Hund, der für die Leichensuche ausgebildet ist, ich glaube, er wird heute Nachmittag mit der Suche beginnen. Ich nehme an, die Familie wäre erleichtert, einfach in die eine oder andere Richtung Gewissheit zu haben und ihre sterblichen Überreste für eine ordentliche Beerdigung zu bekommen."

„Hat er vor sieben Jahren nicht nach ihrer Leiche gesucht?"

„Ich bin mir sicher, dass er das getan hat. Aber vielleicht wurde sie erst nach der Suche getötet, oder er hat einfach nicht an der richtigen Stelle gesucht. Es gibt so viele Möglichkeiten und keine Hinweise, die uns in die eine oder andere Richtung lenken. Nichts außer der Notiz."

„Ich würde das nicht so sehen", sagte Frances. „Ich meine, was die Beerdigung angeht. Die ganze Idee von begrabenen Körpern gruselt mich total."

„Ja. Nun, ich würde zustimmen, dass die ganze Idee von 'Abschluss' völlig überbewertet ist. Egal was passiert, wenn jemand stirbt, den man liebt, gibt es nichts daran, was jemals abgeschlossen ist."

Die Frauen aßen für einige Momente schweigend. „Kommst du klar damit, dass der kleine Junge weg ist?", fragte Frances. Sie wusste, wie sehr Molly Oscar ins Herz geschlossen hatte.

Molly zuckte mit den Schultern. „Ich weiß, es ist lächerlich. Es ist nicht so, als wäre er meine Familie oder als hätte ich überhaupt so viel Zeit mit ihm verbracht. Nur hier und da einen Tag im Laufe von zwei kurzen Wochen. Aber...."

„Es bringt dich um."

„Ja. Ehrlich gesagt denke ich manchmal, dass Liebe einfach wirklich Scheiße ist."

Frances nickte. „Ich verstehe dich, Schwester. Heißt das, du jagst nicht einem gewissen Bio-Bauern hinterher, der ziemlich hoffnungslos in seinem Job ist?"

„Halt die Klappe, Frances", sagte Molly grinsend, als sie aufsprang, um noch ein Baguette zu holen.

*

ACHILLE TRANK GERADE eine Tasse Kaffee in seiner Küche, als er ein Klopfen an seiner Tür hörte. Er erstarrte.

Er stellte sich Sutton vor, die draußen stand, und seine Kehle schnürte sich zu und sein Mund begann zu wässern, als ob er sich übergeben müsste.

Muss ruhig bleiben. Versteck deine Angst. Sie kommen nicht, um dich mitzunehmen – sie wissen nichts.

Er stand vom Küchentisch auf und ging zur Tür. Er war so dankbar, stattdessen Madame Renaud zu sehen, dass er seine Nachbarin mit weit mehr Freundlichkeit als üblich anstrahlte.

„Bonjour, Achille", sagte sie mit hoher, angespannter Stimme. „Haben Sie Gilbert gesehen?"

„Nein, Florence, habe ich nicht. Aber ich bin gerade erst von einem Nickerchen aufgestanden und war seit ein paar Stunden nicht draußen."

„Der Bus hat ihn nach der Schule wie immer abgesetzt. Er hat seine Arbeiten im Hühnerstall erledigt. Aber seitdem habe ich ihn nirgendwo gesehen. Ich habe gerufen und gerufen, aber er antwortet nicht!"

„Ich bin sicher, es ist nichts. Er ist nur ein Junge, er streift gern im Wald herum!"

„Ich bin sicher, ich klinge überfürsorglich. Es ist diese Amerikanerin, sie macht mich nervös."

Achille sah sie scharf an. „Amerikanerin?"

„Ja – ihr Name ist Molly Sutton. Anscheinend ist sie jetzt nach Castillac gezogen. Sie kam neulich herumschnüffelnd vorbei und stellte viele Fragen. Wissen Sie, sie hat Gilbert tatsächlich zu sich nach Hause eingeladen? Eine völlig Fremde? Ich versuchte, ihr zu erklären, dass wir hier so etwas nicht tun... dass wir unsere Kinder nicht einfach mit Leuten mitgehen lassen, die wir noch nie getroffen haben und von denen wir keine Ahnung haben, wer sie sind... aber ich glaube nicht, dass sie mich verstanden hat. Es macht mich sehr nervös, Achille, solche Fremden. Wir haben keine Ahnung, wozu sie fähig sein könnten."

„Sie... sie hatte kein Recht, zu versuchen, Ihren Sohn so von Ihnen wegzunehmen", sagte Achille und fühlte Empörung für Madame Renaud. „Sie sind eine gute Mutter. Sie bleiben zu Hause, Sie kümmern sich um Ihren Jungen. Sie sorgen sich um ihn, wie eine Mutter es sollte." Achilles Hände begannen zu zittern und er steckte sie in seine Taschen. „Molly Sutton", sagte er verächtlich. „Sie glauben doch nicht, dass er zu ihrem Haus gegangen ist?"

Madame Renaud keuchte. „Daran habe ich gar nicht gedacht! Nun, ich glaube eigentlich nicht, dass Gilbert so ungehorsam wäre. Und sie wohnt auf der anderen Seite von Castillac, in diesem alten Haus, La Baraque – kennen Sie es? Ich glaube nicht, dass er auf die Idee käme, so weit zu laufen, und sein Fahrrad steht noch in der Garage."

„Aber wo um alles in der Welt *ist* er dann? Es ist fast Essenszeit. Wir essen immer zur gleichen Zeit und er weiß, dass er bis dahin seine Hausaufgaben und Pflichten erledigt haben soll. Es ist sehr schwer für mich, verstehen Sie, Achille – es ist sehr schwer, als alleinerziehende Mutter, mit niemandem, der die Sorge teilt...."

„Ich werde die Augen offen halten, das kann ich Ihnen versichern", antwortete er. „Vielleicht ist er inzwischen sogar schon nach Hause gekommen, Sie werden sehen."

Florence nickte, obwohl ihre Stirn immer noch vor Sorge gerunzelt war. „Danke, ich werde nachsehen gehen. Halten Sie bitte die Augen offen."

Achille öffnete ihr die Tür und sah ihr nach, wie sie seinen Hof überquerte, auf dem Weg zurück zu ihrem Haus. Wenn Valerie rufen würde, würde Madame Renaud sie sicher hören.

Aber Valerie rief nicht.

Beruhige dich. Niemand weiß es.

Und Achille würde dafür sorgen, dass es so blieb.

25

Er hatte nur im Wald herumgestöbert, geträumt und aus Rinde und Moosstückchen winzige Häuser für Fantasiewesen gebaut. Vielleicht hatte Gilbert seine Mutter rufen gehört, aber die Geräusche in seinem Tagtraum in das Heulen eines Ungeheuers verwandelt. Jedenfalls hatte er nicht aufgehört mit dem, was er gerade tat, um nach Hause zu gehen. Er war wütend darüber, dass er nicht zu Madame Suttons Haus gehen durfte, und so ließ er sich Zeit und kam erst kurz vor Sonnenuntergang nach Hause, obwohl er wusste, dass seine Mutter ihn anschreien und wahrscheinlich bestrafen würde, weil er nicht gekommen war, als sie gerufen hatte.

Am nächsten Tag machte er sich wieder Sorgen um Valerie. Gilbert war sich nicht sicher, was sein neuer Plan sein würde, aber klugerweise beschloss er, sein Bestes zu tun, um bei Maman wieder gut Wetter zu machen, während er darüber nachdachte. Es war ein Mittwoch, an dem er nur einen halben Schultag hatte, also ging er, sobald er zu Hause war, in den Garten, um etwas Unkraut zu jäten, eine Aufgabe, zu der Maman ihn normalerweise drängen musste, damit er anfing.

Der Garten war so heiß in der brennenden Frühlingssonne. Er

kniete sich hin, riss etwas Schöllkraut aus und machte einen Haufen an der Seite. Wenn er doch nur mit Madame Sutton allein hätte sprechen dürfen. Es war eine Qual zu denken, wie nahe er daran gewesen war, ihr das Geheimnis zu erzählen, das wie ein giftiges Gewicht in seiner Tasche war, das er nicht loswerden konnte.

Natürlich hätte Gilbert es einfach herausplatzen lassen können. Er hätte sagen können: „Hey, hören Sie, der Nachbar hält Valerie Boutillier gefangen! Sie ist die ganze Zeit direkt nebenan gewesen!"

Er hörte für einen Moment auf zu jäten und stellte sich vor, was passiert wäre, wenn er den Mund geöffnet und alles herausgelassen hätte. Maman wäre wahrscheinlich hysterisch geworden und hätte ihn auf sein Zimmer geschickt. Oder sie hätte Mme Sutton einen dieser Blicke zugeworfen, die Erwachsene einander gaben, einen Blick, der sagte: *Beachten Sie ihn nicht, er ist verrückt. Erzählt immer Geschichten.*

Und Mme Sutton hätte gekichert und sie hätten weiter darüber geredet, wo Mamans Cousins lebten, wahrscheinlich das langweiligste Gespräch aller Zeiten in der Geschichte des Universums.

Oder vielleicht wäre es nicht so gelaufen. Vielleicht unterschätzte er Mme Sutton. Man löst nicht zwei schwere Verbrechen, indem man die Wahrheit ignoriert, wenn sie einem direkt ins Gesicht gesagt wird, dachte er. Vielleicht hätte Mme Sutton zugehört. Vielleicht hätte sie sofort ihr Handy herausgeholt und Dufort angerufen – sie waren befreundet, er hatte sie auf dem Markt miteinander reden sehen – und die Gendarmen wären jetzt mit Blaulicht direkt zu Labiches Hof gerast.

Ich hab's wohl wieder vermasselt, dachte er, als seine Unterlippe – zu seinem Entsetzen – zu zittern begann.

Gilbert riss noch mehr Schöllkraut aus und brach dabei einige Wurzeln ab.

Aber wenn die Gendarmen zu Labiche gingen, müssten sie

wissen, wo Valerie war. Gilbert hatte sie nur draußen gesehen, an die Hüfte des Nachbarn gefesselt. Er hatte keine Ahnung, wo sie festgehalten wurde.

Er sprang auf, ließ den Haufen welken Unkrauts im Gemüsegarten liegen und rannte über das Feld. Er versuchte, über den Hügel zu kommen, bevor Maman ihn sah und zurückrief. Er spürte die heiße Sonne jetzt nicht mehr, da er sich bewegte und etwas Wichtiges zu tun hatte.

Gilbert erreichte keuchend den Schutz des Waldes. Er wünschte, er würde kein blödes hellgelbes Hemd tragen. Um nicht gesehen zu werden, duckte er sich und ging von Busch zu Busch, bewegte sich zur Grundstücksgrenze und hielt Ausschau nach Labiche.

Auf dem Hof war es ruhig, bis auf gelegentliches Muhen; die Kühe waren alle auf der nahen Weide. Wegen der Hitze lagen die meisten von ihnen im Schatten einiger Bäume. Gilbert konnte die große Scheune und dahinter das Farmhaus sehen. Er kuschelte sich in die Blätter, um sein Hemd vollständig zu verstecken, und wartete, beobachtend.

Warten war in keinem Alter einfach, aber besonders nicht mit neun Jahren. Er zappelte. Seine Finger zerpflückten Blätter, während er sich zwang, die Augen auf die Gebäude gerichtet zu halten, um zu sehen, ob jemand herauskam.

Das Bild von Dufort auf dem Markt schwebte ihm durch den Kopf. Der ehemalige Chef wirkte so fähig, so stark. Gilbert erinnerte sich, wie er Mme Sutton mit einem so interessierten Ausdruck angesehen hatte. Als würde er einem zuhören, ohne sich lustig zu machen oder abzuwinken, egal was man zu sagen hätte.

Und dann plötzlich, der Gedanke kam mit solcher Wucht, dass es wie ein Schlag an die Seite seines Kopfes war, dachte Gilbert - *vielleicht ist Chef Dufort mein Vater*. Vielleicht will Maman, dass ich die ganze Zeit zu Hause bleibe, weil sie denkt, ich würde es herausfinden, wenn ich im Dorf herumhänge. Jemand würde es mir erzählen. Die Leute im Dorf, sogar Dufort selbst, könnten sogar die Wahrheit erkennen, weil wir uns irgendwie ähneln.

Er hob seinen Arm aus den Blättern und inspizierte ihn, als könnte er eine Verbindung zu Dufort in der Art, wie sein Arm aussah, erkennen.

Dann legte Gilbert für einen Moment seinen Kopf nieder, die Augen geschlossen, wissend, dass das, was er dachte, nicht die Realität war, aber trotzdem jeden letzten kleinen Genuss daraus saugend: sein Vater, der zu ihm kam und ihn in seine starken, gebräunten Arme nahm, ihn auf seine Schultern hob und ihn auf einen schaukeligen Ritt mitnahm, und dann, wenn sie mit dem Spielen fertig waren, aufmerksam allem zuhörte, was Gilbert ihm zu sagen hatte.

Und dann würde er diese Sache mit Valerie lösen. Er würde alles in Ordnung bringen können. Einfach alles.

Er würde wissen, was das Richtige zu tun wäre.

⁂

„Also, Herr Addison, ich sage nicht, dass Sie ins Cottage umziehen müssen. Ich sage nur, dass es jetzt, wo Ned und Leslie und der liebe kleine Oscar weg sind, frei ist, falls Sie es haben möchten. Natürlich können Sie auch gerne bleiben, wo Sie sind, wenn Sie das vorziehen."

Molly wünschte sich fast verzweifelt, dass Wesley Addison ins Cottage ziehen würde. Finanziell war es für ihn besser, dort zu bleiben, wo er war, da sie manchmal kurzfristige Buchungen bekam, und es machte Sinn, das Cottage verfügbar zu halten, da es mehr Leute beherbergen konnte als das Spukzimmer im Obergeschoss, in dem Addison wohnte. Aber trotzdem ... sie hätte ihr Haus viel lieber für sich allein gehabt.

Es stellte sich heraus, dass es ein Vergnügen war, ein Gîte-Geschäft zu führen. Sie mochte es, neue Leute kennenzulernen, die Menschen waren meist interessant und angenehm, und es war fantastisch, sich nicht herausputzen zu müssen, um den ganzen Tag in einem Büro zu arbeiten, eingesperrt und am Telefon. Diese Arbeit passte viel besser zu ihr als ihr früherer Job im Fundraising. Aber gleichzeitig waren Grenzen immer gut, und sie hatte dank Wesley Addison herausgefunden, dass sie es vorzog, wenn die Gäste sich auf das Cottage und das Taubenhaus beschränkten und nicht spät nachts in ihrem Haus herumliefen, was ihr fast einen Herzinfarkt bescherte, da es für sie inzwischen so ungewohnt war, mit jemand anderem zusammenzuleben.

Doch Wesley Addison wollte nicht ins Cottage umziehen.

„Nun gut, dann ist es beschlossen", sagte er. „Ich überlege, meinen Aufenthalt um eine weitere Woche zu verlängern", sagte er, und Mollys Herz machte einen Sprung angesichts des unerwarteten Einkommens, nur um bei der Aussicht auf noch mehr Wesley Addison wieder abzustürzen. „Wissen Sie, als meine Frau und ich vor sieben Jahren hier waren, starb sie plötzlich. Es ist ... ich fand es wichtig, zurückzukommen. Vielleicht ist das für jemand anderen schwer zu verstehen."

„Nein", sagte Molly und empfand etwas Mitgefühl. „Es ist nicht schwer zu verstehen. Aber es scheint, als wäre es schwierig. Schmerzhaft. Darf ich fragen, was passiert ist?"

Wesley Addison neigte seinen großen Kopf. Dann hob er ihn abrupt und faltete seine Finger. „Sie ist gestürzt. Wir besichtigten das Château in Beynac. Sie kennen es natürlich?"

Molly nickte, die Augen weit aufgerissen.

„Dann wissen Sie, dass es in großer Höhe über der Dordogne thront."

Molly nickte erneut, wollte den Rest der Geschichte eigentlich nicht hören, war aber gleichzeitig sehr begierig zu erfahren, was passiert war.

„Sie rutschte aus", sagte Addison und zuckte mit den Schultern. „Zerschmetterte an den Felsen. Wie gesagt, der Ort liegt in sehr großer Höhe."

Mollys Hand flog an ihren Mund, als sie keuchend einatmete

und sich vorstellte, wie schrecklich das gewesen sein musste. „Es tut mir so unendlich leid", sagte sie und streckte impulsiv die Hand aus, um seinen Arm zu berühren.

Addison zuckte zurück. Molly fühlte mit dem großen Mann; was konnte schlimmer sein, als dass der Ehepartner bei einem Unfall im Urlaub starb?

Und dann löste *vor sieben Jahren* einen kleinen Alarm in ihrem Kopf aus. „Vor sieben Jahren, Herr Addison? Erinnern Sie sich zufällig an ein Mädchen, das verschwand, als Sie hier waren? Es wäre in allen Zeitungen und im Fernsehen gewesen. Ihr Name war Valerie Boutillier."

„Ich erinnere mich an nichts über ein Mädchen. Wie Sie sich vorstellen können, war meine Aufmerksamkeit von der Notwendigkeit in Anspruch genommen, einige ziemlich komplexe Vorkehrungen zu treffen, um den Leichnam meiner Frau zurück ins Ausland überführen zu lassen. Mir war nicht nach Hobnobbing in den örtlichen Bars, um den neuesten lokalen Nachrichten zu lauschen."

„Natürlich nicht. Ich meinte ... nun, nochmals, es tut mir so leid, was passiert ist."

„,Hobnobbing'. Interessantes Wort. Altenglisch, wie Sie sicher nicht überrascht sein werden zu hören. Kommt von ‚hob' und ‚nob', was bedeutet, einander zuzuprosten, abwechselnd Runden auszugeben. Sie sehen also, ich habe gerade genau das richtige Wort verwendet."

„Ja, ich verstehe", sagte Molly schwach. „Nun denn, ich habe einige Gartenarbeiten, die einfach nicht warten können. Einen schönen Abend noch, Herr Addison." Und sie ging direkt in den Garten und rief Bobo, die um die Hausecke rannte und gegen ihre Beine prallte. Molly hockte sich hin und ließ den Hund ihr Gesicht lecken.

„Leiste mir einfach ein bisschen Gesellschaft", sagte sie zu Bobo und begann mit Eifer, Unkraut zu jäten. Sie fühlte sich einsam und ein wenig aufgewühlt. Manchmal hatte sie das Gefühl, dass zu viele schreckliche Dinge in der Welt passierten und es kein Entkommen gab.

Sie seufzte, und dann seufzte sie erneut, und der Rhythmus des Jätens und die Nähe von Bobo beruhigten ihre Gemütsverfassung.

„Das Leben ist chaotisch, so ist es nun mal", sagte sie zu Bobo, als sie aufstand und wieder ins Haus ging, um einen Kir zu trinken.

26

Molly hatte geduscht und saubere, wenn auch nicht besonders modische Kleidung angezogen. Sie war gerade dabei, sich einen Kir einzuschenken, als sie ein knarrendes Geräusch aus dem Vorgarten hörte, das sie für Constances Fahrrad hielt.

„Salut, Constance!", rief sie, als sich die Haustür öffnete, und holte ein weiteres Glas heraus.

„Molls! Wie geht's dir? Ich habe gehört, du arbeitest an einem neuen Fall."

„Was?", sagte Molly und stellte die Flasche Crème de Cassis ab. „Woher weißt du das?"

„Konnte aber keine Details erfahren. Was ist los? Sag bloß nicht, du hast wieder eine Leiche entdeckt!" Constance lachte, als ob Mollys Neigung, über Leichen zu stolpern, urkomisch wäre.

„Erstens ist das nicht lustig, und zweitens, gibt es in diesem Dorf überhaupt noch Privatsphäre? Hat hier jeder rund um die Uhr Spionagekameras laufen oder was? Ich weiß nicht, ob ich entzückt oder angewidert sein soll."

„Na ja, es ist ja nicht so, als ob du nicht selbst gern ein bisschen klatschst, Molls. Die *Castillaçois* sind genauso. Während der

Rest der Welt von Prinz William und Kate Middleton oder irgendeinem Promi besessen ist, der zum zehnten Mal in der Entzugsklinik ist, interessieren wir uns in Castillac mehr dafür, was mit den Menschen passiert, die wir kennen. Oder wenn schon nicht kennen, dann zumindest ab und zu auf der Straße sehen."

„Ich... na ja, um ehrlich zu sein? Ich will auch wissen, was alle anderen so treiben, aber das heißt nicht, dass ich will, dass jemand anderes weiß, was *ich* tue."

„*Absolument!*" sagte Constance lachend. „So läuft das nun mal, und ich bin irgendwie schockiert, dass ich dich diesmal belehre und nicht umgekehrt."

Molly lachte. „Na gut, hier ist ein Kir, setz dich und erzähl mir die Neuigkeiten."

Die beiden Freundinnen ließen sich auf das Sofa plumpsen und nippten an ihren Getränken. Constance stieß einen langen, theatralischen Seufzer aus.

Molly legte den Kopf schief. „Thomas?"

Constance nickte langsam. „Ich will nicht mal über ihn reden. Ich will nichts mit ihm zu tun haben. Aber gleichzeitig kann ich nur daran denken, wie er vor meiner Tür auftaucht und mich anfleht, ihn zurückzunehmen."

Molly dachte darüber nach. „Glaubst du, das könnte passieren?", fragte sie.

„Wenn die Hölle zufriert", sagte Constance niedergeschlagen. „Ich habe Thomas seit Wochen und Wochen nicht mehr gesehen. Ich schätze, er verbringt jede Minute mit dieser schrecklichen, hasserfüllten Simone Guyanet."

„Ich schätze, es würde nicht helfen, dir zu sagen, dass ich einmal eine ähnliche Beziehung hatte? Ein Typ, von dem ich nicht loskam, obwohl wir nicht mal wirklich Spaß zusammen hatten und er Recht hatte, Schluss zu machen. Glaubst du, es ist hauptsächlich verletzter Stolz, der dich so im Kreis drehen lässt?"

„Wenn er zurückkäme, hätte ich nichts dagegen, es Simone

unter die Nase zu reiben", sagte Constance, ihre Augen leuchteten bei dem Gedanken auf.

Bobo kam durch die Terrassentür gerannt und sprang mit den Pfoten auf Constance. „Na hallo!", sagte sie und kraulte die gefleckten Ohren. „Meine Mutter hat immer gesagt, niemand wird dich so lieben wie ein Hund. Ich glaube, sie hatte Recht."

Molly überlegte. „Ich glaube auch, dass sie Recht hatte. Zumindest... Hundeliebe ist so unkompliziert. Sie sehen dich, sie sind glücklich, du bist glücklich, das ist alles."

„Ja."

Sie saßen lange schweigend da, nippten an ihren Getränken und dachten über Liebe und Hunde nach. Schließlich beschloss Molly, mit Constance über den Fall zu sprechen; er ging ihr ständig durch den Kopf, und da Constance und Valerie ungefähr im gleichen Alter waren, könnte sie vielleicht ein kleines Informationsstückchen haben, das noch niemand aufgedeckt hatte.

„Also, Constance...."

Constance hörte auf, Bobo zu streicheln, und Bobo legte ihren Kopf auf Constances Knie und schaute hoffnungsvoll zu ihr auf.

„Was?"

„Valerie Bou–"

„Boutillier! Ich *wusste* es! Ich bin eigentlich ein bisschen verletzt, dass du mich nicht angerufen und um ein Interview gebeten hast. Ich kannte sie immerhin."

„Das habe ich mich schon gefragt."

„Ja, sie war ein paar Jahre über mir, aber ich kannte sie durchaus."

„Also erzähl mir von ihr. Wie war sie so?"

„Sie war wie ein... so eine Art... mir fällt nichts ein, womit ich sie vergleichen könnte, ein Wirbelwind oder Tornado oder so. Man wusste nie, was als Nächstes passieren würde, wenn Valerie in der Nähe war. Sie war superschlau und von sich selbst eingenommen – die Art von Mädchen, die man eigentlich hassen möchte, aber in ihrem Fall? Sie hatte das Recht, von sich eingenommen zu sein, weil sie wirklich toll war. Wirklich witzig, zum Beispiel. Sie dachte sich immer diese verrückten Streiche aus, über die die Lehrer sich ärgern wollten, aber am Ende lachten sie mit allen anderen mit."

„Kannst du dich an welche erinnern?"

Constance blickte nachdenklich in die obere Ecke des Raums. „Nun, sie füllte zufällige Räume in der Schule mit Luftballons, sodass man zum Unterricht ging, die Tür öffnete und Luftballons in den Flur quollen und man nicht mal reinkam, weil es so viele waren. Einmal schlich sie sich in den Computerraum und streute irgendwelche Samen in die Tastaturen, wo man sie nicht mal sehen konnte, und später fingen Pflanzen an, zwischen den Tasten zu sprießen! Dafür hätte sie fast Ärger bekommen. Schulen sind etwas penibel, was ihre Computer angeht. Aber es stellte sich heraus, dass es keine Probleme verursachte.

„Also sie war so ein Scherzkeks, aber kein gemeiner, weißt du? Das mochten die Leute so an ihr. Sie machte alles lustiger, aber nicht auf Kosten anderer."

Molly nickte. „Ich frage mich... diese Eigenschaft, die du beschreibst... denkst du, ein Fremder hätte das sehen können? Du sprichst von ihr, als hätte sie praktisch geleuchtet, wenn sie die Straße entlangging."

„Na ja, klar, ich meine - sie wäre das Mädchen in der Mitte einer lachenden Gruppe gewesen. Sie wäre die Energie gewesen, verstehst du?"

Molly nickte wieder. Sie dachte, dass wenn Constance recht hatte, ein Fremder leicht von Valeries Energie und offensichtlichen Beliebtheit angezogen worden sein könnte. Jemand aus der Gegend oder jemand, der lange genug in Castillac war, um sie im Dorf zu sehen.

„War sie schön?", fragte Molly.

Constance verzog das Gesicht. „Naja, nein, nicht wirklich. Nicht schön, würde ich nicht sagen. Aber total, total anziehend. Jeder wollte ihr Freund sein."

„Und... ich weiß, das ist lange her, aber erinnerst du dich, ob du damals irgendwelche Ideen hattest, was mit ihr passiert sein könnte?"

„Alle Mütter dachten, sie wäre von einem Kinderschänder geschnappt worden. Wir durften monatelang nirgendwo alleine hingehen. Ich erinnere mich nicht, selbst Angst gehabt zu haben - meine Freunde und ich versuchten alle, unsere Mütter zu beruhigen. Ich fragte mich, ob etwas passiert war, das sie zum Weglaufen gebracht hatte. Ich kannte sie nicht so gut, kannte ihre Familie nicht oder so, also glaube ich nicht, dass ich irgendwelche Vermutungen hatte, warum sie hätte weglaufen können.

„Und verdammt, vielleicht gefiel mir dieses Szenario einfach besser als einige der anderen, über die die Leute redeten, weißt du? Valerie in Freiheit, anstatt Valerie tot oder irgendwo gefangen gehalten, als Gefangene eines Freaks."

Sie leerten ihre Getränke und saßen einige Minuten schweigend da.

„Du kennst viele Dorfbewohner, oder?", fragte Molly.

„Klar. Ich meine, nicht jeden! Aber weißt du, ich bin gerne unterwegs, ich plaudere gerne..."

„Wenn du also über all die Einheimischen nachdenkst, die du im Laufe der Jahre kennengelernt hast, fällt dir jemand ein, der... ist 'nicht ganz dicht' das richtige Wort? Völlig verrückt? Sadistisch?"

Constance kratzte sich am Kopf. Sie zupfte an einem losen Faden ihrer Hose. Sie fuhr sich ein paarmal mit den Zähnen über die Lippen. „Ich weiß nicht, Molly", sagte sie schließlich. „Die Leute sind seltsam, weißt du? Viele Leute sind seltsam, und wahrscheinlich ist es in Castillac in dieser Hinsicht genauso wie überall sonst. Aber was für ein Freak musst du sein, um so etwas zu tun? Und würde das jemand erkennen können, nur indem er dich ansieht oder ein Gespräch mit dir führt? Oder, sagen wir, dich in einem Café bedient oder so?"

„Das ist es, das ist so ziemlich die Frage, genau da."

Sie nickten beide. Sie hatten die Frage, aber Antworten erwiesen sich als äußerst rar.

※

LÉON, Duforts Freund, der bei der Gendarmerie in Toulouse arbeitete, war gekommen und gegangen und hatte ihm einen stämmigen Belgischen Schäferhund hinterlassen. Der große Hund hieß, vielleicht zu offensichtlich, Boney. Es war keine Zeit gewesen, Dufort eine richtige Trainingseinheit zu geben, aber Léon schien zuversichtlich, dass der Hund wissen würde, was zu tun war.

Boney saß neben der Tür und beobachtete Ben mit seinen intelligenten schwarzen Augen.

„Du willst loslegen, nicht wahr", sagte Ben. Er streichelte ihn zwischen seinen aufgestellten Ohren und bewunderte seine schwarze Schnauze. Er war ein ernsthafter Hund, kein kleiner Flauschball, und es war klar, dass er arbeiten wollte. Ben hatte nie einen Hund haben dürfen; seine beiden Eltern hatten lange außer Haus gearbeitet und gedacht, ein Hund würde den ganzen Tag über zu einsam sein. Er fühlte sich ein wenig unbeholfen mit Boney, jetzt, da sie allein waren. Er stellte sich vor, der Hund dachte, er redete zu viel, oder konnte sehen, dass er nicht daran gewöhnt war, mit Hunden umzugehen.

Und er hatte Recht. Aber Boney war das ziemlich egal, solange er arbeiten durfte. Er stand an der Tür und blickte über seine muskulöse Schulter zu Ben, während dieser das Frühstücksgeschirr abräumte und sich für ihre erste Suche fertig machte.

Boney war darauf trainiert, tote Körper zu suchen, und nur tote Körper. Nur *menschliche* tote Körper. Seine Ausbildung war umfangreich gewesen, und Léon hatte Ben gesagt, dass Boney sich nicht von toten Kaninchen oder Rehen ablenken lassen würde. Er konnte Gerüche in der Luft wahrnehmen; das hieß, er konnte den Geruch des Todes aufnehmen, wenn er vorbeiwehte, und ihm folgen, bis er die Quelle fand, sogar über Hügel, Bäche hinauf, überall, wohin der Geruch führte.

Ben hatte sich mit langen Ärmeln und einer Canvashose sowie schweren Schuhen gekleidet, da er einen rauen Tag im Wald erwartete. „Ich lege dir das jetzt nur so an", sagte er zu Boney, als er die Leine befestigte. „Sei nicht beleidigt. Aber wenn etwas passieren und du auf die Straße rennen und von einem Auto angefahren werden würdest, würde Léon mich wahrscheinlich in Stücke reißen."

Er führte den großen Hund zu seinem Auto, und der Hund sprang hinten hinein, als wäre es ein vertrauter Ort.

„Mach's dir gemütlich", sagte Ben und sah ihn im Rückspiegel an. Er wünschte sich jetzt, er hätte Molly eingeladen, mitzukommen. Tatsächlich wünschte er es sich so sehr, dass er umdrehte und die Rue des Chênes entlangfuhr, um sie zu fragen, ob sie sich ihnen anschließen wolle, und Molly ergriff sofort die Chance, da sie sich ein wenig bedrängt von Wesley Addison fühlte, der keine Anstalten machte, La Baraque an diesem Tag zu verlassen.

„Es ist nicht gerade eine unbeschwerte Art, den Morgen zu verbringen, oder?", sagte Molly besorgt, als sie in den Renault stieg. „Ich meine... ich *will* ihre Leiche nicht finden, weißt du?"

„Sieh es mal so", sagte Ben. „Wenn wir ganz Castillac und den gesamten Wald von La Double absuchen und Boney sie nicht findet? Dann ist sie nicht dort. Ich gebe zu, das ist kaum ein Beweis dafür, dass sie noch am Leben ist, aber es geht zumindest in diese Richtung, oder?"

Molly war sich da nicht so sicher. „Wenn man eine Leiche loswerden will, gibt es eine Million Möglichkeiten, außer sie in nahegelegenen Wäldern zu vergraben. Wenn ich es wäre, würde ich sie wahrscheinlich zerstückeln, zum Ozean fahren, ein Boot mieten und weit, weit hinausfahren ..."

„Tatsächlich", sagte Ben. „Du scheinst dir darüber ja ziemlich viele Gedanken gemacht zu haben."

„Ich sage ja nur", erwiderte Molly. Sie drehte sich in ihrem Sitz um, um Boney zu erreichen. „Er mag Streicheln nicht wirklich", sagte Molly. „Er duldet mich nur."

„Er will loslegen", sagte Ben. „Und ich auch. Sobald ich ein Stück weiter die Straße hochgefahren bin, werde ich anhalten und wir können ihm bei seiner Arbeit zusehen. Bist du bereit zu laufen?"

„Ich bin bereit."

Ben hielt an und fuhr sein Auto weit genug in den Wald zurück, dass ein anderes Auto vorbeifahren konnte. Dann öffnete er die Hintertür und Boney sprang heraus.

Der Hund erstarrte. Er hob seine Nase in die Luft, schnüffelte und stürmte ins Unterholz.

„Wenn ich diesen Hund verliere ...", sagte Dufort.

„Keine Sorge", sagte Molly mit einem Lachen. „Aber komm schon!" Sie rannte durch den Wald und versuchte, Boney im Blick zu behalten. Der Hund lief im Zickzack, hin und her, hin und her, und deckte fünfzig-, hundertmal so viel Fläche ab wie die Menschen.

Und so verlief der Rest des Vormittags. Boney lief in Mustern, blieb oft stehen, um seine edle schwarze Schnauze in die Luft zu heben und zu schnüffeln, und dann senkte er den Kopf und rannte, als würde er von seiner Nase gezogen. Ben und Molly gingen und rannten oft, um mit ihm Schritt zu halten.

Nach drei Stunden hatte Boney absolut nichts gefunden. Ben und Molly hielten an einem Bach an, und der Hund watete hinein, schlabberte Wasser und legte sich dann hin, sodass das Wasser über seinen Rücken floss.

Für einen Moment waren die Menschen zu erschöpft zum Reden. Sie standen in der Stille des Waldes am Bach, und Ben hakte seinen Finger in Mollys Gürtelschlaufe und zog spielerisch daran.

„Was jetzt?", fragte sie mit vom Anstrengen gerötetem Gesicht.

„Wir sind mit dieser Runde fast fertig. Wie wäre es, wenn wir danach zu dir nach Hause gehen und du mir Mittagessen machst?"

„Ich habe nur etwas Salami und altes Brot."

„Klingt ausgezeichnet." Ben sah zu Boney. „Bist du bereit, Junge? Willst du dich ausruhen und später wiederkommen?"

Boney stand auf und trottete aus dem Bach. Er schüttelte sich und bescherte Molly und Ben eine mehr oder weniger willkommene kühle Dusche, und die drei machten sich auf den Weg zurück zum Auto.

Keine Leichen. Keine Valerie. Es war schwer, zufrieden zu sein, wenn man den ganzen Tag nach etwas suchte und es nicht fand, aber Valerie nicht im Wald zu finden, war genau das, worauf sie gehofft hatten.

27

Der nächste Morgen war ein Samstag. Molly lag im Bett, was ungewöhnlich für sie war, da sie normalerweise in dem Moment, in dem sie aufwachte, direkt in die Küche schoss, um Kaffee zu machen. Aber stattdessen rollte sie sich unter einer leichten Decke herum und dachte über den gestrigen Tag im Wald mit Ben nach und das gemütliche Mittagessen, das sie danach gehabt hatten. Über Valerie und Oscar, über Constance und ihr gebrochenes Herz, über den kleinen Jungen, dessen Mutter so beschützend war... all die Fäden, die sich zu ihren jüngsten Tagen in Castillac verwoben.

Oben konnte sie Wesley Addison herumgehen hören und wusste, dass sie besser aufstehen sollte, wenn sie einer langen Exegese ihres Bostoner Akzents entgehen wollte. Das Cottage war immer noch leer, und die De Groots, die im Taubenhaus wohnten, ließen sich selten sehen. Soweit Molly es beurteilen konnte, wagten sie sich nur für Wein und Gebäck hinaus und huschten dann wieder nach drinnen. Ah, frisch Verheiratete...

Bobo war sehr interessiert gewesen, als Molly nach dem Tag im Wald mit Ben und Boney zurückkam. Und wer ist dieser andere Hund, mit dem du deinen Tag verbracht hast? schien ihr geflecktes Gesicht zu fragen. Hier war es nun der nächste Tag, und Bobo war immer noch ein bisschen abweisend.

„Ich weiß, Bobo, ich habe dich irgendwie betrogen. Aber es war Arbeit, kein Spiel! Mir wurde ausdrücklich gesagt, dass du nicht mitkommen durftest. Boney musste arbeiten, ohne dass du ihn ablenkst. Aber ich verspreche, ich schwöre auf einen Haufen Leberwurstleckerlies, dass ich dich bald zu einer langen Wanderung nach La Double mitnehmen werde. Du wirst es lieben."

Bobo erlaubte Molly, ihre Brust zu streicheln, aber sie vermied den Blickkontakt.

„Du bist eine harte Nuss, Bobo", murmelte Molly. „Jetzt bleib du hier, und ich gehe zum Markt und hole dir ein paar Knochen von Raoul. Wie wär's damit?"

Sie hörte Addisons schwere Schritte auf der Treppe und schlüpfte durch die Terrassentür hinaus, ging schnell zu ihrem Roller und brauste ins Dorf.

Der Samstagsmarkt versetzte Molly immer in gute Laune. Mit jedem Monat kannte sie mehr Leute und fühlte sich dort mehr zu Hause. Sie erinnerte sich, wie zögerlich sie anfangs gewesen war, wie unangenehm es ihr gewesen war, dass die Leute wussten, wer sie war, bevor sie sie überhaupt kennengelernt hatte. Und oh, ihr miserables Französisch! Aber jetzt konnte sie kommunizieren, auch wenn der Konjunktiv manchmal noch außer Reichweite war. Molly war Teil von Castillac, keine Fremde mehr.

Das war zum Teil der Grund, warum Madame Renauds Reaktion neulich sie überrascht hatte. Bei ihren Runden mit ihrer falschen Umfrage hatten sie fast alle erkannt, entweder als die Besitzerin von La Baraque oder als die Person, die ein oder zwei Verbrechen gelöst hatte. Hatte sie etwas gesagt, um sie zu beleidigen? Ihr kleiner Junge war bezaubernd, und Molly musste in Gedanken immer wieder zu ihm zurückkehren. Sie fragte sich, warum er sie so aufmerksam angeschaut hatte.

Behandelte seine Mutter ihn in irgendeiner Weise schlecht, und er brauchte Mollys Hilfe?

Sie würde auf dem Markt nach ihm Ausschau halten, und vielleicht könnte sie ein privates Wort mit ihm wechseln und herausfinden, ob etwas nicht stimmte.

Molly und Manette mussten lachen, als eine würdevolle alte Dame ihren Korb fallen ließ und leise *merde* murmelte. Sie plauderte kurz mit Rémy, und sie scherzten darüber, dass Ben der fleißigste und am wenigsten talentierte Bauer aller Zeiten sei. Sie besorgte etwas Speck und Knochen von Raoul, wie sie Bobo versprochen hatte. Und sie scannte ständig die Menge – eine große, jetzt wo das Wetter so schön war – und hielt sowohl nach Gilbert als auch nach jemandem Ausschau, der, nun ja, wie ein verrückter Teenager-Mädchen-Entführer aussah.

„La bombe!" dröhnte eine Stimme keine drei Zentimeter von ihrem Ohr entfernt.

„Bonjour, Lapin", sagte Molly und drehte sich um, um den großen Mann mit offenen Armen und einem breiten Grinsen im Gesicht anzusehen.

„Ich sehe dich kaum noch", sagte er und küsste sie auf beide Wangen. „Wie hat sich die Möblierung für das Taubenhaus bewährt?"

„Es ist wunderbar, danke", sagte Molly. „Ich habe es gerade vermietet, wie ich froh bin zu sagen. Dank dir und Pierre."

„Das freut mich sehr zu hören. Ich weiß nicht, ob du es schon gehört hast, aber ich habe ein eigenes Unternehmen, das gerade erst anläuft. Ich würde mich über deine Unterstützung freuen."

„Sicher", sagte Molly und verschränkte die Arme vor der Brust, als Lapins Blick in diese Richtung wanderte. „Was für eine Art von Unternehmen ist es?"

„Ich eröffne einen Laden", sagte er stolz. „Etwas, das ich schon seit Jahren vorhatte. Meine Garage war voll mit Dingen, die ich über die Jahre hinweg beiseitegelegt hatte, genau mit diesem Plan im Hinterkopf. Also bitte, erweise mir die Ehre und schau vorbei. Es ist am Ende der Rue Baudelaire. Ich weiß, es liegt ein bisschen abseits, aber du weißt ja, wie die Mieten im Dorfzentrum sind."

Molly nickte. „Was sind deine Öffnungszeiten?"

„Vormittags, von 10 bis 12 Uhr. Mittwochs geschlossen. Ruf mich jederzeit an, ich komme rüber und öffne für dich. Zögere nicht anzurufen, meine Liebe!"

„Ich werde auf jeden Fall vorbeischauen", sagte sie, was Lapin überrascht die Augen aufreißen ließ. Er war es gewohnt, dass Molly ihn, wenn möglich, auf Abstand hielt.

„Eigentlich", sagte sie mit leiser Stimme. „Hast du eine Minute? Ich wollte schon länger mit dir sprechen."

„Aber natürlich", sagte Lapin strahlend. „Tritt ein in mein Büro", sagte er mit einer großen Geste in Richtung der leeren Gasse.

Molly kicherte und wurde dann ernst. „Hör zu, Lapin, das ist vertraulich, was ich dir gleich sagen werde. Aber ich dachte, vielleicht könntest du bei etwas helfen. Es ist wichtig."

„Ich bin ganz Ohr."

„Wir – ich – es gibt einen Hinweis, und ich möchte nicht sagen, wie oder warum, dass Valerie Boutillier möglicherweise noch am Leben sein könnte."

Lapin trat einen Schritt zurück. „Was? Wie kommst du auf diese Idee?"

„Ich sagte dir doch, ich gehe nicht ins Detail. Aber was, wenn sie *tatsächlich* am Leben wäre, Lapin? Was, wenn sie, statt ermordet worden zu sein, wie alle annehmen, sogar ihre Familie – was, wenn sie stattdessen die ganze Zeit hier in Castillac gefangen gehalten wurde?" Sie beobachtete sein Gesicht genau.

Lapin dachte darüber nach. „Nun, ich habe in den Zeitungen von solchen Fällen gelesen. Ist es ungewöhnlich? Ich weiß es nicht. Könnte es bei Valerie möglicherweise der Fall sein? Ich würde nicht darauf wetten."

„Niemand verlangt von dir, zu wetten. Es mag höchst unwahrscheinlich sein, ich weiß. Aber... wenn es möglich ist, selbst wenn die Chance nur gering ist, sollten wir dem nachgehen, oder?"

„Natürlich. Wenn du es so ausdrückst."

„Genau. Also, ich dachte, dass du von allen Menschen in dieser Situation am hilfreichsten sein könntest. Du hast in mehr Dachböden herumgestöbert als jeder andere. Du siehst die Leute, wenn ihre Abwehr heruntergefahren ist."

Lapin zuckte mit den Schultern.

Molly beugte sich vor, nah an Lapins Ohr. „Fällt dir jemand im oder in der Nähe des Dorfes ein, der zu so etwas fähig wäre? Jemanden sieben Jahre lang gefangen zu halten?"

Lapin holte tief Luft, und das Einatmen schien endlos zu dauern. „Nicht auf Anhieb. Molly, ich werde darüber nachdenken. Aber meine Bauchreaktion auf das, was du vorschlägst... ist, dass wenn Valerie in einem Haus festgehalten wurde, in dem ich gearbeitet habe, ich nie etwas geahnt habe. Wie du sagst, wenn ich auftauche, sind die Leute aufgewühlt. Jemand Wichtiges für sie ist gerade gestorben, es gibt verwirrenden Papierkram zu erledigen und all die Veränderungen und Anpassungen, die nach einem Tod passieren."

„Also wenn sich die Leute ein bisschen seltsam verhalten, lasse ich das durchgehen, verstehst du?"

Molly sah niedergeschlagen aus.

„Hör zu, ich werde darüber nachdenken. Mehr kann ich nicht tun, oder?"

„In Ordnung, Lapin. Ich dachte, es wäre einen Versuch wert. Denk aber weiter darüber nach – manchmal fällt uns Zeug nicht sofort ein... es braucht ein bisschen Zeit zum Durchsickern, weißt du?"

Lapin nickte und sie verabschiedeten sich.

Molly musste bei der Pâtisserie Bujold vorbeischauen, um Frühstück für ihre Gäste zu holen und es ihnen zurückzubringen, bevor es zu spät wurde. Sie erledigte den Rest ihres Einkaufs eilig, füllte ihren Korb mit frischem Gemüse und Ziegenkäse, der von einem Bauern etwa anderthalb Kilometer von La Baraque entfernt hergestellt wurde.

Sie war so sehr damit beschäftigt, das Obst und Gemüse zu

inspizieren und mit den Verkäufern zu plaudern, dass sie nicht bemerkte, wie ihr ein Mann in einiger Entfernung folgte, während sie von einem Stand zum nächsten ging. Achille Labiche trug einen Overall und hatte seine Hände unter dem Latz versteckt. Er schien nichts auf dem Markt zu beachten außer Molly, seine Augen auf sie geheftet, während er nervös seine Hände unter dem Latz seines Overalls bewegte, seine Finger streichelte und die Knöchel knacken ließ.

Es ist ihre Schuld, dachte er immer wieder.
Ich werde nicht zulassen, dass sie alles ruiniert.

₷

LAPIN HATTE Molly nur widerwillig gehen lassen. Er fand sie ungemein attraktiv, obwohl es stimmte, dass er die meisten Frauen so empfand. Er kaufte ein Croissant von einem Verkäufer neben Manette und ging dann die vielen Blocks zu seinem neuen Laden in der Rue Baudelaire.

Lapin war ein Trödelhändler oder Anbieter feiner Antiquitäten, je nachdem, mit wem man sprach. Und wie er Molly erzählt hatte und das Innere seines Ladens bewies, mangelte es ihm nicht an Bestand. Vorne hatte er Tische und Theken, die mit Schmuck und kleinen Nippsachen überhäuft waren, weiter hinten versperrten kleine Möbelstücke wie ein Kinderschreibtisch und mehrere Fußhocker den Gang, und ganz hinten hatte er große Stücke arrangiert: hauptsächlich Schränke, zusammen mit einigen großen Spiegeln und einem großartig aussehenden Sofa mit vergoldeten Verzierungen. Die Wände waren mit Kunst bedeckt, die von Impressionisten-Imitationen über alte Porträts bis hin zu einigen modernen Stücken reichte, die die Leute entweder lieben oder hassen würden.

Wenn jemand irgendwo in der Umgebung von Castillac starb, war Lapin blitzschnell zur Stelle und bot an, beim Organisieren, Bewerten und auch Verkaufen zu helfen, wenn die Erben es wünschten. Er war im Großen und Ganzen kein skrupelloser Geschäftsmann, obwohl er der Meinung war, dass die Besitzer von Rechts wegen eine Ahnung vom Wert ihres Eigentums haben sollten, und wenn sie nicht speziell fragten und Lapin jemanden wirklich nicht mochte, war er vielleicht nicht geneigt, ihnen mitzuteilen, dass der zerkratzte alte Stuhl auf dem Dachboden tatsächlich ein *fauteuil à la Reine* war, hergestellt und gestempelt von einem der großen Möbeltischler des achtzehnten Jahrhunderts – Jacob zum Beispiel – und ein anständiges Jahresgehalt wert war. Obwohl er nur ein paar Mal in seiner Karriere zu solch einer Lüge durch Auslassung gegriffen hatte, wenn der betreffende Erbe besonders widerwärtig gewesen war.

Er ging gut mit trauernden Menschen um, und sein Service gab ihnen Trost. Es half, jemanden zu haben, der sich auskannte, in diesen frühen Tagen nach einem Todesfall in der Familie, wenn es so viele unvertraute rechtliche und administrative Aufgaben zu geben schien, die alle danach schrien, genau dann erledigt zu werden, wenn die Familie einfach nur versuchte, mit der massiven Erschütterung des Verlusts eines geliebten Menschen fertig zu werden.

Natürlich waren nicht alle Familien so liebevoll, und manche Menschen wurden mehr vermisst als andere. Lapin war in diese Branche gekommen, weil er schöne Dinge immer gemocht hatte, besonders alte; er hatte nicht erwartet, eine Art Therapeut für die Familien zu sein oder die schmutzige Kehrseite der anständigen öffentlichen Fassaden zu sehen, die die meisten Familien zu präsentieren versuchten.

Lapin hoffte, an diesem Tag seine ersten Kunden zu bekommen. Er war nicht an der günstigsten Adresse, aber sicherlich würden einige die Anzeigen sehen, die er überall im Dorf und auch in Salliac aufgehängt hatte, und neugierig genug sein, um vorbeizuschauen. Er hantierte an der Theke neben der Eingangstür herum, wohl wissend, dass es das Erste war, was jeder sehen würde, wenn er hereinkam. Da war eine alte Keramikschale mit zahlreichen Ringen. Ein Teller mit darauf arrangierten Ohrringen. Ein Ständer mit fünf oder sechs Halsketten, die das Sonnenlicht recht hübsch einfingen.

Dann klingelte sein Handy und er wurde abgelenkt. Er versäumte es, die Halsketten weiter zur Ausstellung aufzuhängen und ließ einfach den Karton, der sie enthielt, neben den Ohrringen auf der Theke stehen.

Eingebettet in der Box, ganz oben, lag eine Silberkette mit einem Sternenanhänger. Das Metall war angelaufen und es gab kein identifizierendes Etikett. Eine Silberkette mit einem Sternenanhänger... für Lapin bedeutete es nichts. Die Kette war aus echtem Silber, aber darüber hinaus nicht wertvoll. Es war nur ein weiteres Schmuckstück, das man in eine Kiste werfen und hoffen konnte, dass es irgendwann jemand kaufen würde.

Für Valeries Familie und Freunde jedoch hätte die Kette alles bedeutet. Sie hätte endlich ein Beweisstück, eine Spur, etwas zum Festhalten nach sieben langen Jahren bedeuten können.

28

La li la, la li lo.
 Sie konnte spüren, dass es Frühling war. Sie konnte es *riechen*. Sie verbrachte so viel Zeit im Dunkeln, dass ihre anderen Sinne außer dem Sehvermögen geschärft waren, und als sie auf der schmutzigen Matratze lag, bildete sich Valerie ein, sie könne riechen, wie sich die Blätter der Bäume entfalteten, wie die Frösche im Teich schlüpften, wie die Zwiebeln unter der Erde aufplatzten und dicke grüne Triebe nach oben schickten – die Blumen natürlich: Sie konnte riechen, wie sie sich öffneten, als der Juni näher rückte und selbst die Nächte nicht mehr kühl waren.

La li la.

Am Anfang hatte sie so sorgfältig gezählt, als ob das Wissen, wie viele Tage sie schon gefangen gehalten wurde, ihr helfen würde, sie irgendwie mit ihrem alten Leben verbunden halten würde. Aber nach etwa drei Jahren war sie verzweifelt geworden und hatte aufgehört, im Bunker auf und ab zu gehen, hatte aufgehört, die Tage zu zählen, und einfach mit dem Gesicht nach unten auf der Matratze gelegen, ohne zu essen. Sie hatte keine Ahnung, wie lange diese Phase gedauert hatte, weil sie nichts mehr zählte.

Sie fühlte nichts mehr.

Valerie wartete auf den Tod, und die Aussicht auf den Tod, auf die Erlösung aus der endlosen Gefangenschaft im Bunker - der Tod war das Einzige, worauf sie sich noch freuen konnte.

Aber Labiche war ungehalten geworden. Er konnte es nicht ertragen, wenn sie nicht aß. Und so unternahm er besondere Anstrengungen in der Küche, fand sogar ein Kochbuch in einem Antiquariat und bereitete ihr Rezepte daraus zu. Er hatte kein Talent als Koch, aber er hatte frische Milch und Butter, Schweine- und Rindfleisch von seinem eigenen Hof und frisches Gemüse vom Markt in Castillac, wenn er genug Mut aufbrachte, dorthin zu gehen.

Und obwohl Valerie wütend und hoffnungslos genug war, um sterben zu wollen, ließ dieser Geist tief in ihrem Inneren - oder vielleicht nur ihre Nase und ihre Geschmacksknospen - sie nicht so leicht los. Labiche kam mit einer Schüssel Sauerampfercremesuppe oder Rindergulasch, das nach Rosmarin, Thymian und Burgunder duftete, und sie setzte sich auf und aß gierig, wobei sie die Schüssel mit knusprigem Brot auswischte. Manchmal brachte er ihr kleine Eiercreme-Törtchen mit einer Prise Muskat. Und er schien so erfreut zu sein, sie essen zu sehen, dass es bei ihr anfangs einen kleinen Funken Hoffnung aufkeimen ließ.

Vielleicht kümmert er sich doch um mich und möchte, dass ich glücklich bin. Vielleicht wird er mich irgendwann endlich gehen lassen.

Die Funken der Hoffnung waren wirklich das Schlimmste. Denn wenn einer aufleuchtete und dann erlosch, war es danach so viel schlimmer. Es war, als würde man mit dem Fuß eines Riesen fest auf der Brust aufwachen, einem Gewicht, dem man nicht entkommen konnte, gefangen, fixiert, so zusammengequetscht, dass man kaum atmen konnte.

DIE GEFANGEN VON CASTILLAC

ACHILLE WAR SEIT VIELEN MONATEN, vielleicht sogar einem Jahr, nicht mehr auf dem Samstagsmarkt in Castillac gewesen. In letzter Zeit hatte er natürlich andere Interessen auf dem Markt in Salliac gehabt, Interessen, die jetzt erst einmal zurückgestellt werden mussten, bis er sich um das unmittelbare - und möglicherweise ernste - Problem hier in Castillac kümmern konnte.

Er fühlte sich unwohl im Dorf. Der Markt war viel zu überfüllt, und er konnte das Gefühl nicht abschütteln, dass die Leute dort hinter seinem Rücken über ihn lachten, wegen dem, was seiner Mutter zugestoßen war.

Sie *war* seltsam gewesen, das wusste er. Es hatte Zeiten gegeben, in denen die seltsame Art zu weit ging und sein Vater Hilfe rief und seine Mutter ins Krankenhaus gebracht wurde. Sieben oder acht Mal war das passiert. Dafür war das Krankenhaus doch da, oder? Achille verstand nicht, warum die Leute so tratschen mussten. Er konnte spüren, wie sie ihn anstarrten und dann wegschauten, wenn er sich zu ihnen umdrehte. Er konnte ihr Flüstern hören.

Es war ein hasserfülltes Dorf voller hasserfüllter Menschen, und er wäre überhaupt nicht gekommen, wenn er nicht eine ziemlich gute Vorstellung davon gehabt hätte, dass Molly Sutton dort sein würde.

Und er hatte sich nicht geirrt.

Er hatte seinen Traktor weit unten am Dorfrand geparkt, weil die Straßen zu eng und überfüllt waren, um viel näher heranzukommen. Er ging an Lapin Broussard auf der Straße vorbei, winkte ihm unbeholfen zu und schaute dann weg. Lapin war nach dem Tod seiner Eltern auf den Hof gekommen und hatte einige der alten Sachen mitgenommen, die Labiche nicht mehr wollte. Hatte ihm auch einen guten Preis dafür gegeben.

Aber er mochte es nicht, Lapin zu sehen, weil er ihn an diese unglücklichen Tage nach dem Tod seiner Eltern erinnerte. Sein Vater hatte sich gut um ihn gekümmert - so gut sogar, dass Achille sich nicht ganz sicher war, ob er allein zurechtkommen würde. Er wusste, wie er sich um seine Herde und sein Schwein kümmern musste, aber um sich selbst? Das musste er erst lernen, und es brauchte einige Zeit.

Lapin war wie der Sensenmann, dachte Achille und brachte so viel Abstand wie möglich zwischen sie. Immer kommt er in dem Moment vorbei, wenn die Beerdigung vorbei ist. Und vielleicht ist das eine Art Zeichen, wenn man an den Sensenmann denkt. Ein Zeichen, dass er mit dieser Frau das tun sollte, was er bereits in Erwägung gezogen hatte.

Er war kein Mörder. Er würde sich nie als solchen sehen können, egal was passierte.

Aber die Sache war ... Molly Sutton steckte ihre Nase in Dinge, die sie nichts angingen. Er war in einem Zustand höchster Anspannung gewesen, seit ihrem Besuch, und erwartete jeden Moment das Heulen von Sirenen zu hören – und wer konnte so leben?

In manchen Momenten war er sich sicher, dass sie es wusste. Sicher, dass sie den Bunker gesehen und erkannt hatte, was sich darin befand. Sicher, dass sie ihn verraten würde und er den Rest seines Lebens im Gefängnis verbringen würde.

Er wusste, dass er sie nie, nie dazu würde bringen können, es zu verstehen.

Es war leicht, sie zu finden. Im zentralen Teil des Marktes, wo die Stände eng beieinander standen und die Menge am dichtesten war, stand die Amerikanerin und fuhr sich mit den Händen durch ihr zerzaustes rotes Haar, während sie mit dem Mann lachte, der Lauch verkaufte. Achille stand wie erstarrt da und beobachtete sie.

Wenn er sie in eine Seitenstraße locken könnte, wo niemand in der Nähe wäre, könnte er sich von hinten anschleichen und ihr blitzschnell das Genick brechen. Dann zurück zu seinem Traktor gehen und nach Hause fahren. Keine Sorgen mehr wegen der Sirenen. Frei, um seine verschiedenen Pläne zu verfolgen.

Achille bewegte sich hinter ihr her und ließ ihr viel Platz, denn *Mon Dieu*, er wollte auf keinen Fall, dass sie ihn bemerkte und ihn ansprach. Das wäre völlig inakzeptabel. Er stellte sich hinter eine Steinsäule, die die Veranda eines alten Gebäudes stützte, und wartete.

Die Frau war wirklich eine Quasselstrippe, dachte Achille. Er beobachtete, wie sie mit jedem Händler der Reihe nach scherzte und lächelte und ihren Korb mit Salat, Kartoffeln und Pilzen füllte. Er sah zu, wie sie lange Zeit bei Raoul, dem Schweinezüchter, verweilte und mit den Händen in der Luft gestikulierend redete, bis sich hinter ihr eine Schlange gebildet hatte. Vielleicht wies sie jemand darauf hin, denn sie wirbelte herum, um hinter sich zu schauen, und ihre Hand flog zu ihrem Mund, während sie zur Seite trat. Achille konnte hören, wie sie sich entschuldigte. Ihr Akzent ging ihm auf die Nerven.

Er bewegte sich um die Säule herum, damit sie ihn nicht sehen konnte.

Sie ging weiter zum nächsten Stand und dann zum übernächsten und brauchte eine Ewigkeit, um fertig zu werden.

Achille war kein Mann mit einem Appetit auf Essen. Seine Mutter war eine schreckliche Köchin gewesen, und sein Vater hatte die gesamte Arbeit in der Küche erledigt und gleichzeitig den Hof bewirtschaftet. Das Essen war zwar gesund, aber sehr einfach gewesen, kaum mehr als eine Prise Salz zum Würzen, und als Folge davon hatte sich Achille nie viel darum gekümmert, was er aß. Die Verlockungen des Marktes – die Stapel von Croissants, die Bündel frisch gepflückten Spargels, die Trüffel und Kekse und die Ente – machten keinen Eindruck auf ihn.

Er liebte es, Valerie zu füttern, aber für sich selbst hielt er sich an gekochtes Fleisch und gekochtes Gemüse, vielleicht mit etwas Butter, aber nie mit Soße oder Kräutern oder auch nur Pfeffer.

Sie näherte sich jetzt dem Ende der Standreihe. Achilles Finger arbeiteten unter dem Latz seiner Latzhose; er faltete seine Hände und zog sie dann auseinander, wobei er seine Finger einen nach dem anderen streichelte. Er war aufgeregt. Er dachte, dass das Brechen ihres blassen Halses eine gewisse Befriedigung bringen könnte.

Mit einem Winken verabschiedete sich Molly vom letzten Verkäufer. Sie scannte weiterhin die Menge, als ob sie nach jemandem Bestimmten suchte. Sie begann zu gehen und drehte sich dann abrupt um, suchend – und sah Achille. Ihre Blicke trafen sich. Achille konnte ihrem Blick nicht standhalten und schaute auf seine Füße, bevor er sich hinter eine große Gruppe von Leuten bewegte, die zu laut Englisch sprachen.

Er wartete nur wenige Sekunden und beherrschte seine Angst. Dann trat er um die Menge herum und Sutton kam wieder in Sicht. Sie nahm eine Seitenstraße weg vom Platz, eine schmale kleine Straße, die perfekt für das wäre, was Achille vorhatte.

Schnell trabte er los, um sie einzuholen, nahm seine Hände unter dem Latz seiner Latzhose hervor und spürte ein Kribbeln in seinem Nacken.

29

Molly hatte gehofft, Gilbert beim Verkauf seiner Wildkräuter zu sehen. Je mehr sie über ihn nachdachte, desto mehr sorgte sie sich, dass wirklich etwas nicht stimmte und er neulich ihre Hilfe gebraucht hätte. Aber sie sah keine Möglichkeit, wieder zum Renaud-Hof zu gehen – seine Mutter hatte deutlich gemacht, dass sie dort nicht willkommen war, und Molly fürchtete, dass ein erneutes Auftauchen die Situation nur verschlimmern würde.

Sie ging zügig die schmale Straße hinunter und dann auf die breitere Rue Saterne. Nachzügler waren immer noch auf dem Weg zum Markt, und sie war froh, dass sie relativ früh dort angekommen war. Alles, was auf ihrer morgendlichen Aufgabenliste noch übrig war, war ein Besuch in der Patisserie Bujold und dann zurück zum Roller und nach Hause.

Achille beobachtete, wie sie die Bäckerei betrat, und wartete.

In der Patisserie Bujold gab es eine Schlange, und sie hatten keine Réligieuses mehr, was wahrscheinlich ein Segen war, dachte Molly, denn wenn sie ihren Gebäckkonsum nicht einschränkte, würde sie sich eine neue Garderobe kaufen müssen. Sie kaufte Croissants für die De Groots und Wesley Addison und hoffte, dass es ihnen nichts ausmachte, wie spät sie zurückkommen würde. Sie verließ den Laden mit einem Winken zu Monsieur Nugent, der zu sehr mit Kunden beschäftigt war, um ihr seine übliche unerwünschte Aufmerksamkeit zu schenken. Auf der Straße fand sie sich in einer Menge von Touristen wieder, etwas, das man in Castillac nicht jeden Tag sah.

„Entschuldigen Sie", sagte eine Frau in seltsam akzentiertem Französisch, „können Sie uns sagen, wo der Markt ist?"

„Ich gehe gerade in diese Richtung zurück", sagte Molly lächelnd. „Folgen Sie mir!" Und sie führte die Gruppe von sechs oder sieben Frauen mittleren Alters die Rue Saterne hinunter und dann entlang der schmalen Straße zum Platz, wobei sie die ganze Zeit über ihre Lieblingsplätze in der Nähe plauderte.

Achille sah ihr nach. Es gab jetzt keine Möglichkeit, sie allein zu erwischen, und er spürte, wie Frustration in ihm hochkochte.

Ich hätte handeln sollen. Ich hatte die Chance und habe sie verstreichen lassen. Was ist los mit mir? Warum bin ich immer so gelähmt?

Achille machte sich auf den Weg zu seinem Traktor und funkelte jeden an, dem er auf der Straße begegnete. Aus Gewohnheit schaute er sich überall um, da er nie in die unangenehme Situation kommen wollte, überrascht zu werden. Er blickte in alle Gassen und Seitenstraßen, an denen er vorbeikam.

In einer solchen Gasse sah er einen alten Mann, der auf dem Kopfsteinpflaster kniete. Erwan Caradec war den Dorfbewohnern von Castillac bekannt – er war obdachlos und Alkoholiker, und die Dorfbewohner versorgten ihn mit Essen und passten auf ihn auf, manchmal gaben sie ihm einen Schlafplatz in einer Garage oder einem Heuboden. An diesem Morgen hatte Erwan das große Glück gehabt, eine Flasche Brandy in einer braunen Papiertüte zu finden, die einfach so auf dem Bürgersteig gestanden hatte, und er hatte so viele Schlucke genommen, dass er nun mehr oder weniger der Welt entrückt war.

Mit wenigen Schritten war Achille bei ihm. Erwan roch reif, und der Geruch drang in Achilles Bewusstsein – der Geruch von

Schmutz, von Krankheit, von Wahnsinn. Es machte ihn rasend, und er streckte seine kräftigen Hände aus, nahm das Gesicht des Mannes in seine Handflächen und verdrehte es so stark, dass er dachte, der Kopf könnte abreißen.

Erwan keuchte und fiel zurück auf die Straße. Er lag still, und seine Haut verlor so vollständig die Farbe, dass kein Zweifel bestand, dass er tot war. Achille blickte auf den zusammengesunkenen Körper hinunter, steckte dann seine Hände unter den Latz seiner Latzhose und ging zurück zum Traktor. Er sah nicht zurück, und er bereute nicht einmal ein bisschen, was er getan hatte.

30

Molly blieb am Sonntagabend lange auf und las zum vierten oder fünften Mal die Boutillier-Akte durch. Als Bobo am Montagmorgen zu bellen begann, schlief sie noch tief und fest. Es dauerte einige Minuten, bis sie sich ins Bewusstsein zurückkämpfte und sich erinnerte, wer und wo sie war.

Jemand klopfte an die Tür, und sie warf sich schnell ein paar Klamotten über und ging, um zu öffnen.

„Bonjour, Pierre! Komm rein. Stört es dich, wenn ich Kaffee mache?"

„Überhaupt nicht, Molly. Ich bin nur auf dem Weg zu einem anderen Auftrag vorbeigekommen, um zu sehen, ob die Dachreparatur gehalten hat."

„Nun", sagte Molly nachdenklich, „das Taubenhaus ist im Moment vermietet, also war ich seit fast einer Woche nicht drin. Aber ich habe keine Beschwerden von den Gästen gehört, also ist das gut."

„In der Tat", sagte Pierre. „Das freut mich zu hören."

„Obwohl, hat es überhaupt geregnet? Ich kann mich wirklich nicht erinnern. Aber es kann sein, dass das Dach noch nicht mit Nässe getestet wurde."

„Wir hatten ein paar leichte Schauer, aber du hast Recht, es war in letzter Zeit wirklich schön draußen, nicht wahr? Meine Frau ist eine begeisterte Gärtnerin wie du und war am ganzen Wochenende von morgens bis abends draußen."

Molly lächelte. Sie hatte Madame Gault nie getroffen, wusste aber, dass sie in der *cantine* der *primaire* im Dorf arbeitete und hervorragendes Essen für die jungen Schüler kochte. Eines Abends im Chez Papa hatte Lawrence ihr erzählt, dass französische Kinder mittags viergängige Menüs serviert bekamen und dabei auch Tischmanieren lernten.

Ungeduldig starrte sie auf ihre French Press und wünschte sich, die lebensspendende Flüssigkeit würde schneller durchlaufen.

„Hey", sagte sie, plötzlich von einem Gedanken getroffen. „Du machst doch alle möglichen Steinarbeiten, oder Pierre?"

„Ja. Wie du weißt, sind die Gebäude in dieser Gegend meist aus Stein gebaut, zumindest die älteren. Mir mangelt es nicht an Arbeit, diese alten Gebäude zu reparieren, zusammen mit Steinmauern."

„Machst du auch andere Arten von Bauten? Baust du manchmal etwas von Grund auf neu oder ist es alles nur Reparatur?"

„Oh ja, ich habe auch schon neue Gebäude errichtet, wenn ein Kunde das wünscht. Es gibt ein anderes Gîte-Geschäft auf der anderen Seite von Salliac, hast du Madame Picard kennengelernt? Sie hat mich beauftragt, eine Reihe von Bungalows um einen kleinen See auf ihrem Grundstück zu bauen. Die sind, glaube ich, recht gut geworden. Suchst du nach so etwas?"

„Möglicherweise", sagte Molly nachdenklich. „Okay, das wird sich nach einer seltsamen Frage anhören, aber ich habe viel über den Widerstand gelesen und mit Madame Gervais über den Krieg gesprochen. Und ich frage mich, ob es irgendwelche... Gebäude, Strukturen, irgendetwas gibt, das dir einfällt... wo entweder Juden oder Widerstandskämpfer versteckt worden sein könnten. Ich würde mir das gerne ansehen, falls so etwas noch existiert."

Pierre strich sich übers Kinn. „Ich bin mir nicht sicher, ob ich etwas Derartiges kenne", sagte er. „Soweit ich weiß, aus den Geschichten, die ich gehört habe – wurden die Leute meist in Scheunen und auf Dachböden versteckt. Während des Krieges hatten die Menschen wahrscheinlich nicht die Mittel, um etwas Neues zu bauen – es war wirtschaftlich eine sehr schwierige Zeit, wie du weißt. Und obendrein hätte ein neues Gebäude Aufmerksamkeit erregt, was natürlich das Gegenteil von dem war, was sie wollten."

„Richtig", sagte Molly. „Okay, sagen wir mal rein hypothetisch, du würdest jemanden verstecken und aus irgendeinem Grund wäre dein Dachboden nicht geeignet. Vielleicht hast du keinen Dachboden oder keine Scheune. Und du beschließt, etwas zu bauen, um diese Person darin zu verstecken, sicher vor neugierigen Blicken. Du musst das Versteck mit Materialien bauen, die nicht allzu schwer zu beschaffen waren. Was würdest du tun? Wie würde es aussehen?"

„Darf ich einen Kaffee haben?"

„Oh, natürlich! Tut mir leid, ich bin gerade erst wach." Molly holte eine Tasse und schenkte Pierre etwas Kaffee ein.

„Nur schwarz", sagte er und nahm dann einen langen Schluck. „Also, was ich mir denke – deine imaginäre Person lebt auf dem Land, nehme ich an? – ich würde eine Art halb unterirdischen Raum bauen, der wie ein Erdkeller aussieht. Genug Platz aus einem Hügel ausgraben, die Decke mit ein paar guten stabilen Balken verstärken. Der Vorteil davon ist, dass du eine gleichmäßige Temperatur hast. Da es in die Erde eingegraben ist, wird es dort weder zu kalt noch zu heiß. Hier in der Dordogne würde es die ganze Zeit über dem Gefrierpunkt bleiben. Und natürlich brauchst du keine Materialien für Wände, weil die Wände aus Erde bestehen.

„Planst du, einen deiner Gäste zu verstecken?", fügte er mit einem Schmunzeln hinzu.

„Ha", sagte sie und dachte an Wesley Addison. „Nicht wirklich. Obwohl ich vor kurzem den süßesten kleinen Jungen hier hatte. Oscar. Er ist jetzt wieder in Australien und ich fürchte, er hat einen Teil meines Herzens mitgenommen."

„Ich nehme an, das ist die Schattenseite deines Geschäfts, nicht wahr? Obwohl ich manchmal auch ein kleines Kind treffe und einen Stich verspüre, dass meine Frau und ich nie Kinder hatten."

„Oh!", sagte Molly. „Ich hoffe, ich habe nicht-"

„Nein, nein, du hast nichts Falsches gesagt. Iris und ich haben es versucht, als wir jung waren, aber es hat nicht geklappt. Das fühlt sich jetzt alles an, als wäre es lange her. Und natürlich ist sie bei ihrer Arbeit in der *cantine* jeden Tag mit Kindern zusammen. Sie liebt das an ihrem Job."

„Das kann ich mir vorstellen", sagte Molly, die das nur zu gut verstand und auch wusste, dass ihre Liebe zum Job wahrscheinlich bittersüß war.

„Also, zurück zu meinem eigentlichen Anliegen – sind die Gäste jetzt zu Hause? Könnte ich einen kurzen Blick aufs Dach werfen, nur um sicherzugehen, dass alles in Ordnung ist?"

„Sie verlassen das Taubenhaus kaum", lachte Molly. „Frischvermählte, weißt du. Warum kommst du nicht nach dem nächsten starken Regen vorbei, und wir schauen es uns an?"

Pierre trank seinen Kaffee aus und machte sich auf den Weg.

Molly rief Bobo und schlenderte nach draußen. Zu ihrer Freude entdeckte sie einige blühende Tulpen an der Seite eines verfallenen Nebengebäudes, für das sie bisher keine Verwendung gefunden hatte. Aber vielleicht könnte Pierre ihr ein paar Ideen geben, dachte sie. Er hatte ihr heute Morgen auf jeden Fall eine Menge zum Nachdenken gegeben: Ein Erdkeller wäre der perfekte Ort für Valerie.

Aber oh, dachte Molly, wie dunkel es dort drinnen wohl wäre.

Dunkel und feucht. Sie erschauderte, ihre Vorstellung ließ das dumpfe Loch in der Erde allzu real erscheinen.

§•

AM MONTAGMORGEN NAHM Thérèse Perrault den Anruf entgegen und rannte direkt von der Gendarmerie zum Fundort in einer Gasse abseits der Rue Saterne. Es war früh am Morgen und eine Gruppe von Menschen stand auf der Straße und spähte in die Gasse, wo der Körper von Erwan Caradec lag.

Sie kniete sich neben ihn und legte zwei Finger an seine Halsschlagader, nur der Form halber – niemand, der sein graues Gesicht sah (oder dessen Nase funktionierte), hatte Zweifel daran, dass er tot war.

„Also gut, wer hat ihn gefunden?", fragte sie, als sie aufstand.

„Ich, Polizistin Perrault", sagte ein etwa neunjähriger Junge und trat vor. „Ich wohne hier", sagte er und nickte mit dem Kopf zum Nachbarhaus. „Ich habe den Müll rausgebracht, das ist jeden Morgen vor der Schule meine Aufgabe. Und da habe ich ihn gesehen." Die Augen des Jungen wanderten wieder zu Erwan, als ob er überrascht wäre, ihn immer noch dort liegen zu sehen.

Perrault rief Maron und dann Florian Nagrand, den Gerichtsmediziner, an. Sie bat die Schaulustigen zurückzutreten und erinnerte sie daran, dass der Bereich bis auf Weiteres als Tatort galt. Allerdings sprach sie ohne viel Nachdruck, da sie wie die anderen erwartete, dass Erwan an irgendeinem alkoholbedingten Problem gestorben war.

„Armer Mann", sagte Madame Tessier, die engagierteste Klatschbase des Dorfes, die zufällig in der Rue Saterne wohnte. Ihre Augen glänzten und sie deutete den Block hinunter. „Ich habe ihn dort drüben gesehen, auf der Bank vor dem Haus der Villars, erst vorgestern. In einem Zustand fortgeschrittener Trunkenheit, natürlich. Aber wir haben uns noch freundlich über das

Wetter unterhalten, bevor sein Kinn auf seine Brust sank und er von der Bank auf den Bürgersteig rutschte."

„Wie war sein sonstiger Gesundheitszustand?", fragte Perrault. „Hat er sich über Unwohlsein beklagt, irgendetwas in der Art?" Mme Tessier schüttelte den Kopf. „Das hat er nicht. Monsieur Caradec hat sich eigentlich nie über etwas beschwert, es sei denn, er hatte nichts zu trinken. Dann beschwerte er sich über *alles*."

Die Gruppe kicherte.

„Komm schon, François, du kommst zu spät zur Schule!", rief ein Mann aus der Hintertür eines Hauses.

Der Junge, der die Leiche gefunden hatte, sah Perrault an. „Kann ich gehen? Muss ich vor Gericht erscheinen oder so?", fragte er hoffnungsvoll.

„Tut mir leid, da hast du kein Glück", sagte Perrault, obwohl sie großes Verständnis für seinen Wunsch hatte, unter jedem Vorwand, und besonders einem so aufregenden wie der Entdeckung einer Leiche in der Gasse hinter seinem Haus, die Schule zu schwänzen. „Ich melde mich, wenn ich dich brauche."

„Es ist irgendwie erstaunlich, dass Erwan so lange durchgehalten hat", sagte eine Frau mit einem Kopftuch.

„Er liebte gebratene Ente", sagte ein älterer Mann und schüttelte den Kopf.

Und das war das Ausmaß der Lobrede, die Erwan Caradec an diesem Montagmorgen im Mai im Dorf Castillac im Südwesten Frankreichs gehalten wurde.

31

Während Perrault auf das Eintreffen des Gerichtsmediziners in der Rue Saterne wartete, war Achille Labiche, frischgebackener Mörder, mit seinem Traktor auf dem Weg zum Markt von Salliac, fest entschlossen, Aimée zu sehen und weitere Fortschritte mit ihr zu machen. Es war wieder ein wunderschöner Tag, funkelnd und grün, und er war ziemlich sicher, dass jeder, der an so einem Tag draußen sein konnte, es auch sein würde. Daher machte er sich keine Sorgen, dass sie nicht da sein würde. An einem so schönen Tag wäre jeder versucht, die Schule zu schwänzen.

Wie immer plante er seine Ankunft kurz vor dem Mittagessen. Er parkte seinen Traktor am Dorfrand, wie er es immer tat. Er trug dieselbe Latzhose wie am Tag zuvor und steckte seine Hände unter den Latz, wie er es zuvor getan hatte, zufrieden damit, diesen neuen Platz für sie gefunden zu haben. Sein ganzes Leben lang hatten sich Achilles Hände unbeholfen angefühlt, wenn er unter Menschen war, was ihn unsicher gemacht hatte. Seine Hände waren groß und baumelten an seinen Armen und flatterten manchmal und zogen Aufmerksamkeit auf sich. Sicher unter dem Latz war viel besser, und es war beruhigend, seine Finger zu verschränken und wieder zu lösen.

Er erreichte den Platz und sah sich nach dem Mädchen um, wobei er darauf achtete, nicht zu offensichtlich zu sein. Er spürte einen Druck, tief in seinem Inneren, im toten Zentrum seines Körpers, alles zu beschleunigen. Es war eine Ewigkeit her, seit er jemanden zum Reden gehabt hatte, und seine Einsamkeit hatte einen so schmerzhaften Punkt erreicht, dass er um seinen Verstand zu fürchten begann. Zumindest jetzt, da er sich selbst bewiesen hatte, dass er nicht nur Vieh, sondern auch einen Menschen töten konnte, glaubte er, dass sein nächster Versuch mit Valerie erfolgreich sein würde.

Ohne Valerie, die die Dinge verkomplizierte, ohne Valerie mit ihrem schiefen Gesang und ihrem Liegen auf dem Bett und ihre Weigerung, vernünftig zu sprechen – ohne Valerie war der Weg frei. Sobald das Mädchen bereit war, könnte sie mit ihm auf seinen Hof ziehen. Vielleicht würde sie sogar mit ihm im Haus wohnen, und er könnte ihr die Mahlzeiten auf einem Tablett bringen. Er fragte sich, ob sie gerne dieselben Dinge essen würde wie Valerie, oder ob er sein Repertoire erweitern müsste. Er freute sich darauf, all die Eigenheiten und Vorlieben des Mädchens kennenzulernen, sein Bestes zu tun, um sie glücklich zu machen.

Die Cannelé-Verkäuferin war an ihrem üblichen Platz, und Achille musste seinen Mut nicht zusammennehmen, um sie anzusprechen, wie es normalerweise der Fall war, sondern ging selbstbewusst zu ihrem Stand und kaufte ein halbes Dutzend, dann änderte er seine Meinung und bat um ein ganzes Dutzend. Er fühlte sich so großzügig, so optimistisch nach der gestrigen „kleinen Arbeit", wie er es für sich nannte.

Als er in das frische Cannelé biss und über die Flut von Erinnerungen lächelte, die es hervorrief, drehte er sich um und scannte erneut die Menge. Und als ob sie auf ihn gewartet hätte, stand das Mädchen neben einem Fahrrad, direkt vor ihm, ihre

Haare zu einem Pferdeschwanz gebunden, wieder einmal am Handy redend.

Mit einem Lächeln ging er auf sie zu, eine Hand unter dem Latz und die andere die Tüte mit Cannelés haltend. Als er nur noch etwa zwanzig Meter entfernt war, sah er zu seinem Entsetzen Molly Sutton aus der anderen Richtung kommen, direkt auf ihn zu.

Achille drehte sich schnell um und ging weg. Glücklicherweise hatte sie in ihrer Handtasche gekramt, und er war ziemlich sicher, dass sie ihn nicht gesehen hatte. Aber der Markt von Salliac war so klein, dass es keine Menschenmenge gab, in der man sich verstecken konnte. Er duckte sich hinter einen Lastwagen, sein Herz raste, und er presste seine Zähne so fest zusammen, dass sein Kiefer zu schmerzen begann.

Was machte diese Frau hier? Sie würde alles ruinieren!

Er spähte um die Seite des Lastwagens. Sutton unterhielt sich mit dem Gemüsehändler und lachte wie üblich. Glaubte sie, die ganze Welt sei ein Witz, fragte sich Achille verbittert. Er beschloss, vom Platz wegzugehen, um zu versuchen, sich zu beruhigen. Wenn Sutton nach ihm suchte, und er hielt die Wahrscheinlichkeit dafür für hoch, würde sie nicht sofort hinter den Lastwagen nachsehen? Er musste besser einen anderen Ort zum Verstecken finden.

Salliac war ein kleines Dorf mit nur vier Straßen: zwei breite Straßen verliefen von Nord nach Süd, und zwei schmale Straßen, kaum breiter als Gassen, verbanden die anderen beiden. Die Häuser reichten von stattlich bis heruntergekommen, alle aus Stein, alle in vergangenen Jahrhunderten erbaut. Das grüne Neonkreuz einer Apotheke blinkte weiter die Straße hinunter. Er ging an einem Schuhgeschäft mit verstaubten Schuhen im Schaufenster vorbei, einer *Boulangerie* mit Stapeln von Brötchen auf der Theke neben Körben mit Baguettes, und einem winzigen Café mit zwei Tischen auf dem Bürgersteig und einem gelangweilten Kellner in einer Schürze, der sich gegen den Türrahmen lehnte.

Sonst war niemand auf der Straße, und das war gut. Er konnte atmen. Aber wenn er zu lange wegblieb, was würde dann mit dem Mädchen passieren? Vielleicht war sie schon auf das Fahrrad gesprungen und weggefahren, und er musste sie an diesem Tag sehen, musste mit ihr sprechen.

Musste ihr das Cannelé geben, auf das sie wartete.

Abrupt drehte sich Achille um und trabte zurück zum Platz. Er würde nicht zulassen, dass diese Sutton-Frau das zerstörte, was er so lange geplant und wovon er geträumt hatte. Er würde einen Weg finden, mit ihr fertig zu werden, jawohl. Hatte er nicht bewiesen, dass er schwierige Dinge tun konnte?

Das Mädchen war das, was zählte. Vielleicht konnte er in ihre Nähe kommen, außerhalb von Suttons Sichtweite, und sie rufen. Sie würde aufschauen und grinsen und zu ihm kommen, direkt unter der Nase dieser Frau, und wäre das nicht aufregend?

Er verlangsamte seinen Schritt, als er den Platz erreichte, und streckte vorsichtig den Kopf vor, um zu sehen, wo das Mädchen war, und auch Sutton. Sie waren beide genau dort, wo er sie verlassen hatte, das Mädchen neben ihrem Fahrrad stehend und die Rothaarige mit dem Gemüsehändler plaudernd.

Sutton sucht nicht nach mir, dachte er. Oder wenn doch, ist sie verdammt geschickt darin. Und ich glaube, sie *ist* geschickt. Meine Mutter pflegte - nun, egal. Ich denke jetzt nicht an sie.

Er atmete tief durch und fixierte seinen Blick auf das Mädchen. Sie bewegte sich, während sie telefonierte, steckte ihre Hand in die Gesäßtasche und nahm sie wieder heraus, strich sich die Haare aus dem Gesicht, hüpfte auf einem Fuß.

Er fand das Hüpfen auf einem Bein so süß. Sie war jung – er würde nicht denselben Fehler zweimal machen und hatte unzählige Stunden damit verbracht, sich selbst dafür zu kritisieren, dass er Valerie gewählt hatte, als sie schon eine junge Erwachsene war. Ein junger Teenager wird viel anpassungsfähiger sein, dachte Achille. Sie wird sich an ihre neuen Umstände gewöhnen. Sie wird glücklich auf dem Bauernhof sein, glücklich mit mir.

Nervös blickte er zu Sutton hinüber. Sie hatte ihnen den Rücken zugewandt; er könnte einfach zu Aimée hinüberschlendern und Sutton würde nichts davon mitbekommen. Aber sie könnte sich jederzeit umdrehen. Vielleicht wartete sie nur darauf, dass er einen Schritt machte, und dann würde sie zuschlagen.

Ein kleiner Lieferwagen stand nicht weit von Aimée entfernt, und Achille schlich sich daneben, um ihn als Deckung zu nutzen. Es war nicht ideal. Er konnte nicht so nah herankommen, wie er wollte. Aber zumindest war er für den Moment außer Sichtweite von Sutton.

„Bonjour, Aimée", sagte er mit leichter und freundlicher Stimme. Es erstaunte ihn, welche Töne aus ihm herauskamen, wenn er den Mut hatte, jemanden auf diese Weise anzusprechen. Er klang normal. Wie jeder andere. Nicht wie der, der er wirklich war – und er war dankbar dafür.

„Hey", sagte das Mädchen und schenkte ihm ein Lächeln. Dann trat sie einen Schritt zurück, dann zwei.

Achille war niedergeschlagen. Aber er wusste, dass er ihr nicht folgen durfte. „Du weißt, ich kann keinen Salliac-Markt verpassen", sagte er, ohne sie direkt anzusehen. „So gute Cannelés gibt's in Castillac nicht, oh nein." Er zog einen aus der Tüte, und die Sonne fing sich darin, sodass er wie ein goldenes Schmuckstück aussah, das ein Königlicher tragen könnte.

Das Mädchen hatte ein Auge auf den Cannelé geworfen. Achille streckte ihn nur wenige Zentimeter aus, wenige Zentimeter der Einladung.

Aimée schenkte ihm ein weiteres schnelles Lächeln und nahm den Cannelé aus seiner Hand.

Mon Dieu, ich danke dir.

Plötzlich überkam Achille eine Angst und er musste wissen, wo Sutton war – aber der Lieferwagen versperrte die Sicht. Er bewegte sich zur Vorderseite des Fahrzeugs und versuchte, durch die Fenster zu schauen, konnte aber weder Sutton noch den Gemüseverkäufer sehen. Seine Hände glitten unter seinen Latz und er strich schnell mit den Fingern darüber, während er sich auf die Lippe biss.

„Okay dann, nochmals danke", sagte Aimée, als sie ein Bein über das Fahrrad schwang.

„Warte", sagte Achille mit ruhiger, väterlicher Stimme. Sie hielt inne und neigte den Kopf, wartend darauf zu hören, was er zu sagen hatte.

III

32

Er musste sich beeilen. Das war seine Chance. Nachdem er von der Schule nach Hause gekommen war, war Maman mit einem Krug Suppe zu einer kranken Freundin gefahren. Sie war so selten weg vom Hof, dass Gilbert wusste, er musste jetzt gehen, auch wenn die Strafe unvergesslich hart sein würde, falls sie je herausfände, dass er allein mit dem Fahrrad ins Dorf gefahren war. Sein Plan war, nach Castillac zu radeln, einen neuen Zettel an die Tür der Polizeistation zu kleben - diesmal mit dem Aufenthaltsort von Valerie - und lange vor Maman wieder zu Hause zu sein. Sie würde zweifellos lange mit der kranken Freundin reden, und er sollte genug Zeit haben; er würde sich nicht einmal erlauben, für Süßigkeiten zum Tante-Emma-Laden zu gehen.

Nur hin und zurück, das war alles. Und dann - wenn die Gendarmen ihre Arbeit machten - würde Valerie endlich gerettet werden. Es würde nicht länger als eine halbe Stunde dauern, Labiches Hof zu überprüfen, und wenn sie wüssten, dass sie dort war, würden sie sie finden. Oder etwa nicht?

Gilbert beobachtete, wie Mamans Auto in der Kurve der Straße verschwand, und rannte dann in sein Zimmer. Vorsichtig

zog er den Zettel aus seiner Schreibtischschublade, wo er ihn unter einigen Schulpapieren versteckt hatte. Wieder hatte er Buchstaben aus einer Zeitung ausgeschnitten, sodass es erneut wie eine Lösegeldforderung aus einem Film aussah:
VaLerie B auf LABiche-Hof
BEEilt euch

Er öffnete sein Mathebuch, schob den Zettel hinein und schloss es, steckte dann das Buch und eine Rolle Klebeband in seinen Rucksack und rannte nach draußen. Es war bewölkt und etwas kühler als zuvor, aber Gilbert bemerkte weder das Wetter noch die krähenden Hähne oder das Zwitschern der Vögel, die ihre Frühlingsnester bauten. Seine ganze Konzentration galt dem schnellstmöglichen Erreichen von Castillac und dem Ankleben des neuen Zettels an die Tür.

Er fühlte sich ein bisschen wie Superman, als er mit seinem Fahrrad fuhr - noch nie war er so schnell gefahren und hatte den Wind so stark im Gesicht gespürt. Es war ein ruhiger Montag und es gab keinen Verkehr. Die Straße war nicht hügelig und es waren nur sechs Kilometer bis in die Stadt. In kürzester Zeit war Gilbert in Castillac und fast an der Station -

„Salut, Gilbert!", rief ein anderer Junge.

Es war sein Schulkamerad François Bardon. Gilbert hatte nicht im Voraus daran gedacht, auf Freunde zu treffen. „Kann jetzt nicht anhalten!", rief er zurück und beschleunigte.

Die Straße vor der Station war leer. Perfekt. Er ließ sein Fahrrad klappernd auf den Bürgersteig fallen und streifte seinen Rucksack ab. Seine Hände zitterten, als er ihn öffnete und das Mathebuch herausnahm. Er legte es auf den Bürgersteig, holte das Klebeband heraus und riss ein Stück ab, dann noch eines. Er zog den Zettel aus dem Buch und klebte ihn an die Tür. Er sah sich um und als er niemanden auf der Straße sah, verwendete er noch ein Stück Klebeband und dann noch eines.

Das Gefühl, als er zurück durch das Dorf fuhr, war unbeschreiblich. Die Schuld, den Gendarmen nicht gesagt zu haben, wo Valerie war, war so erdrückend gewesen, dass er kaum einen Moment der Freude erlebt hatte. Aber jetzt flog er durch die engen Straßen mit einem breiten Grinsen im Gesicht, nahm die Hände vom Lenker, was Maman entsetzt hätte, die Arme über dem Kopf, als würde er die Ziellinie der Tour de France überqueren.

„Gilbert!"

Er hatte François vergessen. Seine Absicht war gewesen, für nichts anzuhalten, egal was passierte, aber jetzt, da der Zettel sicher an der Tür klebte, änderte er seine Meinung. Maman würde wahrscheinlich ewig bei dieser Freundin bleiben und über Stricken und das Wetter und all das andere langweilige Zeug reden. Er lenkte zum Bürgersteig.

„Ich dachte, du darfst nicht mit dem Fahrrad ins Dorf fahren", sagte François, der verzweifelt aufgeregt war, Gilbert die Neuigkeit zu erzählen, wie er die Leiche von Erwan Caradec direkt hinter seinem Haus gefunden hatte, aber das Vergnügen so lange wie möglich hinauszögerte.

„Ich darf nicht, na und", sagte Gilbert achselzuckend. François war so nervig.

„Rate mal, was ich heute Morgen vor der Schule gefunden habe."

Gilbert zuckte wieder mit den Schultern.

„Eine Leiche. Direkt hinter unserem Haus, da drüben." Er zeigte in die Gasse. „Mein Vater hat die Gendarmen gerufen und alles."

Gilberts Augen weiteten sich unwillkürlich. „Eine echte Leiche? Wer war es?"

„Monsieur Caradec", antwortete François und wünschte, es wäre jemand Unerwartetes gewesen.

„Wow", sagte Gilbert. „Wie sah er aus?"

„Er war ganz zusammengesunken und seine Haut war grau. Es war seltsam. Ich meine, ich habe Monsieur Caradec schon millionenfach bewusstlos gesehen, aber ich konnte in dem Moment, als ich ihn sah, erkennen, dass es diesmal anders war."

„Hat sich wahrscheinlich an seiner eigenen Kotze verschluckt", sagte Gilbert.

François nickte und bedauerte, dass er nicht behaupten konnte, es sei Mord gewesen.

Die beiden Jungen standen schweigend da und blickten auf die Stelle, an der Erwan seinen letzten Atemzug getan hatte. „Na ja", sagte Gilbert schließlich, „ich muss nach Hause. Bis später."
François nickte und ging hinein.

Als Gilbert das Dorf verließ, schnell in die Pedale tretend und um Autos herumkurvend, vergaß er François und Erwan und wurde von dem Gefühl durchdrungen, ein schmerzhaftes Versagen korrigiert zu haben. Die Sorge, dass seine Mutter herausfinden würde, dass er weg gewesen war, nagte an ihm, aber auf erträgliche Weise.

Erst als er fast zu Hause war und der Himmel aufbrach und der Regen in Strömen herunterprasselte, dachte er überhaupt an das Wetter. Würde das Klebeband so einem Regenguss standhalten?, fragte er sich. Und wie könnte er das eine oder andere überhaupt wissen?

Das ist schrecklich, dachte Gilbert, als er in die Einfahrt des Bauernhofs einbog, bis auf die Haut durchnässt, und das Auto sah, das bereits vor dem Haus parkte.

Schrecklich.

§

„ABER WER IN aller Welt würde Erwan umbringen wollen?", fragte Perrault Maron, als sie in seinem Büro saßen und über ihren neuesten Fall sprachen.

Maron zuckte mit den Schultern. „Ich glaube nicht, dass sich Nagrand bei einem gebrochenen Genick irren könnte."

„Aber hätte er nicht fallen und es sich so brechen können?"

Maron seufzte. „Nicht laut Nagrand. Er sagt, der Hals wurde mit großer Kraft herumgerissen. Überhaupt nicht so, wie man es bei einem Sturz sehen würde. Außerdem hätte Erwan höchstens vom Stehen ins Liegen fallen können. Er war nicht in der Nähe von Stufen oder Ähnlichem. Nagrand war eindeutig."

Perrault kämpfte mit ihren üblichen zwiespältigen Gefühlen angesichts der Situation. In Castillac war es seit Monaten ziemlich ruhig gewesen, und insgeheim war sie begeistert, eine Mordermittlung zu haben, in die sie sich vertiefen konnte. Andererseits hätte sie Erwan natürlich nie etwas Böses gewünscht – er hatte schon genug Probleme, ohne dass er auch noch ermordet wurde.

„Also gut, Chef, was machen wir jetzt?"

„Fangen wir mit dem Üblichen an. Wir werden die Nachbarschaft abklappern und sehen, ob jemand etwas gesehen oder gehört hat."

„Ich habe schon mit Madame Tessier gesprochen. Sie hatte am Samstag auf ihrem Rückweg vom Markt, gegen elf, mit Erwan gesprochen. Sie sagte, er hätte eine Flasche Brandy gehabt und ihr schon ordentlich zugesprochen. Aber er war am Leben, wenn auch nicht nüchtern, als sie ihn verließ."

Maron runzelte die Stirn. „Ich hatte gehofft, Tessier könnte uns wieder weiterhelfen. Bon, dann legen wir mal los."

Perrault sprang auf und zog ihren Regenmantel an. Das große Unwetter war vorüber, aber es nieselte noch draußen. „Ich übernehme westlich der Rue Saterne?", fragte sie Maron.

Maron nickte. Er hielt Perrault für eine anständige Beamtin und kam jetzt besser mit ihr aus, da sie nicht mehr beide um Duforts Aufmerksamkeit buhlten. Sie würde wahrscheinlich in den nächsten Monaten versetzt werden, und er würde sie vermissen – was für Maron ein hohes Lob war.

Sie verließen die Wache. Perrault war in Gedanken versunken und versuchte, irgendeinen Grund zu finden, warum jemand eine bemitleidenswerte Seele wie Erwan Caradec töten wollte. Sie bückte sich und hob ein durchnässtes Stück Papier von der Straße auf. Sie sah nicht auf die Seite mit den sorgfältig angeordneten ausgeschnittenen Buchstaben. Das Klebeband hatte nicht gehalten und das Ganze war ein nasser Klumpen. In der Annahme, es sei Müll, warf sie es in einen Mülleimer auf ihrem Weg zu jemandem, den sie befragen konnte.

33

Molly fuhr mit ihrem Roller auf den Bürgersteig vor Chez Papa, lehnte ihn auf den Ständer und eilte hinein.

„Ich muss jedes Mal lachen, wenn ich dich auf dem Ding sehe", sagte Nico, während er ein Glas mit einem Geschirrtuch trocknete.

„Du bist bloß neidisch", erwiderte Molly. „Und wer wäre das nicht, sie ist so wunderschön."

„Das bist du auch, meine Liebe", sagte Lawrence, der es sich wie gewohnt auf seinem Stammhocker bequem gemacht hatte, mit einem Negroni vor sich auf der Theke.

„Nun, vielen Dank", sagte Molly, aufrichtig erfreut über das Kompliment. Sie hatte sich in letzter Zeit nicht gerade in Topform gefühlt, da sie und Ben in der Boutillier-Sache keinerlei Fortschritte gemacht hatten. „Was ist nun dieser neueste Klatsch, den du für mich hast? Es sieht dir gar nicht ähnlich, in deinen Nachrichten so zurückhaltend zu sein."

„Es ist eigentlich kein Klatsch – es sind Neuigkeiten. Und da es schon vor ein paar Tagen passiert ist, hast du es wahrscheinlich schon gehört." Um sie auf die Folter zu spannen, machte er eine Pause für einen langen Schluck Negroni.

„Kir?", fragte Nico, der bereits die Crème de Cassis in der Hand hielt. Molly nickte.

„Es gab einen weiteren Mord im Dorf", sagte Lawrence.

Molly packte Lawrences Arm. „*Was?* Wirklich? Wer?"

„Erwan Caradec. Du hast ihn zweifellos im Dorf gesehen ... meistens betrunken bis zum Umfallen?"

„Du meinst den Typ, der sich immer in der Nähe der Desrosiers-Villa herumtreibt?"

„Genau der. Er war eine feste Größe in der Nachbarschaft. Kein fester Wohnsitz und offensichtlich Alkoholiker. Die Nachbarn haben auf ihn aufgepasst – ihm Essen gegeben, ihn aufgenommen, wenn es richtig kalt wurde, solche Sachen."

„Das ist nett von ihnen", sagte Molly geistesabwesend. „War er ein schlimmer Trinker? Schreiend, gewalttätig, so was in der Art?"

„Nein, ich glaube nicht. Manchmal regte er sich über Politik auf und zog durch die Straßen, um zu wettern, dass die Rechten ein Haufen Proto-Nazis seien und aus dem Land gejagt werden sollten. Aber ich glaube nicht, dass er seinen Zorn jemals gegen jemanden hier im Dorf richtete, zumindest habe ich davon nie gehört."

„Bist du sicher, dass er ermordet wurde? Wie hast du das erfahren?", fragte Molly, die sich wie immer über Lawrences Quellen wunderte.

„Definitiv Mord. Perrault und Maron haben gestern Nachmittag von Tür zu Tür die Runde gemacht, um zu sehen, ob jemand etwas weiß."

„Nico, können wir zwei Portionen Pommes haben?"

Nico nickte und verschwand um die Ecke in die Küche. An diesem frühen Dienstagabend war sonst niemand im Chez Papa. Molly rutschte von ihrem Hocker und ging auf und ab.

„Mir fällt auf, dass du richtig aufblühst, wenn jemand stirbt", sagte Lawrence trocken.

„Ich denke nur nach", sagte Molly. „Es scheint einfach so

zufällig, oder? Ein Obdachloser – harmlos – den jeder kennt – wird aus heiterem Himmel getötet? Das klingt nicht richtig."

„Nun, niemand würde sagen, dass daran irgendetwas richtig wäre. Ich habe nicht gehört, ob Perrault und Maron irgendwelche Spuren haben."

„Aber wer würde so etwas tun? Was könnte das Motiv gewesen sein?"

„Vielleicht gab es kein Motiv", sagte Lawrence. „Vielleicht hat der Mörder es einfach getan, weil er es konnte."

Molly schüttelte den Kopf. „Vielleicht würde das an manchen Orten der Welt Sinn ergeben. Aber diese Art von kaltblütiger Verderbtheit, hier in Castillac?"

„Ich liebe es, wie du an deinen Fantasien festhältst. Das ist etwas Bezauberndes an dir. Aber Molly, warum solltest du dir vorstellen, dass irgendein Ort – einschließlich Castillac – auf magische Weise frei von Soziopathen ist?"

„Das habe ich nicht gesagt", antwortete sie mürrisch. „Oder, das meinte ich nicht genau so. Weißt du, angeblich ist der Prozentsatz von Menschen, die Soziopathen sind, höher als man denken würde, etwa vier Prozent. Es ist nur so, dass die meisten von ihnen zwar unglaublich schwierig sind, aber nicht gewalttätig."

„Zur Kenntnis genommen", sagte Lawrence lächelnd, als Nico mit den Pommes zurückkam. „Du hast mich völlig verwöhnt, weißt du. Früher habe ich zu den üblichen Essenszeiten gegessen, wie es die Franzosen tun, und jetzt stopfe ich mir dank dir zu jeder Tages- und Nachtzeit Pommes rein."

„Freut mich, dass ich helfen konnte", sagte Molly und zupfte eine glühend heiße Pommes von dem glänzenden Haufen. „Also, Nico, wie geht's Frances? Ich sehe sie kaum noch."

„Bei ihr ist 'ne Schraube locker", sagte Nico und schaute finster drein.

„Oh je", lachte Molly.

Die Tür öffnete sich hinter ihnen und der süße Duft des Frühlings belebte den Raum. „Salut, Dufort", sagte Lawrence.

„Salut Lawrence, Nico, Molly", sagte Ben und küsste Molly auf beide Wangen.

„Also, wer könnte Erwan Caradec getötet haben?", fragte Molly.

Ben trat einen Schritt zurück und hob die Handflächen. „Wow, Molly, du kommst gleich zur Sache, was?"

„Lawrence hat es mir gerade erzählt. Was zum Teufel? Ich meine, Mord aus einem Grund ist eine Sache. Aber jetzt werden wahllos Menschen getötet, hier in Castillac? An dem Ort, von dem ich dachte, er würde ruhig und friedlich sein?"

Nico und Lawrence lachten. „Ist dir schon mal in den Sinn gekommen, dass du diese Dinge vielleicht gar nicht so sehr magst?", sagte Lawrence.

Molly warf ihm einen Blick zu. „Im Ernst, Leute. Gebt mir nur ein halbwegs glaubwürdiges Motiv und ich höre auf, darüber zu reden."

Niemand sagte etwas.

„Wie wurde er getötet?", fragte sie.

„Genickbruch", sagte Ben.

Niemand sagte etwas. Lawrence senkte den Kopf.

Ben bat Nico um ein Glas Whiskey. Als er sich über die Bar beugte, um es aufzunehmen, kam er Molly nahe, und sie roch den Wald an ihm. Es roch gut, bis sie sich daran erinnerte, warum er wahrscheinlich dort draußen gewesen war.

„Heute im Wald gewesen?", fragte sie.

Er sah ihr in die Augen und nickte. Dann presste er die Lippen zusammen und schüttelte den Kopf.

Molly wollte nach Details fragen, wusste aber, dass die Abmachung mit Boney privat bleiben musste – und so wechselte sie, während Nico und Lawrence zusahen, das Thema darauf, welche Gemüsesorten im Haus vorgezogen werden mussten, bevor sie in den Garten gepflanzt wurden, wovon keiner von ihnen, einschließlich des Vollzeit-Bio-Bauern neben ihr, die geringste Ahnung hatte.

※

AM NÄCHSTEN TAG arbeitete Molly am Morgen im vorderen Blumenbeet, schnitt, jätete und träumte vor sich hin. Dann, von Unruhe erfasst, sprang sie auf den Roller und fuhr ins Dorf, mit dem Gedanken, wieder durch die Nachbarschaft der Desrosiers zu laufen und sich den Ort anzusehen, wo Caradec getötet worden war. Sie versuchte nicht wirklich, den Fall zu lösen, war nur neugierig auf Castillacs jüngsten Mord, der, soweit sie es beurteilen konnte, völlig ohne Motiv war.

Ich schätze, es könnte unmöglich mit Valerie zusammenhängen, dachte sie, nachdem sie den Roller geparkt hatte und die Rue Saterne entlanggeschlendert war. Es ist komisch, wie unser Verstand immer Muster und Verbindungen herstellen will, selbst wo es keine gibt.

„Bonjour, Madame Tessier", sagte sie zu der alten Frau, die auf einem Stuhl vor ihrer Haustür saß. Sie waren einander nicht vorgestellt worden, aber jede wusste, wer die andere war, und sie hegten einen gewissen halbprofessionellen Respekt füreinander, von Klatschbase zu Klatschbase.

„Bonjour, Madame Sutton", antwortete die alte Frau. „Ich war gerade im Begriff, hineinzugehen und mit dem Abendessen anzufangen, aber das Wetter ist so spektakulär, nicht wahr? Keine Anzeichen für einen weiteren starken Regenschauer heute Nachmittag."

Molly lächelte zustimmend. Sie wollte fragen, wo genau Caradec gefunden worden war, dachte aber, es wäre unhöflich, sofort damit herauszuplatzen, also sprach sie stattdessen über den Salat, den sie am Vorabend mit Frisée, Speckwürfeln und einem Senfdressing zubereitet hatte. Mme Tessier nickte zustimmend und erzählte dann, etwas ungeduldig wirkend, dass sie die letzte

Person war, die mit Erwan Caradec gesprochen hatte. Molly war erleichtert über den Themenwechsel.

„Es sei denn natürlich, der Mörder hat mit ihm gesprochen", fügte Mme Tessier hinzu. „Dazu kann ich nichts sagen, versteht sich. Officer Perrault schien nicht zu wissen, wann er getötet wurde. Diese Gasse wird nicht viel frequentiert. Ich will nicht sagen, er hätte tagelang dort liegen können, denn wie gesagt, ich habe am Tag vor seiner Entdeckung mit ihm gesprochen. Wussten Sie, dass ein kleiner Junge ihn gefunden hat? François Bardon, wohnt in dem Haus gleich da drüben, grenzt an die Gasse, wissen Sie. Brachte wie ein braver Junge den Müll raus und stolperte über den armen Erwan." Mme Tessier schüttelte traurig den Kopf.

„Der Tod gehört zum Leben", sagte sie und wackelte mit dem Finger in Mollys Richtung. „Aber ich denke, wir können uns darauf einigen, dass er nicht der angenehmste Teil ist, auch wenn er einem einen kurzen Moment der Freude beschert, wenn man erkennt, dass diesmal jemand anderes an der Reihe war und nicht man selbst."

„Wie wahr das ist", sagte Molly ernst. Die beiden Frauen verabschiedeten sich und Molly ging weiter bis zum Ende der Rue Saterne, froh darüber, ein wenig Bewegung in der Sonne zu bekommen. Sie bog in die Rue Baudelaire ein und bewunderte die Lampen im Schaufenster des Lampengeschäfts (das immer geschlossen zu sein schien) und ging an Mme Gervais' Haus vorbei. Und dann, ohne es beabsichtigt zu haben, stand sie vor dem Schaufenster von Lapins neu eröffnetem Laden. Laurent Broussard, stand auf dem Schild, sein offizieller Name, in Gold umrandet und sehr seriös wirkend.

Sie öffnete die Tür zum Klingeln einer Glocke. Er hatte nicht übertrieben, als er sagte, er hätte reichlich Inventar, dachte sie und betrachtete die an einer Wand gestapelten Stühle und mehrere Kisten mit antiken Spielsachen zu ihren Füßen, der ganze Ort nahezu bis unters Dach mit dem Trödel und den Schätzen anderer Leute gefüllt.

„Lapin?", rief sie.

Sie hörte ein Rascheln im hinteren Teil, dann Fluchen. Aber niemand erschien.

„Lapin?", rief sie lauter.

Mehr Rascheln, mehr Fluchen.

Dann sah sie Lapins großen Kopf über einem Stapel Kisten auftauchen. „La bombe!", sagte er. „Ich dachte, ich hätte vor einer Minute die Glocke gehört. Du erweist meinem bescheidenen Laden eine große Ehre mit deinem Besuch", sagte er, während er sich durch die Möbel und Kisten zu ihr an die Eingangstür bewegte und sie fest auf beide Wangen küsste.

„Nun, ich weiß ein oder zwei Dinge über Kunden", sagte Lapin, seine Augen funkelnd. „Ich habe auf genug Flohmärkten gearbeitet, um einiges zu lernen: Manche Leute mögen es, herumgeführt zu werden. Sie mögen es, wenn man ihnen die guten Stücke zeigt, sie mögen die persönliche Note. Du?" Er lachte. „Du, Madame Sutton, bist der Typ, der gerne ohne Führung stöbert, habe ich recht? Sodass, wenn ich dir zum Beispiel vorschlagen würde, dass dir vielleicht was von dem Schmuck gefallen könnte, den ich hier habe – diese Halsketten zum Beispiel –, du dich sträuben und in Ruhe gelassen werden wollen würdest."

Molly lachte. „Volltreffer, Lapin", sagte sie. „Obwohl, nicht gerade in Ruhe gelassen werden. Einfach kein harter Verkauf. Lass mich schauen und entscheiden, was ich denke, bevor du versuchst, mir zu sagen, was ich denken sollte, verstehst du?"

„Oh ja", sagte er grinsend, „ich verstehe."

Reflexartig verschränkte Molly die Arme und ging einen überfüllten Gang entlang. „Also all diese Sachen stammen aus Nachlässen?"

„Fast alles. Dies und das habe ich bei Dachbodenverkäufen und Ähnlichem aufgabelt. Aber meistens, wenn jemand stirbt, bleibt ein Haufen Gegenstände übrig, die die Familie nicht will, und da komme ich ins Spiel. Oder die Familie möchte ein bisschen extra Geld verdienen, also lassen sie mich kommen, um das zu bewerten, von dem sie bereit sind, sich zu trennen."

„So. viele. Sachen", sagte Molly, als sie den anderen Gang zurückkam. „Es ist seltsam zu denken, dass die Menschen irgendwann mal an all diesen Dingen hier wirklich gehangen haben, weißt du? Jemandes Kind saß in diesem kleinen Stuhl und lernte lesen, oder irgendeine Frau schaute jeden Nachmittag in diesen Spiegel, um ihre Haare zu richten, bevor ihr Mann nach Hause kam."

„Ich wusste schon immer, dass du eine Romantikerin bist, Sutton."

„Mach dir keine Hoffnungen", sagte Molly. „Also gut, es wird Zeit, dass ich nach Hause gehe." Sie blieb an der Theke stehen und betrachtete die Ringe, die auf einem goldumrandeten Tablett lagen, und streifte sich einen über. „Hübsch", sagte sie, während sie ihre Hand ausstreckte und den zierlichen Silberring mit einem kleinen blauen Stein betrachtete.

„Da wir ja alte Freunde sind", sagte er, „kann ich dir ein unglaublich günstiges Angebot für diesen Ring machen. Er ist äußerst selten, diese Art von Ring. Ein echtes Original."

„Wir sind keine alten Freunde und du laberst solchen Quatsch, Lapin", lachte Molly. Sie streifte den Ring ab und legte ihn zurück auf das Tablett. Dann ließ sie die hängenden Halsketten durch ihre Finger gleiten, Gold und Silber, ehemals jemandes Schätze.

Sie wollte gerade in die Schachtel schauen, in der, ohne dass sie oder Lapin es wussten, Valeries Halskette lag, als in diesem Moment die Glocke bimmelte und ein anderer Kunde hereinkam. Molly drehte sich um, winkte Lapin zum Abschied und ging nach Hause.

34

Molly lag im Bett und hörte Wesley Addison über ihrem Kopf herumpoltern. Sie zögerte aufzustehen, in der vergeblichen Hoffnung, dass er La Baraque für den Tag verlassen und ihr etwas Ruhe gönnen würde. Ihr Fenster war offen und der Lärm der Vögel war erstaunlich laut. Eine frische Brise bewegte die Vorhänge. Bobo war draußen und machte ihre Patrouille nach der Dämmerung auf dem Grundstück, die De Groots waren seit drei Tagen nicht gesichtet worden, und sie hatte endlich eine Buchung für das Cottage bekommen – eine weitere Familie für zwei Wochen – und würde in der Lage sein, Pierre Gault zu bezahlen, und musste sich keine Sorgen mehr um die Stromrechnung machen.

Alles in La Baraque war, wie es sein sollte... außer natürlich dem ständig nagenden Problem von Valerie Boutillier.

Sie erwartete Ben zu einer Planungssitzung und gab daher auf, Addison zu vermeiden. Sie zog eine kurze Hose und ein T-Shirt an, mit dem Gedanken, dass sie nach Bens Weggang einige Stunden im Garten verbringen würde.

Kaffee, ein Stück vom gestrigen Brot mit etwas süßer Butter bestrichen, und sie war bereit loszulegen.

Bobo bellte ihr „Hallo, Freund"-Bellen (das sich sehr von ihrem „Wer ist dieser Fremde?"-Bellen unterschied) und Molly ging zur Haustür, um sie zu öffnen, bevor Ben Zeit hatte zu klopfen. Sie sagten ihre Bonjours, küssten einander auf die Wangen und sahen sich dann mit enttäuschten Gesichtsausdrücken an.

„Die Sache ist die", begann Ben, „ich weiß nicht, ob die Notiz nur ein Scherz war und wir auf einer wilden Gänsejagd waren, oder ob wir – oder besser gesagt ich – sie wieder im Stich gelassen haben."

Molly nickte. „Ich weiß." Sie gab ihm eine Tasse schwarzen Kaffee. „Willst du draußen spazieren gehen, während wir reden? Es ist so ein schöner Morgen."

Sie schlenderten durch die Wiese, Ben warf Stöcke für eine begeisterte Bobo, die orangefarbene Katze folgte ihnen in einiger Entfernung.

„Also bist du mit Boney nicht weitergekommen?"

„Nun ja...", sagte Ben, „was Valerie betrifft, stimmt das. Ich würde eine ziemlich große Wette eingehen, dass ihre Leiche nirgendwo in der Nähe von Castillac ist. Boney und ich haben viel Gelände abgesucht. Ich hatte ihn nur für eine Woche, aber ich habe Rémy um etwas Freizeit gebeten, damit ich so viel wie möglich machen konnte, bevor Léon kam, um ihn abzuholen. Dieser Hund ist wirklich erstaunlich. Ich schwöre, ich glaube, er hat genau verstanden, was ich von ihm wollte und warum.

„Er hat jedoch etwas anderes Interessantes gefunden, das nichts mit dem Fall Boutillier zu tun hat. Eine Leiche, tief im Wald von La Double vergraben. Man kann nicht sagen, wie lange sie schon dort liegt – Florian untersucht es und ich hoffe, Anfang nächster Woche einige Informationen zu haben."

„Mensch – *noch eine* Leiche!"

„Sie könnte ziemlich alt sein, es könnte fast unmöglich sein, damit irgendwohin zu kommen. Oder natürlich ein natürlicher Tod ohne jegliches Verbrechen. Aber es gibt eine Liste von vermissten Personen, sowohl für das Département als auch für ganz Frankreich – verdammt, wir müssen vielleicht sogar die internationale Liste durchsehen – also hoffentlich bekommen wir brauchbare DNA und Florian kann mir eine Vorstellung davon geben, wie lange die Leiche schon dort liegt."

„Wird er dir immer noch berichten, obwohl du nicht mehr bei der Gendarmerie bist?"

„Nun, nicht ‚berichten'. Aber ich denke, er wird sich Zeit für ein Gespräch nehmen", sagte Ben mit einem leichten Lächeln. „Florian und ich gehen einander auf die Nerven. Aber das ist eher eine Frage des Stils als alles andere. Respekt ist auch mit im Spiel."

„Vermisst du die Gendarmerie?"

„Nein. Ja. Nun", sagte er lachend, „ich vermisse den Stress nicht. Ich habe diese Woche mit Boney wirklich genossen, mich auf eine Sache konzentrieren zu können, ohne mir Sorgen zu machen, andere Pflichten zu vernachlässigen oder die aufgewendete Zeit rechtfertigen zu müssen. Ich mag es wirklich, wirklich, mein eigener Herr zu sein, anstatt Teil einer militärischen Einheit."

„Also gehst du nicht zurück?"

„Ich glaube nicht. Das bedeutet, ich muss etwas anderes finden... es stellt sich heraus, dass ökologische Landwirtschaft nicht das ist, wo meine Talente liegen, laut Rémy."

„Er hat mir erzählt, dass du die Spinatsetzlinge unter einem Fuß Mulch begraben hast", sagte Molly lachend.

„Oh, das war ein Anfängerfehler. Ich habe seitdem viel Schlimmeres angestellt. Er hat mir heute freigegeben, obwohl Hochsaison ist und es tonnenweise Arbeit gibt. Der arme Mann hätte mich längst gefeuert, wenn er nicht ein so guter Freund wäre."

Sie gingen am Taubenhaus vorbei, wo alles ruhig war, und erreichten das Ende der Wiese.

„Hast du diese Wälder schon viel erkundet?", fragte Ben.

Molly schüttelte den Kopf. „Willst du weitergehen?"

„Lass uns das tun", sagte er. „Ich bin hier mit Boney durchgegangen, also kann ich dir zumindest versichern, dass du nicht von irgendwelchen Leichen überrascht wirst."

„Gut zu hören. Also... Valerie."

„Valerie."

„Ich war mir einfach so sicher, dass die Notiz echt war", sagte Molly. „Natürlich hatte ich keinen Grund, das zu glauben, und ich verstehe, dass Detektivarbeit darin besteht, Spuren zu verfolgen, Beweise zu finden und den Verstand zu benutzen, nicht nur Gefühle zu haben. Aber ich konnte nicht sehen, wer sich die Mühe machen würde, so eine Notiz zu schreiben, weißt du? Ich sah nicht – und sehe immer noch nicht – was der Nutzen davon wäre. Die Zeit der Gendarmen verschwenden? Warum sollte das irgendwie befriedigend sein?"

„Erinnere dich, dass du die Stelle an der Tür gefunden hast, wo die Notiz angeklebt war, und sie war niedrig? Wahrscheinlich ein Kind. Und Kinder tun ständig Dinge, die keinen Sinn ergeben. Könnte eine Mutprobe gewesen sein, so etwas in der Art."

„Ich schätze schon", sagte Molly. „Ich wünschte, es gäbe eine Möglichkeit, die Höhe der Notiz zu messen und dann ungefähr abzuschätzen, wie groß das Kind wahrscheinlich ist, und dann alle Kinder in der Schule in diesem Größenbereich zu überprüfen."

„Sehr wissenschaftlich von dir", sagte Ben und streckte seine Hand aus, ließ sie dann aber wieder fallen.

„Ich kann einfach nicht glauben, dass wir all diese Zeit und Mühe investiert haben und absolut keine neuen Beweise gefunden haben, nicht ein einziges kleines bisschen."

„Willkommen in meiner Welt", sagte Dufort. „Zweifellos kämpfen Perrault und Maron jetzt mit Caradecs Mord – als ich mit ihnen sprach, hatten sie absolut nichts, womit sie arbeiten konnten."

„Das ist noch etwas, das ich nicht verstehe. Wer hätte etwas davon, diesen armen Mann zu töten?"

„Du machst den Fehler, anzunehmen, dass der Mörder logisch

handelt", sagte Ben. „Und während es in der Denkweise eines Mörders immer eine gewisse zugrundeliegende Logik gibt, gibt es oft auch einen wilden Anflug von Wahnsinn, von Chaos. Und es ist genau dieser Anflug, auf den sich ein guter Detektiv einstellt."

Molly kickte die Blätter und dachte darüber nach. „Für Nancy Drew war es nie so frustrierend", sagte sie, und diesmal griff Ben nach ihrer Hand und nahm sie, und sie gingen lange Zeit spazieren, genossen die Schönheit des Waldes im Frühling und sagten gar nichts.

✥

ES IST EINE EINFACHE SACHE, lose Enden zu verknüpfen – so dachte Achille darüber nach, als er mit seinem Traktor um Castillac herum nach Norden fuhr und auf der anderen Seite des Dorfes in die Rue des Chênes einbog. Die Straße hatte keinen Seitenstreifen zum Parken, also fuhr er am Friedhof vorbei und weiter, bis er zu einem Feld kam, und stellte den Traktor neben einem Baum ab, wo er überhaupt nicht fehl am Platz wirkte. Achille kannte niemanden auf dieser Seite der Stadt und hatte keine Ahnung, wem das Feld gehörte, aber er machte sich keine Sorgen, dass jemand zweimal auf einen Traktor neben einem Feld schauen würde. Er würde sich einfügen und keinerlei Aufmerksamkeit erregen, genauso wie er selbst es all die Jahre geschafft hatte.

Er machte sich zu Fuß auf den Weg nach Süden, zurück in Richtung La Baraque, wo Florence ihm gesagt hatte, dass Sutton wohnte.

Molly Sutton, dachte er finster. Mit ihrem Herumschnüffeln und Lachen und unaufhörlichem Gerede: Sie kam direkt zu seinem Haus und klopfte an seine Tür! Mischte sich bei Madame Renaud und ihrem Sohn ein! Es war unverantwortlich, sich so in eine Familie einzumischen.

Zwischendurch erinnerte er sich an Erwan Caradec und wie

einfach es letztendlich gewesen war, ihn zu töten, viel einfacher als ein Nutztier zu töten, wenn man es genau betrachtete; diese Erkenntnis gab ihm ein neues, strahlendes Selbstvertrauen in seine Fähigkeit, alles zu tun, was eine bestimmte Situation erforderte. Selbst, wenn es zunächst zu schwierig erschien.

Achille konnte nicht anders, als daran zu denken, wie verblüfft sein Vater wäre, wenn er herausfände, dass Achille einen Mann getötet hatte – Achille, der nie in der Lage gewesen war, beim Jagen abzudrücken, ohne die Augen zu schließen, der immer versucht hatte, seinen Vater dazu zu überreden, die Tiere zu fangen und sie als Haustiere zu halten.

Er war jetzt ein Mann. Es war schade, dass sein Vater längst tot war und es nicht sehen konnte, aber Achille reckte beim Gehen ein wenig die Brust. Sein Vater hätte das Töten wahrscheinlich verabscheut, da er gejagt hatte, um Essen auf den Tisch zu bringen und nicht aus Freude am Töten, um des Tötens willen. Aber Achille war sicher, dass sein Vater im tiefsten Inneren auch stolz gewesen wäre. Er hatte getan, was getan werden musste, und war das nicht das ganze Problem mit seiner Mutter – dass sie es nicht konnte? Dass sie in einer Ecke der Küche murmeln und mit Leuten reden würde, die nicht da waren, anstatt zu tun, was getan werden musste?

Warum, oh warum hatte er Sutton erzählt, dass sie noch am Leben waren? Wenn er doch nur den Mund gehalten hätte!

Ein Auto kam aus Richtung des Dorfes und er sprang in den Wald und stand still, bis es vorbeigefahren war. Wo war dieses Haus? Er wurde ungeduldig und freute sich auf den Moment, in dem er seinen Blick zum ersten Mal auf Sutton richten und sie beobachten konnte, ohne dass sie wusste, dass er da war.

Er wusste, dass er sie töten konnte, das hatte er sich selbst bewiesen. Aber er war nicht so verblendet, dass er nicht das Potenzial dafür sah, seine Umstände zu verschlimmern. Wenn jemand Sutton tötete, würden die Amerikaner vielleicht das FBI und wer weiß wie viele Detektive und Polizisten schicken, das ganze Dorf würde von ihnen wimmeln. Es war nicht so, als könnte er weglaufen, nicht mit Bourbon und seiner Herde, die er versorgen musste. Es war auch nicht so, als könnte er mit Valerie weglaufen. Ganz zu schweigen von Aimée. Als er etwa fünfzig Meter von La Baraque entfernt war, schlüpfte er zurück in den Wald. Jetzt, Ende Mai, verbargen ihn die Blätter fast sofort vor Blicken. Er hatte keine besondere Bindung zu Wäldern, zog es immer vor, auf den Feldern zu sein, wo seine Mädchen grasten, aber er schätzte die Deckung, sobald er das Haus erblickte.

Er blieb still stehen, gut versteckt, und beobachtete.

Es war Dämmerung. Er sah, wie ein Licht anging, und dann noch eines. Eine Gestalt huschte schnell an einem Fenster vorbei, aber er konnte nicht erkennen, ob es Sutton war oder nicht. Er musste näher heran, machte sich aber Sorgen, dass sie vielleicht einen Hund hatte, der ihn anbellen oder sogar versuchen könnte, ihn zu beißen.

Und natürlich hatte Molly einen Hund. Aber in dem Moment, als Achille Labiche Mollys Haus ausspionierte und mit dem Gedanken spielte, ihr das Genick zu brechen und sie für immer zum Schweigen zu bringen, war Bobo tief im Wald und jagte einem Eichhörnchen hinterher. Sie hätte vielleicht protestiert, wenn sie die Chance gehabt hätte, sich zu verteidigen, dass sie nicht wirklich ein Wachhund sei... obwohl sie es nie überwinden würde, wenn Molly etwas zustieße.

Als es noch nicht ganz dunkel, aber dunkel genug war, schlich Achille aus den Bäumen hervor und ging auf das Haus zu. Es war eine Art Sammelsurium, dachte er, dem die angenehme Symmetrie seines Bauernhauses fehlte. Es war schwer, von außen zu erkennen, wo sich alles befand – war die Küche in diese Richtung? War ihr Schlafzimmer in diesem Anbau oder in dem, der in die andere Richtung ragte?

Er spitzte die Ohren und lauschte auf alles, was ihn verraten könnte. Er dachte, sein Vater wäre froh zu wissen, dass er seinem Sohn beigebracht hatte, sich leise zu bewegen, zu lauschen und Probleme vorauszuahnen, während er seiner Beute nachstellte.

Da ist sie.

Achille konnte Molly deutlich sehen, wie sie in der Küche das Abendessen zubereitete. Soweit er erkennen konnte, war sie allein, stand an der Arbeitsplatte und häufte Salat in eine große Schüssel. Dann hackte sie etwas und warf es hinein. Goss sich ein Glas Rosé ein. Brach das Ende eines Baguettes ab, bestrich es mit Butter und aß es im Stehen neben dem Kühlschrank, als wäre sie so ausgehungert, dass sie keine Sekunde länger warten konnte.

Achille fand sie fast grotesk, mit ihren ungepflegten Haaren und ihrer Blue Jeans. Seine Mutter war zurückhaltend gewesen, ihre Haare in einem ordentlichen Dutt und immer in einem Rock gekleidet, selbst bei der Arbeit auf dem Hof.

Molly Sutton war niemandes Mutter. Niemand würde sie überhaupt vermissen.

35

Wesley Addison saß in seinem Zimmer auf einem unbequemen Stuhl und blickte aus dem einzigen kleinen Fenster. Er hatte am Nachmittag lange geruht und war beim Lesen einer Abhandlung über Dialekte im Südwesten Frankreichs eingeschlafen.

Er mochte keine Nickerchen. Nickerchen ließen ihn sich danach benommen fühlen, was ihn unbehaglich machte.

So saß er benommen auf dem unbequemen Stuhl, blickte auf die Wiese und dachte an seine Frau. Sieben Jahre waren eine lange Zeit, aber er hatte in der Dordogne Momente erlebt, in denen es sich angefühlt hatte, als wäre sie nur in den Nebenraum gegangen. Momente, in denen der Klang ihrer Stimme und das Gefühl ihrer weichen Haut so lebendig waren, dass er beinahe laut mit ihr gesprochen hätte.

Seine Frau hatte ihn verstanden. Sie hatte auf eine Weise über ihn lachen können, die ihm half, über sich selbst zu lachen, und sie hatte irgendwie all die Dinge hören können, die er meinte, aber nicht in Worte fassen konnte.

Wesley beobachtete, wie der gefleckte Hund durch die Wiese und in den Wald sauste, und er hätte über die Energie des Hundes gelächelt, wenn er sich nicht als Katzenmensch betrachtet und das Lächeln über einen Hund daher als eine Art Verrat empfunden hätte.

Das Fenster war kürzlich gereinigt worden, aber das Glas war alt und hatte einen trüben Fleck in einer Ecke und Flecken im Glas selbst; seine Sicht war nicht kristallklar. Vielleicht war es dieser unvollkommenen Sicht zuzuschreiben, dass er meinte, etwas im Wald zu sehen, direkt an der Grenze zum Rasen. Nicht etwas - jemanden.

Er lehnte sich näher heran, drückte seine Nase fast gegen das Glas. Die Dämmerung brach schnell herein und er kniff die Augen zusammen, verlor die Gestalt der Person und fand sie dann wieder. Wesley stand mit einem Seufzer auf. Seine Frau hatte zur Dämmerung gerne einen Cocktail getrunken, und ihn für sie zuzubereiten, war eine der täglichen Traditionen ihres gemeinsamen Lebens gewesen, und so war er seit sieben Jahren jeden Tag zur Cocktailstunde niedergeschlagen.

Er dachte, da ich schließlich im Urlaub bin, werde ich mir ausnahmsweise selbst einen Cocktail gönnen. Ich werde Miss Sutton bitten, mit mir auf Catherine anzustoßen. Und dann werde ich mich um das Packen kümmern und bereit sein, morgen früh abzureisen.

Er polterte die Treppe hinunter. Er ging an einem Fenster im Flur vorbei.

„Miss Sutton!", rief er, als er sie an der Küchentheke stehen sah.

Molly zuckte heftig zusammen. „Mr. Addison! Guten Abend", sagte sie und versuchte, sich zu fassen. „Entschuldigung, ich bin etwas nervös. Haben Sie Bobo gesehen?"

„Oh ja, sie war hinter einem Kaninchen her, wie eine Rakete", sagte er, während er dachte: obwohl ich ein Katzenmensch bin.

„Ach, sie liebt es, Kaninchen zu jagen. Kann ich Ihnen etwas zu trinken anbieten?"

„Genau darum wollte ich Sie bitten", sagte Wesley.

Direkt vor dem Fenster, in einem Viburnum versteckt, sah Achille den großen Mann in die Küche kommen. Er konnte nicht genau hören, was sie sagten, aber er konnte die Größe des Kerls sehen - seine gigantischen Füße, seine Hände so groß wie Toaster. Achille schlich an der Seite des Hauses entlang, weg vom Fenster. Und dann eilte er über den Rasen zurück in den Wald und rannte den ganzen Weg zu seinem Traktor, der vier Anläufe brauchte, um zu starten.

Er wusste, wo sie wohnte, und das war ein Anfang. Aber er würde nichts versuchen, solange dieser Bär von einem Mann in der Nähe war.

Er war ja nicht verrückt.

ぞ

GILBERT WAR ES GELUNGEN, vor Maman zu verheimlichen, dass er mit dem Fahrrad nach Castillac gefahren war. Als er sah, dass sie vor ihm nach Hause gekommen war, dachte er schnell nach, stellte sein Fahrrad in die Garage und wischte es mit einem Lappen ab. Dann ging er durch die Hintertür hinein mit einer umständlichen Geschichte über eine Festung, die er oben im Wald baute, und wie er gehofft hatte, dass das Dach, das er gebaut hatte, wasserdicht wäre, es sich aber leider als undicht erwiesen hatte.

Er brachte Maman dazu, über die verschiedenen Möglichkeiten zu sprechen, wie man ein wasserdichtes Dach aus Stöcken bauen könnte, während sie ihm eine Tasse Brühe aufwärmte, um ihn aufzuwärmen, und ihm trockene Kleidung holte.

Es war ein Wunder, dass ihr Verdacht nicht geweckt worden war, besonders da ihre kranke Freundin ihr alles über Erwan Caradec und wie er ermordet worden war, erzählt hatte. Eine solche Geschichte hätte seine Mutter normalerweise noch ängstlicher und geneigter gemacht, auf jede Kleinigkeit überzureagieren, selbst auf das Nasswerden in einem Regenschauer, aber glücklicherweise erzählte sie ihm diesmal davon, ohne eine lange Liste von Dingen hinzuzufügen, die er deswegen nicht mehr tun dürfe.

Caradec wäre zu jeder anderen Zeit eine große Aufregung gewesen, aber Gilbert war wie besessen auf Valerie fixiert. Ganz zu schweigen davon, dass die Hochstufung von Caradecs Tod zu einem Mord François völlig unerträglich machen würde.

Jedenfalls hatte weder die verbotene Fahrradfahrt noch Caradecs Ermordung zu weiteren Einschränkungen für Gilbert geführt, und so konnte er an diesem Donnerstag, nachdem er von der Schule nach Hause gekommen war und seine Hausarbeiten erledigt hatte, weggehen und sich zur Labiche-Farm schleichen, um nach Valerie zu sehen.

Sobald er außer Sichtweite des Hauses war, verlangsamte er sein Tempo. Gilbert war ein Junge, der Dinge bemerkte, und er berührte die raue Rinde der Eiche, sah den gefleckten Schatten, den die hellgrünen Blätter warfen, lauschte den Vögeln. All seine Sinne erwachten im Wald zum Leben und er fühlte sich glücklich und frei und voller Tatendrang.

Als er am Waldrand, der an Labiches Farm grenzte, ankam, ließ er sich wie zuvor im Laub nieder. Diesmal hatte er ein braunes Hemd an, sodass er sich weniger Sorgen machte, entdeckt zu werden.

Alles war ruhig. Die Kühe waren außer Sichtweite, wahrscheinlich auf der Westweide. Gilbert konnte in der Ferne das gelegentliche Muhen hören, zusammen mit dem Krähen der Hähne seiner Mutter, das von hinter ihm kam.

Okay, wo könnte sie sein?, fragte er sich. Im Haus, vielleicht auf dem Dachboden. Oder in einem geheimen Raum, den Labiche nur für sie gemacht hat. Die Scheune ist riesig, da muss es genug Platz geben. Oder wie wäre es mit diesem Erdkeller, der in den Hügel gleich hinter der Scheune gegraben wurde.

Sieben Jahre in einem Erdkeller? Allein der Gedanke daran

ließ Gilbert nach Luft schnappen, als er sich die endlose Dunkelheit vorstellte.

Er beobachtete, das Kinn auf die Hände gestützt, und suchte nach jedem Lebenszeichen, während er angestrengt auf einen Hilferuf lauschte. Er fragte sich, ob Valerie am Anfang geschrien hatte, aber niemand sie gehört hatte, was für Gilbert so ziemlich das Schlimmste war, was er sich vorstellen konnte.

Die Sonne brannte auf seinen Kopf, tröstend und warm. Es war ein langer Schultag gewesen, und er hatte in der Pause hart Fußball gespielt.

Seine Augen fielen zu, und er kämpfte einen Moment dagegen an, bis er einschlief.

Es war ein so friedlicher Schlaf, wie er da in dem weichen Blätterbett lag, mit der sanften Sonne auf seinem Gesicht, dass es umso erschreckender war, als der Hund in der Nähe zu bellen begann. Gilberts Augen flogen auf, und er sah einen Border Collie, der den Hügel hinaufjagte, direkt auf ihn zu, und Labiche, der etwa dreißig Meter entfernt stand und den Hund beobachtete.

Uh oh.

Er wusste, es war hoffnungslos, aber alles, was er tun konnte, war aufzuspringen und so schnell wie möglich zu rennen. Er flitzte durch den Wald, das Herz in der Kehle, der Hund dicht auf den Fersen. Er war schnell für einen Neunjährigen und dafür, dass er vor wenigen Sekunden noch tief geschlafen hatte.

Aber nicht schnell genug. Labiche holte ihn ein, packte ihn am Kragen seines Hemdes und hielt dann schnell Gilberts Handgelenke hinter seinem Rücken fest.

„Was glaubst du, was du da tust?", fragte Achille ihn und beugte sich nah an das Gesicht des Jungen. „Spionierst du mich aus? Machst du dir Notizen?"

„Nein, Monsieur", stotterte Gilbert. „Ich war nur draußen auf der Suche nach Kräutern, wissen Sie, zum Verkaufen auf dem Markt. Und ich muss wohl eingeschlafen sein..."

„Kräuter? Welche Kräuter hast du denn versteckt unter den Blättern auf meinem Grundstück gefunden? Denkst du, ich weiß nicht, was du hier treibst? Denkst du, ich weiß nicht, wer dich geschickt hat?"

Seine großen Hände drückten schmerzhaft Gilberts Handgelenke, während er den Jungen zurück zu seinem Hof zerrte.

„Was? Niemand hat mich geschickt!", protestierte Gilbert, aber er konnte sehen, dass sein Nachbar nicht hörte, was er sagte, und tatsächlich überhaupt nicht vorhatte, ihm zuzuhören.

36

Maron drehte seinen Stuhl vom Computerbildschirm weg und rieb sich mit den Händen übers Gesicht. Er hatte seit der Entdeckung von Erwan Caradecs Leiche lange Stunden gearbeitet, hatte aber wenig vorzuweisen. Florian Nagrand datierte Caradecs Tod auf irgendwann am Samstag, obwohl er erst am Montagmorgen entdeckt wurde. Seine Leiche war nicht bewegt worden, also war er in der Gasse getötet worden, wo man ihn gefunden hatte. Es gab keine Waffe und daher keine Möglichkeit für Fingerabdrücke. Ein Forensikteam war aus Périgueux gekommen und hatte einige Kleidungsfasern gefunden, die nicht von Erwans Kleidung stammten, aber das bedeutete wenig - sie könnten durch zufälligen Kontakt wie das Streifen an jemandem auf der Straße oder eine Umarmung entstanden sein. Obwohl Maron nicht sagen konnte, wer Erwan Caradec umarmen wollen würde.

Er und Perrault hatten weder Augenzeugen gefunden, noch jemanden, der etwas gehört hatte. Sie hatten keine Ideen für ein Motiv, keine Verdächtigen, keine Beweise, keine Spuren.

Es war schon Donnerstagabend. Zeit, nach Hause in seine Wohnung zu gehen, ein kleines Steak zu braten, das er am

Morgen beim Metzger gekauft hatte, Pilze anzubraten, sich ein Glas seines Lieblings-Pecharmant dazu einzuschenken... aber es würde keine Befriedigung darin liegen, nicht mit diesem elenden Fall, der über seinem Kopf schwebte.

Oh, wie sehr er die Tage vermisste, als Dufort die ganze Verantwortung getragen hatte. Und zu denken, wie er gemurrt hatte, weil er es nicht mochte, herumkommandiert zu werden. Herumkommandiert zu werden stellte sich als unendlich erstrebenswerter heraus gegenüber dieser... dieser Unfähigkeit, einen Fall loszulassen, weil Erfolg oder Misserfolg vollständig auf seinen Schultern lasteten. Dieses Gefühl, dass, wenn der Fall nicht zu irgendeiner Art von Lösung käme, er sich so schämen würde, dass es ein Kampf wäre, die Straße entlangzugehen, ohne sich verstecken zu wollen.

Impulsiv griff Maron nach seinem Handy und rief Nathalie an, die Managerin von La Métairie, und fragte sie, ob er sie am Samstagabend zum Essen ausführen dürfte. Sie klang überrascht, stimmte aber zu, und Maron klopfte sich selbst auf die Schulter, dass er seine Stimmung gerettet hatte, indem er die Initiative ergriffen hatte. Er stand auf und versuchte, sich irgendeine Art von Anweisung auszudenken, die er Perrault geben könnte, bevor er für den Tag ging, als das Telefon der Wache klingelte.

Es klingelte weiter.

„Perrault!", rief er, bekam aber keine Antwort.

Sie ist viel zu unabhängig, dachte er. Sie könnte mich wenigstens wissen lassen, wo sie hingegangen ist. Er nahm selbst den Hörer ab. „Chef Maron", sagte er, obwohl er technisch gesehen nur der verantwortliche Beamte war und nicht den Titel eines Chefs hatte.

Heulen am anderen Ende der Leitung.

„Hallo? Langsamer, Madame, ich kann kein Wort verstehen, das Sie sagen... was?... Ihr Sohn wird vermisst? Können Sie mir bitte Ihren Namen sagen?"

Marons Körper wurde immer angespannter, während er an

Perraults Schreibtisch stand und Madame Renauds Schluchzen zuhörte. Sein Rücken wurde kerzengerade, seine Oberschenkel angespannt, die Muskeln in seinem Gesicht hart.

„Madame", unterbrach er schließlich. „Ihnen gehört der Geflügelhof gleich außerhalb des Dorfes, an der Route de Canard? Ich komme sofort."

Sie legten auf und Maron rief Perraults Handy an. „Thérèse! Wo warst du? Du musst mich auf dem Renaud-Hof treffen... Ja, das ist der... Ihr Sohn Gilbert wird vermisst... Nein, es ist noch nicht lange her, er war heute in der Schule. Ich habe schon früher von ihr gehört, sie sieht Entführer hinter jedem Busch lauern. Er ist noch keine paar Stunden weg und sie ist hysterisch. Ich vermute, der Junge ist nur zum Spielen weg und hat die Zeit vergessen, aber wir können uns umsehen und vielleicht beruhigt das die Mutter... ja... bin jetzt auf dem Weg."

Maron schritt zur Tür und riss sie auf, als wäre der Türknauf die Quelle seiner Schwierigkeiten. Er beschloss, nicht das Polizeifahrzeug zu nehmen, sondern wählte stattdessen den Roller und fuhr schnell durch das Dorf.

Als Kind hatte Maron die Geschichte vom Jungen, der Wolf rief, gehört, aber er dachte nicht daran, als er sich auf den Weg zum Renaud-Hof machte. Er neigte dazu, abzuschalten, wenn jemand sehr emotional wurde. Und er hielt nicht lange genug inne, um zu bedenken, dass selbst eine Person, die immer wieder überreagierte und dramatisch aufgeregt wurde, wenn tatsächlich nichts los war - dass selbst eine solche Person dieses eine Mal vielleicht nicht überreagierte.

※

Es war dunkel. Die Art von Dunkelheit, die auf dem Land herrschte, ohne jeglichen Schein von nahe gelegenen Städten, der den Himmel erhellte. Es war bewölkt und kein Mond zu sehen, und so war die Schwärze vollständig.

Gilbert saß auf dem Betonboden von Achille Labiches Scheune und weinte immer wieder. Ein eiserner Ring war in den Boden eingelassen und er war daran gekettet, ein enger Ledergürtel um seine schmale Taille, wobei die Kette direkt mit einer Metallöse am Gürtel verbunden war. Er konnte keinen Weg sehen, die Öse mit seinen Fingern abzuheben, und die Schnalle war mit einem Vorhängeschloss gesichert.

Der Scheunenboden war kalt und er zitterte, obwohl die Nacht nicht kühl war.

Er konnte die Tür zum Wurzelkeller sehen, wo er Valerie vermutete. Aber er hatte Angst, sie zu rufen, aus Furcht, dass Monsieur Labiche zurückkommen könnte. Und er wollte sich nicht ausmalen, was Labiche mit ihm tun würde, wenn er ihn noch wütender machte, als er ohnehin schon war.

Labiche hatte Gilbert aus dem Wald gezerrt und direkt in die Scheune gebracht. Gilbert hatte nicht geschrien, weil er zu verängstigt war, und er wusste, dass er sowieso zu weit weg war, als dass jemand ihn hören könnte. Es war möglich, dass seine Mutter ihn hören könnte, wenn der Wind in die richtige Richtung wehte und sie genau an der richtigen Stelle draußen stand... aber das Letzte, was Gilbert wollte, war, seine Mutter zu beunruhigen, obwohl er wusste, dass sie, wenn er nicht nach Hause käme... er wollte nicht daran denken.

Monsieur Labiche hatte etwas davon gemurmelt, Gilbert sei ein Spion, der von Madame Sutton geschickt worden sei. Gilbert hätte das urkomisch gefunden oder sich sogar geschmeichelt gefühlt, für so gefährlich gehalten zu werden, wäre er nicht so verängstigt gewesen. An den Boden von Labiches Scheune gekettet, war es erschreckend zu verstehen, dass der Mann ihn für eine solche Bedrohung hielt. Er hatte gedacht, Labiche würde ihn auf der Stelle töten, sobald sie den Hof erreicht hatten. Zumindest vermutete er, dass Labiche darüber nachdachte, nach dem feurigen Blick in seinen Augen zu urteilen.

Aber dann hatte Labiche das abendliche Melken erledigt und Gilbert einen Becher noch warme Milch gebracht.

Vielleicht wird er mich zumindest nicht sofort umbringen, sonst würde er die Milch ja verschwenden.

Die Kette zwischen seinem Gürtel und dem Eisenring war ziemlich lang, sodass Gilbert aufstehen und sogar ein bisschen herumlaufen konnte. Wenn er sich gegen die Kette lehnte, konnte er aus dem Raum, in dem er sich befand, hinausschauen, auf den langen Melkstand mit Trögen, auf die Abflüsse, alles sehr modern und nicht das, was er gewohnt war.

Er versuchte herauszufinden, wie er mit Valerie kommunizieren könnte. Er wollte, dass sie von dem Zettel erfuhr, den er an der Tür der Polizeiwache hinterlassen hatte, da er die Hoffnung nicht aufgegeben hatte, dass jemand ihn gesehen hatte, dass endlich jemand kommen würde, um sie zu retten.

Und jetzt auch ihn.

Alles, was er gewollt hatte, war Valerie Boutillier zu befreien, und nun war er genauso gefangen wie sie.

Er weinte ein wenig und ließ Wellen des Selbstmitleids über sich hinwegspülen, seine Schultern bebten. Aber als die Wellen verebbten, setzte er sich aufrecht hin und wischte sich mit dem Handrücken die Augen. Valerie hatte sieben Jahre lang so überlebt. Das konnte er auch. Er würde nicht sterben – er würde sich wehren, wenn Labiche etwas versuchen sollte. Und irgendwann – irgendwie – würde er einen Weg finden, freizukommen, und direkt zum Kellergewölbe rennen und Valerie befreien. Dann würde er sie in den Wald schmuggeln und für immer von Labiche wegbringen, und sie beide würden nach Hause laufen und Mamans Handy benutzen, um die Gendarmerie anzurufen.

Er hätte zur Wache gehen und es ihnen einfach sagen sollen, dachte er. Er hätte es Madame Sutton auf dem Markt sagen sollen.

Ich werde nie wieder ein Geheimnis für mich behalten. Egal was passiert.

37

Achille saß am Küchentisch und aß Dosenlinseneintopf mit Wurst, den er in einem Topf aufgewärmt hatte. Normalerweise schöpfte er sein Essen auf einen Teller, aber an diesem Abend aß er direkt aus dem Topf mit einem großen Löffel, seine Hände zitterten dabei.

Während des abendlichen Melkens war die Herde unruhig und schreckhaft gewesen, als ob ein Wolf im Wald lauerte und sie beobachtete. Aber Achille wusste, dass es keinen Wolf gab. Es gab nur Molly Sutton und die Gendarmen, und er hatte Angst.

Er wollte den Jungen nicht. Der Junge war das Letzte, was er jetzt brauchte. Sein Plan für die letzten Wochen war es gewesen, Valerie loszuwerden - schnell und schmerzlos - und dann könnte Aimée auf den Hof kommen. Er hatte unzählige Stunden an dem Plan gearbeitet und glaubte, dass er wasserdicht war. Er fragte sich, ob Aimée vielleicht lernen könnte, selbst Cannelés zu backen, und sie könnten sie gemeinsam im Morgengrauen vor dem Melken essen.

Der Plan war einfach: Valerie raus, Aimée rein. Kein Platz für irgendeinen Jungen.

Außerdem wusste Achille, dass Mme Renaud hysterisch sein würde, und er wollte nicht der Grund dafür sein.

Er steckte seine zitternden Hände in den Latz seiner Latzhose und ging hinaus aufs Feld. Bourbon trottete ihm auf den Fersen nach. Er fand die Herde und ging zwischen den Kühen umher, tätschelte ihre Flanken und roch den süßen, erdigen Duft von Mist. Aber nichts, was er tat, konnte das Zittern seiner Hände stoppen oder die eindringliche Stimme, die *tu es tu es tu es* sagte, sodass die Worte der Rhythmus unter jedem seiner Schritte waren.

❦

MARON KAM gegen sieben Uhr auf dem Hof der Renauds an, wenige Stunden vor Sonnenuntergang. Er wollte eigentlich auf Perrault warten, aber er straffte die Schultern und klopfte an die Haustür des Bauernhauses.

„Gendarm Maron!", rief Madame Renaud, als sie die Tür öffnete. „Sehen Sie? Sehen Sie, wie spät es jetzt ist, und Gilbert ist immer noch nicht zu Hause?" Sie tippte auf das Zifferblatt ihrer Uhr. „Ich sage Ihnen, ich wusste, dass so etwas passieren würde. Ich habe es seit Jahren kommen sehen! Die Leute-"

„Madame Renaud", sagte Maron und versuchte, seiner rauen Stimme einen sanften Klang zu geben. „Madame Renaud, bitte, ich muss Ihnen einige Fragen stellen."

Sie funkelte ihn an und wollte noch mehr sagen, schloss dann aber den Mund und nickte.

„Wie alt ist Gilbert?"

„Er ist erst neun", sagte Mme Renaud und brach in Tränen aus.

Innerlich verfluchte Maron Perrault dafür, dass sie noch nicht da war. „Nun ja", sagte er unbeholfen, „es sind erst ein paar Stunden vergangen. Wahrscheinlich wird er auftauchen, vermutlich ist er mit seinen Kumpels im Wald, so was in der Art-"

„Nein! Die Leute haben mir gesagt, ich sei überfürsorglich, aber jetzt ist hier der Beweis, dass ich es nicht war. Es ist eine gefährliche Welt, Gendarm Maron, eine gefährliche Welt. Wir sollten jetzt nach ihm suchen! Haben Sie Suchmannschaften organisiert? Warum stehen wir hier herum und tun nichts, während mein kleiner Junge *entführt* wurde?"

Maron atmete tief durch. Er hätte Mme Renaud am liebsten eine Ohrfeige gegeben, war aber weit davon entfernt, diesem Impuls nachzugeben. „Was trug Gilbert, als Sie ihn zuletzt gesehen haben?"

Mme Renaud raufte sich die Haare und blickte zur Decke. „Das kann ich Ihnen nicht sagen!", jammerte sie. „Ich sage Ihnen eins - diese Amerikanerin, Molly Sutton, sie weiß vielleicht etwas darüber! Sie war erst vor ein paar Tagen hier und hat ihre Nase in Dinge gesteckt, die sie nichts angehen. Sie hat Gilbert tatsächlich zu sich nach Hause eingeladen, können Sie das glauben!"

Maron legte den Kopf schief. „Kennen Sie Madame Sutton?"

„Nein, ich kenne sie nicht. Wurde nie vorgestellt. Deshalb sage ich ja, dass es seltsam war. Es war verdächtiges Verhalten! Wer geht zu jemandem nach Hause, den er nie getroffen hat, und lädt deren Kind ein? Da stimmt doch was nicht, Gendarm Maron, Sie wissen, dass ich die Wahrheit sage!"

Es klopfte an der Tür und Maron ließ Perrault herein.

„Bonsoir, Mme Renaud", sagte Perrault und streckte die Hand aus, um den Arm der Frau zu berühren.

Mme Renaud wurde von einer weiteren Welle der Tränen übermannt.

„Ihr Sohn, Gilbert, neun Jahre alt. Vermisst seit... wann haben Sie ihn zuletzt gesehen, Madame?", fragte Maron.

„Es war gegen halb fünf, glaube ich. Ich habe nicht ständig auf die Uhr geschaut! Aber er kam wie üblich von der Schule nach Hause und erledigte seine Aufgaben. Seitdem habe ich ihn nicht mehr gesehen." Sie ließ sich auf einen Küchenstuhl fallen und blickte Perrault kläglich an.

„Wir sprechen also von ein paar Stunden?", sagte Perrault und warf Maron einen Blick zu.

„Oh ja, verharmlosen Sie es nur!", beschuldigte Mme Renaud sie. „Was weiß sie schon, eine alte Hühnerzüchterin! Ich sage Ihnen hier und jetzt, etwas stimmt nicht, mein Kind wird vermisst, und Sie müssen loslegen, sofort mit der Suche beginnen! Ich interessiere mich nicht für Ihre Vorschriften, wollen Sie den Bürgern dienen oder hier herumstehen und Däumchen drehen? Sie wissen genauso gut wie ich, dass die ersten Stunden nach dem Verschwinden einer Person die beste Zeit sind, um sie zu finden!"

„Gibt es Orte, an die er gerne geht?", fragte Perrault, beschämt darüber, ertappt worden zu sein. „War er wegen irgendetwas aufgebracht, hatte er Streit mit einem seiner Freunde, Probleme in der Schule, irgendetwas in der Art?"

„Nein, nein, nein", sagte Mme Renaud. „Gilbert ist ein guter Junge. Er macht seine Arbeit und hält sich aus Schwierigkeiten raus. Ich behalte ihn hier auf dem Hof, wo er seine Pflichten erledigt und seine Hausaufgaben macht und nicht in Schwierigkeiten gerät."

Ein weiterer Tränenschwall. „Und sie hat aus irgendeinem Grund nach meinen Verwandten gefragt. *Neugierig*", sagte sie nachdrücklich zu Maron.

Perrault sah ihn fragend an.

„Molly Sutton", sagte er. „Sie kam vor ein paar Tagen aus irgendeinem Grund hierher."

Perrault wandte sich wieder Mme Renaud zu. Sie wollte sie trösten, sie in den Arm nehmen und ihr sagen, dass alles gut werden würde. Aber erstens war Mme Renaud die Art von Frau, die keinen Trost von einer anderen Frau annahm – sie wollte sich auf Maron stützen, sie wollte, dass Maron das Problem löste, dass Maron ihrem Jammern zuhörte.

Und zweitens hatte Perrault keine Ahnung, ob wirklich alles gut werden würde oder nicht, auch wenn zwei Stunden Abwesenheit keine besorgniserregende Zeit waren.

38

Der folgende Tag war für Achille nicht einfacher. Als er dem Jungen das Frühstück brachte, bemerkte er dessen tränenverschmierte Wangen, und der Anblick verursachte ihm Übelkeit. Er hatte den Jungen nie gewollt! Und seine Gedanken waren so zerstreut und sprunghaft, dass er keinen einzigen Plan entwickeln konnte, was er mit ihm anstellen sollte.

Er hatte ständig Ideen – eigentlich Fantasien, und das wusste er genau –, wie zum Beispiel dem Jungen ein Medikament zu geben, das ihn vergessen ließe, dass er je in Achilles Scheune gewesen war. Vergessen, dass er ein Spion war, der versuchte, alles für seinen Nachbarn zu ruinieren, der ihm nie etwas getan hatte.

Achille lebte für sich, er hatte dem Jungen nie irgendwelche Schwierigkeiten bereitet. Warum hatte sich der Kleine so gegen ihn gewandt?

Nun, erst einmal das Wichtigste. Mit großer Anstrengung schob Achille das Problem mit dem Jungen beiseite. Es war Zeit, sich um Valerie zu kümmern.

Zeit, zumindest ein Problem von seiner Liste zu streichen.

Achilles Hände zitterten jetzt nicht mehr. Er ging zur Scheune, in den hinteren Raum, wo er sein Werkzeug aufbewahrte, und fand eine Brechstange. Sie war schwer und leicht geölt, ohne einen Hauch von Rost. Achilles Vater hatte ihm beigebracht, wie man Dinge pflegte. Er hatte immer gesagt, ein Mann müsse tun, was getan werden musste. Achille ging wieder nach draußen und schritt auf den Erdkeller zu, Bourbon trottete neben ihm her. Es war mitten am Vormittag, eine verschlafene Zeit auf dem Hof, sonnig und warm. Die Luft war voll von Bienen. Es roch nach Fäulnis, Erde und Tieren.

Gerade als er die Hand auf den Türgriff des Erdkellers legte, traf es ihn: Wenn Valerie weg wäre, gäbe es nichts mehr, was ihn daran hinderte, den Jungen einfach gehen zu lassen. Ihm war es vorher nicht klar gewesen, aber jetzt sah er, dass dies eine klassische „zwei Fliegen mit einer Klappe schlagen"-Situation war. Denn wenn es keine Valerie mehr gäbe, gäbe es nichts, was irgendjemand sehen könnte. Gilbert könnte zurück über den Hügel laufen, sich mit Sutton, den Gendarmen oder wem auch immer treffen. Er könnte ihnen irgendeine Geschichte darüber erzählen, was er gesehen hatte – und wenn sie kämen, um nachzusehen, was würde es Achille kümmern?

Es gäbe nichts für irgendjemanden zu finden, und sie würden denken, der Junge hätte sich das alles ausgedacht. Achille würde den Erdkeller mit Kartoffeln und leeren Kisten füllen. Es würde bedeuten, dass er warten müsste, bis sich die Dinge beruhigt hätten, um Aimée nach Hause zu bringen, was seine Geduld strapazieren würde. Aber sicher würde jeder Verdacht schnell verfliegen, wenn sie kämen, um nachzusehen, und nichts fänden. Wenn er Sutton nur nicht angelogen hätte, dachte er zum zehntausendsten Mal, während sein Verstand im Kreis lief und versuchte, eine Ausrede zu finden, die er vorbringen könnte.

Aber jetzt ist nicht die Zeit, sich darüber Sorgen zu machen, dachte er. Jetzt ist Valeries Zeit.

„Hallo", sagte Valerie, als Achille in den Erdkeller trat und die Brechstange hinter seinem Rücken verbarg.

Ihre Augen bohrten sich in ihn. Sie schien wacher als sonst.

„Guten Morgen!", sagte Achille. „Ich habe mich gefragt, ob du Lust auf einen kurzen Spaziergang hättest. Es ist warm und die Sonne scheint."

Es wäre so viel einfacher, es hier zu erledigen, dachte er. Aber es muss draußen geschehen, wo es regnen wird.

Valerie antwortete nicht, sondern legte sich auf die Matratze und drehte Achille den Rücken zu. Er holte das Seil heraus und band ein Ende an seinen Gürtel. „Valerie? Mein Mädchen?", sagte er, wobei seine Stimme unmerklich brach.

Tief in seinem Inneren hoffte er, sie würde sich wieder umdrehen und ihn angrinsen, wie sie es früher getan hatte. Die Hoffnung war ein so winziger Funke, dass er ihn fast nicht bemerkte.

„Valerie?", sagte er leise und verstärkte seinen Griff um die Brechstange, während seine Augen sich verdunkelten.

„Na schön", sagte sie, schwang sich hoch und stellte sich neben ihn, damit er sie an sich fesseln konnte.

Er legte die Brechstange auf die Matratze. Valerie blickte darauf, dann in Achilles Gesicht, forschend.

„Du singst heute nicht", sagte er.

„Nein", sagte Valerie.

Achille hob die Brechstange auf und führte sie stolpernd aus dem Erdkeller. Sie blinzelte und hob ihre Hand gegen die Sonne. Die Wärme fühlte sich unglaublich gut auf ihrer Haut an nach der dumpfen Feuchtigkeit des Erdkellers; sie konnte förmlich spüren, wie sich die Nährkraft der Strahlen durch ihren ganzen Körper ausbreitete.

„Ich bin die Dunkelheit leid", sagte sie leise. „Wenn ich sehr brav und leise bin, könnte ich dann ins Haus zurückkommen?"

„Darüber haben wir schon gesprochen", sagte Achille. „Wie oft habe ich dem zugestimmt, und dann kommst du und fängst an zu kreischen?"

„Das war vorher."

„Ich weiß, dass es vorher war. Es war, bevor ich dir gesagt habe, dass der Erdkeller der Ort ist, wo du den Rest deines Lebens bleiben wirst, weil du nicht aufhören wolltest zu singen und zu schreien."

Der Erdkeller für den Rest ihres Lebens? *Nein.* Valerie fühlte etwas wie eine gemütliche Decke über ihren Körper fallen – ein tröstliches, warmes Gefühl, wenn auch ein wenig erstickend –, denn sie wusste sehr gut, warum Achille die Brechstange trug, und sie verstand, dass er sie von der Qual von sieben Jahren erlösen würde, für die sie keinen anderen Ausweg sah.

Vielleicht wäre es nicht angenehm, ihren Kopf eingeschlagen zu bekommen, aber zumindest würde es schnell gehen, und sie müsste nie wieder in den Erdkeller. Sie könnte wenigstens draußen sterben, mit einer Brise im Gesicht und der Sonne, die auf sie schien.

Achille führte sie über das hintere Feld. Er hatte das Gefühl, dass er wollte, dass diese schreckliche Sache so weit wie möglich von seinem Haus entfernt geschah, dabei aber noch auf seinem Land bleiben wollte. Valerie machte ihr übliches Ding, sich von ihm wegzudrehen, am Seil zu ziehen und zu stolpern, und er fühlte sich von ihr genervt. Mit einem dumpfen Gefühl in seinem Bauch verstand er, dass sein Plan eine klaffende Lücke hatte –

– er hatte nicht einmal darüber nachgedacht, was er mit ihrem Körper machen würde, wenn es vorbei wäre. Er hatte zu viele Dinge zu bedenken, und mit Sutton, der ihm im Nacken saß, war es unmöglich, klar zu denken!

Er würde es jetzt einfach tun müssen und sich später um diesen Teil kümmern. Er konnte sie immer noch im Wald vergraben – der Wald zog sich endlos hin, und es gab keine Möglichkeit, alles zu durchsuchen. Was auch immer getan werden musste, er würde einen Weg finden, es zu tun. Er war jetzt ein Mann.

Tu es tu es tu es

Sie gingen an den Gräbern seiner Mutter und seines Vaters

vorbei, unter einer Eiche in der Mitte des Feldes, zwei kleine Grabsteine nebeneinander im Schatten. Wenn sie doch nur wirklich noch am Leben wären, wie er es Sutton erzählt hatte. Wenn doch nur sein Vater noch hier wäre, um alles in Ordnung zu bringen.

Wenn er doch nur im Haus säße und Cannelés äße, die Aimée für ihn gebacken hatte, und all dieser Ärger und diese Aufregung hinter ihm lägen.

Sein Griff um die Brechstange wurde fester. Soll ich es im Wald oder auf dem Feld tun?, fragte er sich. Macht es überhaupt einen Unterschied?

Valerie ging hinter ihm her und beobachtete Achilles Hand an der Brechstange. Ihr Körper war von Adrenalin durchflutet, was ihr Denken schärfte. Gab es irgendeine Möglichkeit, ihm diese Brechstange zu entreißen und *seinen* Schädel einzuschlagen? Ich müsste verdammt viel Glück haben, dachte sie.

„La li la", sang sie mit einem verträumten Gesichtsausdruck. Sie versuchte, ihre Gliedmaßen schlaff und entspannt wirken zu lassen, während sie nach jeder Gelegenheit Ausschau hielt, die Brechstange zu greifen.

Bourbon lief hinter ihnen her und beobachtete beide. Am Rand des Feldes raschelte eine Haselmaus, aber sie schenkte ihr keine Beachtung.

Als Achille an Molly Sutton dachte, blieb er plötzlich stehen. Er drehte sich um und hob seinen Arm, wobei er die Brechstange über seinem Kopf schwang. „Es tut mir leid!", sagte er und hielt einen Moment inne, bevor er sie in Richtung von Valeries Kopf niedersausen ließ.

Aber Bourbon war schneller als Achille. Sie sprang zwischen sie und verbiss sich in Achilles Handgelenk, sodass er aufschrie und die Brechstange fallen ließ. Valerie schrie und rannte los, aber das Seil riss sie zurück, als es Achille zu ihr hinzog.

Achille stand unter Schock, rieb sich das Handgelenk und konnte nicht begreifen, was geschehen war.

Bourbon lief hinter ihnen im Kreis, jaulte und drängte sie zurück zum Bauernhaus. Schon bald bewegte sich Achille in die Richtung, in die Bourbon ihn haben wollte, und Valerie stolperte hinterher, während die Brechstange zurückgelassen auf dem Feld lag, um zu rosten.

39

Jetzt, wo die Vermietungssaison in vollem Gange war (obwohl die Buchungen für einige Wochen noch etwas spärlich waren), waren Freitage die Ruhe vor dem Sturm in La Baraque. Samstags verabschiedete Molly eine Gruppe von Gästen, dann machten sie und Constance alles sauber, gerade rechtzeitig, um die nächste Gruppe von Gästen zu begrüßen. Also gab es keine Möglichkeit, irgendwelche der Samstagsjobs im Voraus zu erledigen. Nichts zu tun, außer den entspannten Freitag zu genießen, im Garten herumzubasteln und darüber nachzudenken, wie schön es gewesen war, Bens Hand zu halten, als sie neulich im Wald spazieren gegangen waren.

Nicht, dass Molly noch an Romantik interessiert war. Nein, dieses Kapitel war abgeschlossen, und das war auch gut so. Ich habe Bobo, die mir Gesellschaft leistet, dachte sie gerade, als Bobo mit etwas Stinkendem im Maul um das Haus herumschoss, dann in die Luft sprang und in die andere Richtung davonsauste und außer Sichtweite verschwand.

Sie hatte die hässlichen Ranken fast aus dem vorderen Beet entfernt. Es hatte Monate gedauert, aber das Beet sah nicht mehr wie ein Dschungel aus, und es war Zeit für einen Ausflug in ein

Gartencenter, um zu sehen, was zum Pflanzen verfügbar war. Viele der Blumen, die sie liebte – Pfingstrosen und Mohn zum Beispiel – würden erst nächstes Jahr blühen. Molly war nicht besonders gut darin, Belohnungen aufzuschieben, aber sie versuchte es zu lernen. Oder besser gesagt, La Baraque brachte es ihr bei, ob sie wollte oder nicht.

„Molly?", sagte eine zögernde Stimme.

Sie sprang auf die Füße, erschrocken und auf der Hut. Aber es war nur Thomas, auf seinem Fahrrad, der verlegen aussah.

„Meine Güte, Thomas, du hast mich erschreckt." Sie zog ihre Gartenhandschuhe aus und warf sie auf die Kelle, dann klopfte sie ihre Hände ab.

Thomas lächelte unbeholfen und kam herüber, um Wangenküsse auszutauschen, wobei Molly bei seiner Berührung erstarrte.

„Tut mir leid, Molly, ich weiß, was du meinst. Die Dinge im Dorf sind wieder unsicher. Ich schwöre, bis diese Frauen verschwanden, wann war das noch mal? Davor war Castillac einfach nur eine typische verschlafene Kleinstadt. Nicht Morde und Entführer links und rechts wie jetzt."

Molly nickte. „Ja, es fühlt sich ein bisschen so an, als wäre ich im Bermuda-Dreieck der Dordogne gelandet. Also, ähm, was kann ich für dich tun?" Sie fühlte sich ein wenig unwohl dabei, mit Thomas zu plaudern, nach dem Schmerz, den er Constance zugefügt hatte. Natürlich ging es Molly nichts an. Aber gleichzeitig wollte sie auch nicht so tun, als wäre nichts passiert.

„Hör zu, Molly. Ich... ich schätze deine... deine Weisheit..."

Molly wartete. Thomas drückte immer wieder die Handbremsen seines Fahrrads und sah überall hin, nur nicht zu Molly.

„Ach, um Himmels willen, Thomas, sag es einfach!"

„Ich will Constance zurück!"

„Oh, wirklich?"

„Ja, wirklich! Molly, es war eine dumme Sache, die ich getan habe. Ich habe Simone... ich meine, ich kann ihr nicht die Schuld geben, ich weiß, dass ich es war... aber Mann, ich will nicht mit

Simone zusammen sein. Wir passen nicht zueinander, wirklich nicht-"

„Also hast du dich von ihr getrennt?"

„Na ja, noch nicht, ich meine, ich bin dabei-" Nachdem Molly demonstrativ mit den Augen gerollt hatte, drehte sie sich weg und zog ihre Gartenhandschuhe wieder an.

„Na, was hält dich auf? Du willst erst herausfinden, ob Constance dich zurücknimmt, bevor du mit Simone Schluss machst? Dir ist klar, dass dich das zu einem-" Sie hielt inne, als ihr bewusst wurde, dass ihre Beherrschung von Schimpfwörtern unvollständig war, weil sie das französische Wort für das, was sie sagen wollte, nicht kannte. „Und außerdem ist das ein Gespräch, das du mit Constance führen solltest, nicht mit mir."

Thomas ließ den Kopf hängen. „Ich weiß, ich weiß", murmelte er. „Es ist nur, dass ich glaube, ich könnte noch eine Chance haben – vielleicht – und ich habe Angst, dass ich es vermasseln werde."

Molly zuckte mit den Schultern. Sie hockte sich hin und riss eine Ranke mit mehr Kraft als üblich heraus.

„Sag mal", sagte Thomas, „kanntest du nicht diesen Jungen, der verschwunden ist? Ich dachte, ich hätte dich vor ein paar Wochen auf dem Markt mit ihm reden sehen."

Molly wollte gerade kräftig an der Wurzel reißen, hielt aber inne. „Welcher kleine Junge?", fragte sie langsam.

„Er heißt Gilbert Renaud. Im ganzen Dorf wird darüber geredet. Warum kommst du nicht mehr so oft ins Chez Papa wie früher? Ich war gestern Abend dort – Frances und Lawrence hofften, du würdest auftauchen."

„Du sagst, Gilbert Renaud wird vermisst?"

„Das habe ich gehört. War gestern in der Schule, kam nach Hause, wurde seitdem nicht mehr gesehen."

„Danke, Thomas, dass du mir das gesagt hast. Ich muss los." Und sie drehte sich um und rannte ins Haus, um ihr Handy zu suchen und Ben anzurufen. Ein kleiner Junge – das war etwas ganz anderes. Es passte überhaupt nicht zu ihren Theorien, es musste ein anderer Täter sein als derjenige, der Valerie entführt hatte. Sie musste herausfinden, was Ben dachte, was die Gendarmen wohl vorhatten zu unternehmen.

Oh, dieser süße kleine Junge. Ein schelmisches Funkeln in seinen Augen, wenn sie ihn richtig verstanden hatte. Es war unmöglich, dass ihm etwas Schlimmes zugestoßen sein sollte. Seine Mutter schien leicht aus dem Gleichgewicht, aber Molly hatte beschlossen, dass sie einfach überfürsorglich war, wie jede alleinerziehende Mutter es sein könnte. Und jetzt... entweder hatte die Mutter Recht gehabt, sich Sorgen zu machen, oder die Mutter... aber nein, Molly konnte nicht glauben, dass sie etwas damit zu tun hatte.

❦

AM FRÜHEN FREITAGMORGEN trafen sich Perrault und Maron auf der Wache. Sie hatten nun sowohl einen Mord als auch ein vermisstes Kind zu untersuchen und spürten schmerzlich die Abwesenheit von Benjamin Dufort.

„Rufen Sie ihn einfach an", drängte Perrault. „Ich wette, er würde sich freuen zu helfen. Nach dem, was ich höre, ist er nicht gerade für die Landarbeit geschaffen."

„Er hat seinen Posten gekündigt", sagte Maron niedergeschlagen. „Ich kann nicht-"

„Na, ich kann", sagte Perrault. „Sagen Sie mir, was ich heute Morgen machen soll, und auf dem Weg dorthin rufe ich an und frage, ob er nicht wenigstens bereit wäre, uns inoffiziell zu beraten." Soweit es Perrault betraf, blieb man ein Leben lang Detektiv, und sie konnte sich nicht vorstellen, dass Dufort nicht an diesen interessanten Fällen beteiligt sein wollte. Und auch so schnell wie möglich die Ordnung in Castillac wiederherstellen.

Maron presste die Lippen zusammen und blickte aus dem Fenster. Sie hatten alles für Erwan Caradec getan, was sie konnten, aber bisher stellte es sich als der perfekte Mord heraus: keine Beweise, keine Verdächtigen und keine weiteren Ideen, wo man nach beidem suchen könnte.

Er wandte sich mit einem Seufzer wieder Perrault zu. Sie bat um Anweisungen, aber er hatte ihr keine zu geben. „Die Caradec-Ermittlung ist eine Sackgasse, soweit ich das beurteilen kann. Sehen Sie etwas, das ich nicht sehe? Denn alles, was ich sehe, ist ein Mord ohne erkennbares Motiv. Als ob jemand aus dem Dorf oder ein Besucher einfach eines Tages die Straße entlang gegangen wäre und beschlossen hätte, dem Mann zum Spaß das Genick zu brechen. Was übersehen wir?"

Perrault hielt sich davon ab, zu schnell zu antworten. Sie setzte sich hin und schloss die Augen, stellte sich Erwans letzte Momente vor. Sie stellte sich vor, sie wäre Erwan, der im Sonnenschein neben der Gasse in der Rue Saterne stand, angenehm betrunken, glücklich darüber, dass der Frühling gekommen war. Sie wartete und hoffte, dass ihre Vorstellungskraft jemanden ins Blickfeld führen würde, aber es kam nichts.

„Ich weiß es nicht", sagte sie schließlich. „Offensichtlich hat derjenige, der ihn getötet hat, es aus irgendeinem Grund getan, wir konnten nur noch nicht herausfinden, was es war. Was ist mit dem kleinen Gilbert? Ich bin mir nicht sicher, ob wir noch etwas von seiner Mutter erfahren können. Ich schätze, alles, was uns bleibt, ist, mit der Suche zu beginnen? Ich könnte einige Freunde zusammentrommeln, um uns zu helfen, und wir könnten zumindest den Renaud-Hof und alle anderen Orte absuchen, die Ihnen einfallen, wo er sein könnte."

„Noch nicht. Gehen Sie zuerst zur Schule und sprechen Sie mit seinen Lehrern, dem Direktor und seinen Freunden. Lassen Sie uns sehen, ob sie uns einen Hinweis geben können, wo wir effizienter suchen könnten."

„Sie denken, er ist einfach weggelaufen?"

Maron zuckte mit den Schultern. „Könnte sein." Er verengte die Augen und sah Perrault an. „Ich weiß, Sie denken an Valerie

Boutillier, jetzt, wo wir es möglicherweise mit einer weiteren Entführung zu tun haben. Aber auf eines würde ich meine Karriere verwetten: Es war nicht dieselbe Person, die Valerie und Gilbert entführt hat. Völlig unterschiedliche Profile, wenn das tatsächlich das ist, was Gilbert zugestoßen ist."

„Wie schön wäre es, wenn sich herausstellen würde, dass eine Person das alles getan hat – Valerie, Gilbert und Erwan", sagte Perrault.

„Träumen Sie weiter", sagte Maron. „Jetzt machen Sie sich auf den Weg. Sehen Sie nach, ob Gilbert einen Grund hatte wegzulaufen. Haben Sie keine Angst, seine Freunde unter Druck zu setzen, wenn Sie denken, dass sie etwas wissen. Wir beginnen mit der Organisation der Suche, sobald Sie zurück sind."

40

Ein Teil von Valerie hatte sich gewünscht, dass die Brechstange ihren Schädel treffen würde, hatte sogar darum gebetet, dass sie hart zuschlagen und sie augenblicklich erledigen würde. Aber es war nicht so einfach, sich den Tod zu wünschen, selbst wenn die Umstände schrecklich waren und schon eine Ewigkeit andauerten. Selbst als sie um Erlösung betete, erhob sich ein anderer Teil in ihr, um gegen den Angriff zu kämpfen. Bourbon hatte sie gerettet, aber die Anstrengung - der Kampf ums Überleben - hatte sie aufgeweckt und zu sich selbst zurückgebracht.

Nicht länger verloren, nicht mehr treibend, sondern wieder fest an den Glauben geklammert, dass sie - irgendwie, auf irgendeine Weise - aus dem Erdkeller und von dem gestörten Mann entkommen würde, der sie so lange gefangen gehalten hatte.

Achille kam am nächsten Morgen nach dem Melken, wie immer, und brachte ihr Frühstück mit frischer Milch und Toast mit Erdbeermarmelade, ihrem Lieblingsbrot. Er sah ihr nicht in die Augen, und als sie nach dem Milchkrug griff, zuckte er heftig zusammen.

„Achille", sagte sie sanft und versuchte, ihn zu beruhigen, da sie richtig dachte, dass ein nervöser Achille gefährlicher war als ein ruhiger. „Es ist alles in Ordnung. Zwischen uns hat sich nichts geändert. Ich bin immer noch deine Valerie." Sie bemühte sich, ihr Gesicht zu einem liebevollen Ausdruck zu formen, und er warf einen flüchtigen Blick in ihre Richtung, sah dann aber wieder weg.

„Es ist nur ...", begann er zu sagen und hielt dann inne, weil die Erinnerung daran, wie er die Brechstange über ihren Kopf gehoben hatte, in seinem Gedächtnis brannte und er in diesem Moment an nichts anderes denken konnte. „Ich liebe dich wirklich", sagte er leise, und die Worte schienen sein Inneres zum Erschlaffen zu bringen, fast zum Zusammenbrechen, und jetzt sah er statt der Brechstange die hängenden Schultern seiner Mutter, als sie zum letzten Mal zum Auto geführt wurde, um ins Krankenhaus gebracht zu werden, wo er sie nicht besuchen durfte.

Es war das letzte Mal gewesen, dass er sie gesehen hatte. Sie hatte sich nicht umgedreht, um zu winken, oder ihm eine Umarmung oder einen Abschiedskuss gegeben. Er verstand jetzt, dass sie in ihren Gedanken verloren war und dass ihre Gedanken rasten und rasten, und es war, als wäre man Passagier in einem außer Kontrolle geratenen Zug, und es gab keine Möglichkeit, ihn zu stoppen oder zu kontrollieren.

Und dann, in einem Anfall von Scham und Entsetzen, erinnerte sich Achille plötzlich an Gilbert. Er hatte dem Jungen kein Abendessen und nichts Weiches zum Schlafen gegeben. Er hatte den Jungen an den Bolzen im Boden geketted und ihn dann völlig vergessen.

Er murmelte etwas zu Valerie und eilte davon.

Valerie hörte, wie er zur Scheune rannte, und fragte sich, was los war. Ich habe nicht viel Zeit, dachte sie. Er wird es wieder versuchen, und beim nächsten Mal habe ich vielleicht nicht so viel Glück.

Und dann sah sie etwas, das sie seit sieben Jahren nicht mehr gesehen hatte. Zuerst konnte sie es nicht glauben. Hatte Achille wirklich nach all diesen wachsamen Jahren ohne einen einzigen Fehler den Erdkeller gerade verlassen, ohne ihn hinter sich abzuschließen?

Langsam schlich sie zur Tür. Sie war nicht einmal richtig verriegelt, und ein Zoll, ein ganzer Zoll Sonnenlicht strömte durch den Spalt zwischen Tür und Schwelle. Sie starrte darauf.

Valerie lauschte. In der Ferne krähte ein Hahn, die Kühe muhten auf der Westweide, Vögel sangen aus voller Kehle in der Maisonne. Sie zögerte. Sie glaubte, Stimmen zu hören, aber auch das war unvorstellbar, und sie fragte sich, ob alles – die offene Tür, die Gesprächsgeräusche, die Vögel – eine Halluzination war.

Lange Momente vergingen im feuchten Erdkeller, während sie auf die einen Spalt geöffnete Tür und das einfallende Licht starrte.

Und dann sammelte sie jedes Bisschen Kraft und Hoffnung, das sie hatte, legte ihre Hand auf die Tür und stieß sie auf. Sie sah sich auf dem Bauernhof um, konnte aber weder Achille noch Bourbon irgendwo entdecken. Aber da war der Traktor, seine Schnauze zur Straße gerichtet, zur Freiheit. Sie war noch nie einen gefahren, aber sie wusste, wie man eine Kupplung bedient. Sie musste nur hinlaufen, aufsteigen und losfahren, raus aus diesem Albtraum und zurück in ihr Leben.

Sie rannte so schnell sie konnte, was allerdings nicht mehr sehr schnell war. Ihre Beine waren schwach und zittrig, und ihr Herz hämmerte. Sie schwang sich recht einfach auf den Sitz, fast vor Aufregung erstickend. Der Schlüssel steckte im Zündschloss, und sie berührte ihn mit den Fingern, dann platzierte sie schnell ihre Füße auf Kupplung und Gaspedal.

Sie drehte den Schlüssel.

Der Traktor sprang stotternd an und starb dann ab.

Valerie wusste, dass das Geräusch Achille von wo auch immer er war herbeirennen lassen würde. Sie drehte den Schlüssel erneut, und wieder sprang der Motor an. Sie ließ die Kupplung langsam kommen und trat aufs Gaspedal, aber zu stark. Er hustete zweimal und ging aus.

„Komm *SCHON!*", sagte sie. Sie drehte den Schlüssel immer wieder, bis der Motor absoff, sodass er nicht einmal mehr stotterte.

Als sie aufsah, war Achille bereits auf halbem Weg über den Hof, Bourbon an seinen Fersen. Valerie glaubte, jemanden rufen zu hören, jemanden in der Scheune? Aber Achille ließ nie jemanden in die Scheune, nicht einmal die Männer, denen er seine Milch verkaufte.

„Was glaubst du, was du da tust?", sagte er zu ihr, wobei er nicht so sehr wütend als vielmehr verletzt klang. „Wo glaubst du, gehst du hin, Valerie? Du weißt, du gehörst hierher zu mir. Für immer zu mir." Er löste ihre Finger vom Zündschlüssel, legte einen Arm um sie und hob sie vom Sitz, als wäre sie nicht schwerer als ein Sack Futter.

In ihren sieben gemeinsamen Jahren hatte Achille Valerie nie berührt, außer beiläufig: wenn er beim Bewegen im engen Erdkeller gegen sie stieß oder wenn sie bei einem ihrer Spaziergänge in ihn stolperte. Es war eine Sache gewesen, für die sie dankbar sein konnte. Aber jetzt legte Achille beide Arme um sie und umarmte sie. Sein Kopf sank auf ihre Schulter, und sie konnte spüren, wie er zitterte, als ob sein Inneres bebte und nicht aufhören wollte.

Mehr als alles andere wollte Achille die Kontrolle über seine Welt. Und jetzt zersplitterte jeder Anschein davon in eine Million Stücke, und er fühlte nichts als Furcht. Er würde Valerie, Aimée und Bourbon verlieren. Seine Mädchen. Er würde sie alle verlieren.

Sie würden kommen, um ihn zu holen, genau wie sie seine Mutter geholt hatten.

Er stieß einen Schrei der Qual aus und umarmte Valerie noch fester, bevor er sie zurück in den Erdkeller führte, und diesmal vergewisserte er sich, dass das Vorhängeschloss sicher war, bevor er wegging.

❦

MOLLY LIEß sich an diesem Samstag auf dem Markt Zeit. Sie war ein wenig verärgert über Ben und dachte, dass er sicher von Gilberts Verschwinden wusste, sie aber nicht angerufen hatte, um ihr davon zu erzählen oder zu besprechen, ob es mit ihren Nachforschungen zu Valerie zusammenhing. Sie wusste, dass sie sich kindisch verhielt, wollte ihn aber nicht als Erste anrufen und hoffte, ihm vielleicht auf dem Markt über den Weg zu laufen.

Sie führte ein langes Gespräch mit Manette über die neuesten Beschwerden ihrer Schwiegermutter (von denen Manette überzeugt war, dass sie mehr eingebildet als real waren), ein weiteres langes Gespräch mit Rémy über das Problem der Bodenerschöpfung und was dagegen getan werden müsste, und noch eines mit Raoul, dem Schweinebauern, über die beste Art, Schweinefleisch zu braten, sowie über die jüngsten Entscheidungen der Regierung, die zu ungeheuerlich waren, um sie zu ertragen.

Die ganze Zeit, während sie sich mit ihren Freunden unterhielt, war sie sich einer unterschwelligen Angst bewusst, die nicht nur sie, sondern auch die anderen Dorfbewohner spürten. In der letzten Woche hatte es einen Mord gegeben und dann war ein Kind verschwunden. Die Illusion der Sicherheit fühlte sich unwiederbringlich zerrissen an, und alle freundlichen Gespräche der Welt würden sie nicht wiederherstellen können, obwohl sie alle weitermachten, denn was sollten sie sonst tun?

Nachdem Molly ihre Einkäufe beendet hatte, schlenderte sie in Richtung Pâtisserie Bujold, denn sie war der Meinung, dass in Stresszeiten ein Mandelcroissant immer noch besser war als nichts. „Bonjour Monsieur Nugent", sagte sie, ohne noch zu bemerken, wie sein Blick an ihr haftete. *„Six croissants aux amandes, s'il te plâit."*

Er ließ die sechs goldenen Halbmonde in eine weiße Papiertüte fallen. „Sagen Sie mir", sagte Molly impulsiv. „Was, glauben Sie, ist mit Gilbert Renaud passiert?"

Monsieur Nugents Augenbrauen schossen so weit nach oben, dass sie fast über seinen Kopf hinausgingen; er war es nicht gewohnt, dass Molly mehr zu ihm sagte als unbedingt nötig. „Ich kann es nicht sagen, Madame Sutton", erwiderte er. „Vielleicht ist er weggelaufen. Aber ein so junger Junge? Seine häusliche Situation müsste schon sehr schlimm sein, um so eine drastische Maßnahme zu ergreifen. Und seine Mutter - sie mag streng sein, aber grausam ist sie nicht. Kauft immer réligieuses am Sonntag."

Molly nickte. Sie stimmte zu, dass eine Mutter, die jede Woche réligieuses kaufte, nicht nach jemandem klang, vor dem man weglaufen würde, auch wenn ihre eigene Erfahrung mit der Frau unangenehm gewesen war. Sie hatte das Gefühl, dass Monsieur Nugent sich einige Gedanken über den Fall gemacht hatte. Und warum auch nicht? Bei der Frequenz, mit der Dorfbewohner in Castillac verschwanden, wer würde da nicht nach Erklärungen suchen?

Es war halb zehn. Zeit, mit diesen letzten Croissants für ihre Gäste nach La Baraque zurückzukehren und sich von den De Groots und Wesley Addison zu verabschieden, der endlich in die Staaten zurückkehrte. Nach dem Mittagessen würde Constance für ihr samstägliches Ritual des manischen Putzens eintreffen, bevor die neuen Gäste am späten Nachmittag ankamen.

Aber Molly hatte noch keine Lust, nach Hause zu gehen. Sie knabberte an einem Croissant, schmeckte es diesmal kaum, und schlenderte durch die Straßen ihres geliebten Dorfes, dachte über Valerie und Gilbert nach und hielt Ausschau nach Dufort. Sie ging die Gasse entlang, die sie insgeheim Unterwäsche-Gasse nannte, und wurde nicht enttäuscht. Die Wäscheleine im Hinterhof des La-Perla-Hauses war mit üppig extravaganter Unterwäsche überfüllt, die in der gleißenden Hitze des Tages sicher im Nu trocken sein würde.

Ob ich die La-Perla-Frau je treffen werde?, fragte sie sich. Oder habe ich das schon? Sie aß das Croissant auf und huschte in einen Imbiss, um sich einen Kaffee zum Mitnehmen zu holen, den sie beim Gehen nippte. Das Bild von Gilbert Renaud tauchte immer wieder in ihrem Kopf auf. Bitte lass ihn einfach wegen irgendetwas wütend geworden und weggelaufen sein, dachte sie. Bitte lass diesem Jungen nichts Schreckliches zustoßen. Ich könnte es nicht ertragen.

Oscar loszulassen hatte viel Mühe und viele Tränen gekostet, und Oscar war sicher bei seinen Eltern in Australien, glücklich und gesund, nicht in Gefahr. Sie kannte Gilbert kaum. Ein paar kurze Gespräche, das war alles. Trotzdem fühlte sie sich... nicht verantwortlich für ihn, aber irgendwie mit ihm verbunden, so wie es manchmal war, wenn man jemanden traf und wusste, dass man sich gut verstehen würde. Was war an dem Tag los gewesen, als sie den Renaud-Hof besucht hatte? Hatte er versucht, sie aus irgendeinem Grund allein zu erwischen, oder hatte sie sich das nur eingebildet? Seine Mutter... war es möglich, dass sie ihm etwas angetan hatte?

War Madame Renaud nur überfürsorglich und misstrauisch gegenüber Fremden, oder steckte etwas anderes dahinter? Etwas viel Schlimmeres?

Lapin war bisher bei der Suche nach Valerie nutzlos gewesen. Aber es bestand sicherlich eine gewisse Chance, dass er Madame Renaud kannte; vielleicht hatte er beim Nachlass geholfen, als ihr Mann starb. Grund genug für Molly zu beschließen, dass die Gäste noch ein wenig länger auf ihre Morgen-Croissants warten konnten.

Sie kehrte zu ihrem Roller zurück, befestigte ihren Korb hinten und war in wenigen Minuten bei Lapins Laden.

Das kleine Glöckchen bimmelte, als sie eintrat, aber Lapin erschien nicht.

„Lapin!", rief sie.

Keine Antwort. Es war verwirrend, dass ein Ladenbesitzer sein Geschäft unverschlossen und unbemannt ließ, noch dazu an einem Samstag, wenn das Dorf voller Menschen war. Eine weitere Erinnerung daran, dass sie nicht mehr in Boston war, obwohl sie über ihre Naivität lachte, gedacht zu haben, Castillac bestünde aus Einhörnern und Regenbögen ohne einen einzigen Kriminellen.

„Lapin!", rief sie erneut.

Gedankenverloren betrachtete sie den Schmuck auf der Theke. Sie legte ein Armband an und hielt ihren Arm hoch, um es zu bewundern. Sie fuhr mit der Hand über die Ketten, die an einem Ständer hingen.

Und diesmal sah sie sie. Eine silberne Kette mit einem Anhänger. Ein Sternanhänger.

Valeries Kette.

Molly hielt den Atem an, als sie sie vom Ständer nahm. Die Akte der Gendarmerie war sehr präzise gewesen: Valerie trug immer, wirklich immer, dieses bestimmte Schmuckstück. Die Kette war aus Silber mit kleinen Gliedern. Der Anhänger war ebenfalls aus Silber, der Stern hatte fünf Zacken, und die Zacken waren lang und schmal. Etwa so groß wie eine Ein-Euro-Münze.

In jedem Detail genau wie diese hier.

„Lapin!", rief sie erneut, ihre Stimme angespannt. Er musste die Kette aus jemandes Haus mitgenommen haben, von jemandem aus der Gegend. Warum sonst sollte sie in seinem Laden sein? Er musste sie aus genau dem Haus haben, in dem Valerie immer noch gefangen war.

Endlich, endlich ein Durchbruch! Sobald Lapin in seinen Aufzeichnungen nachsah, woher die Kette kam, würden sie ihn haben. Und sie!

Molly hörte jemanden an der Tür und wirbelte herum. „Lapin!", sagte sie zu dem großen Mann. „Wo zum Teufel warst du? Hör zu, ich–"

„Bonjour auch dir", sagte er mit einem halben Lächeln. „Wirklich, Molly, es besteht keine Notwendigkeit, immer in Eile zu sein."

„Hör einfach zu, Lapin. Diese Kette-", sagte sie und hielt sie hoch, „woher kommt sie? Es ist wichtig."

Lapin warf einen Blick auf die Kette und zuckte mit den Schultern. „Ach, nun. Ich bin sehr gut in meinem Job, das weißt du, Molly. Habe ich dir nicht die Möbel für deinen Taubenschlag zu einem guten Preis besorgt? Und genau die richtigen Stücke, stilmäßig, oder?"

„Lapin, *bitte*", flehte Molly. „Sag mir einfach, woher du die Kette hast!"

„Buchführung, fürchte ich... das ist nicht meine Stärke. Wenn ich ein echtes Antikstück bekomme, bewahre ich natürlich die Unterlagen auf. Herkunft macht Profit, verstehst du? Aber so ein kleiner Tand wie der? Tut mir leid, meine Liebe. Ich könnte dir nicht sagen, woher dieses kleine Ding kommt, selbst wenn mein Leben davon abhinge."

41

Der Junge hatte kein Wort gesagt, als Achille ihm einen Krug Milch und eine Decke brachte. Ein Zementboden war selbst im Mai kalt. Aber der Junge hatte weder Danke noch Bonjour noch sonst irgendetwas gesagt, sondern ihn nur ausdruckslos angesehen.

Achille dachte an den kleinen Frosch, den er als Kind in seinem Zimmer gehalten hatte, und wie er sich an den Stock geklammert hatte, den er in das Glas gesteckt hatte, und ihn mit seinen großen Augen angestarrt hatte. Schon nach einem Tag war die Farbe des Frosches stumpf und matt geworden, und selbst ein Kind konnte sehen, dass es ihm nicht gut ging.

Achille hatte den Frosch freigelassen, obwohl es ihn seine ganze Willenskraft gekostet hatte. Aber der Junge?

Er weiß von Valerie. Und er wird es erzählen.

Achille hatte keinen Zweifel daran, dass der Junge es erzählen würde, und keine Illusion, dass irgendetwas, was er sagen oder tun könnte, den Jungen dazu bringen würde, den Mund zu halten. Er war ein Plauderer, das konnte jeder sehen, auch wenn er, sobald er angekettet war, kaum ein Wort gesagt hatte.

Achille stellte sich vor, dass Gilbert viele Freunde hatte, dass er gerne mit ihnen während der *Récréation* spielte und scherzte, dass er sogar ohne Angst mit Erwachsenen und Fremden reden konnte.

Er ist nicht wie ich. Er würde es erzählen.

Achille war so beunruhigt gewesen, dass er vergessen hatte, etwas zu essen. Sein Bauch schmerzte. Er stellte sich immer wieder vor, wie eine ganze Flotte offizieller Autos mit heulenden und blinkenden Sirenen in seine Einfahrt einbog, wie Männer mit gezogenen Waffen heraussprangen. Wie er selbst abgeführt wurde. Weg von seinen Mädchen und Bourbon und dem Bauernhof.

Er lief in der dunklen Küche auf und ab, seine Gedanken waren wirr und sprunghaft.

Er würde es erzählen. Sie ist meine Valerie. Aimée wartet auf ihr Cannelé. Cannelé, Cannelé, Cannelé, dachte er, die Worte gaben seinem Auf und Ab einen Takt.

Die hängenden Schultern seiner Mutter in dem grünen Kleid mit den kleinen Blumensprenkeln darauf.

Schließlich ging Achille nach draußen und lief zum Werkzeugraum der Scheune. Er nahm ein Stück Seil und ein Jagdmesser seines Vaters, ein kurzes und scharfes Messer, das sein Vater zum Häuten von Wildschweinen benutzt hatte, ein Vorgang, bei dem Achille übel geworden war.

Sein Mund füllte sich mit Speichel.

Ein Mann musste tun, was getan werden musste.

❧

So sehr sie auch in Lapins Laden bleiben und ihn bis aufs Letzte ausfragen wollte, es war Samstag – Wechseltag – und Molly hatte zu viel zu tun, was nicht länger aufgeschoben werden konnte. Sie musste sich von Gästen verabschieden, putzen, neue Gäste begrüßen. Sie rief Ben an, bekam aber keine Antwort. Widerwillig sagte sie Lapin, dass sie zurückkommen würde, sobald sie könnte, und brauste mit den leicht welken Croissants, die auf dem Rücksitz des Rollers festgeschnallt waren, nach La Baraque.

Molly fuhr direkt durch den Hof und über die Wiese bis zur Tür des Taubenschlags. Bobo fand das das Interessanteste, was sie seit langem gesehen hatte, und hüpfte neben ihr her.

„Bonjour, Herman und Anika!", rief Molly, während sie den Riemen löste, der die Tüte mit den Croissants am Roller festhielt.

Sie überlegte, wie schnell sie die Dinge in La Baraque erledigen und zu Lapin zurückkehren könnte. „Ich habe ein letztes Frühstück für euch, bevor ihr abreist!"

Stille.

Sie schaute auf ihr Handy, um die Uhrzeit zu prüfen, dann neigte sie den Kopf und lauschte. Waren sie schon abgereist? Lagen sie noch im Bett? Molly dachte, dies müsse die erfolgreichste Hochzeitsreise aller Zeiten sein; Sichtungen des Paares waren so selten wie Elfenbeinspechte.

„Hallo?", rief sie. Wie sagt man auf Niederländisch guten Morgen? *„Welkom!"*, rief sie. Nein, dachte sie, das ist es nicht...

Sie klopfte an die Tür, wartete noch einen Moment und hob dann die Klinke. Jemand weinte.

„Oh! Entschuldigung", sagte sie leise, als sie Anika auf der Kante des Sofas sitzen sah, ihr Gesicht in ein Taschentuch vergraben. „Was ist los?"

Anika weinte noch heftiger. Molly stand gerade innerhalb der Tür und fühlte sich unbeholfen. Sie hatte kaum zwei Worte mit dieser Frau gewechselt und gedacht, dass das Paar die ekstatischste Zeit hatte, versteckt vor der Welt in dem magischen Taubenschlag.

Anscheinend nicht.

„Anika? Kann ich irgendetwas tun? Was ist passiert?"

„Herman...", sagte sie mit brechender Stimme.

Das habe ich mir gedacht, dachte Molly.

„Ist er oben?", fragte sie sanft.

„Nein", sagte Anika. „Er... er ist heute Morgen allein ins Dorf gegangen. Er ist seit Stunden weg. Ich habe alles gepackt und wir sind bereit zur Abreise, und er ist einfach verschwunden."

„Deshalb bist du aufgebracht? Denkst du nicht, er schaut sich wahrscheinlich nur ein letztes Mal um?"

Anika brach in Tränen aus.

Molly wusste, dass sie die Erste war, die in jedem Schrank Monster sah, aber diesmal war sie sich ziemlich sicher, dass Anika massiv überreagierte. „Schau, ich habe Croissants mitgebracht. Du kannst Kaffee in der Kaffeemaschine machen, wenn du es nicht schon getan hast, und bis du fertig bist mit dem Essen, wette ich, dass Herman zurück sein wird. Ihr habt noch eine Stunde, bevor ich hier reinkommen muss, um alles für die neuen Gäste vorzubereiten."

Sie legte mehrere Croissants auf einen Teller in der winzigen Küche, murmelte ein paar tröstende Worte und ging ins Haus, um nach Wesley Addison zu sehen.

Apropos Monster im Schrank, es hatte einen Moment gegeben, in dem Molly sich gefragt hatte, ob Wesley Addison seine arme Frau von der Klippe in Beynac gestoßen und dann auch noch Valerie Boutillier erledigt hatte. Sie schob diese Verdächtigungen jedoch auf einen Mangel an Kaffee und glücklicherweise hatten sie nicht Fuß gefasst.

Als sie durch die Terrassentür hereinkam, fand sie Addison im Wohnzimmer stehend vor, seine gepackte Tasche neben ihm.

„Oh!", sagte Molly, die immer überrascht war, jemanden in ihrem Haus vorzufinden. „Bonjour! Es tut mir leid, dass ich zu spät bin, ich wurde im Dorf aufgehalten -" Dann hatte sie einen Geistesblitz bezüglich Valeries Halskette und musste einen gespielten Gesichtsausdruck aufsetzen, um ihre Aufregung zu verbergen.

„Miss Sutton!", dröhnte Wesley.

„Entschuldigung", sagte sie und fuhr sich mit der Hand übers Gesicht. „Ich bin heute Morgen schrecklich abgelenkt. Was haben Sie gerade gesagt?"

„Ich sagte, dass Sie beim nächsten Mal, wenn ich zu Besuch komme, vielleicht einen kleinen Kühlschrank ins Zimmer stellen könnten? Ich genieße gerne ein kaltes Getränk, und das wäre recht praktisch gewesen."

Molly lächelte und nickte, ohne die Absicht zu haben, irgendwelche kleinen Kühlschränke zu kaufen.

„Das Taxi sollte jeden Moment eintreffen, wenn er ein pünktlicher Typ ist", sagte Mr. Addison.

Molly begleitete ihn zur Haustür hinaus und sagte all die richtigen Dinge darüber, wie froh sie war, dass er gekommen war, und wie viel Freude es ihr bereiten würde, ihn in Zukunft wiederzusehen. Christophe erschien im selben Moment wie Constance, und Mr. Addison wurde in das Taxi verfrachtet und war weg.

„Ein Spinner, der Typ", sagte Constance und winkte energisch, als das Taxi in die Rue des Chênes einbog.

„Allerdings", sagte Molly. „Aber ein gutes Herz. Ich kann nicht glauben, dass ich das sage, aber ich hoffe wirklich, er kommt wieder. So, bist du bereit? Die De Groots sind noch nicht abgereist. Möglicherweise Ärger im Paradies, ich bin mir nicht sicher. Aber während wir warten, können wir zumindest das Spukzimmer in Angriff nehmen, und du kannst mir das Neueste erzählen."

„Ich wünschte, du würdest es nicht das Spukzimmer nennen", sagte Constance. „Es ist keine gute Idee, über so etwas zu scherzen, Molly."

Sie sammelten den Staubsauger und den Rest der Putzutensilien ein und machten sich auf den Weg die abgenutzten Holztreppen hinauf. Sie glaubte nicht, dass selbst der saftigste Klatsch sie genug ablenken würde, um das Putzen zu überstehen, ohne den Verstand zu verlieren. Nach dem Spukzimmer hatten sie noch den Taubenschlag vor sich, die neuen Gäste sollten um vier Uhr ankommen, und alles, woran sie denken konnte, war, wie um alles in der Welt sie herausfinden sollte, woher diese Halskette stammte?

42

Molly und Constance schafften die Reinigung, wenn auch nicht ganz so gründlich, wie Molly es normalerweise einforderte. Thomas hatte Constance angerufen, es hatte Treffen, Küsse, demütige Entschuldigungen und große Versprechungen gegeben, aber Molly hörte nur mit halbem Ohr zu. Sie lehnte immer wieder den Wischmopp an die Wand und rief Dufort an, dachte an die Halskette, an Valerie, an den dummen Lapin, der sie sofort und direkt zu ihr hätte führen können, wenn er nicht so faul und schlampig mit seiner Buchführung gewesen wäre.

Herman De Groot war aufgetaucht und bei den Frischvermählten war wieder alles in bester Ordnung, und glücklicherweise wurden sie pünktlich abgeholt. Molly und Constance reinigten den Taubenschlag in Windeseile, Constance radelte los, um Thomas zu treffen, und die neuen Gäste, eine südafrikanische Familie, zogen ins Cottage ein. Der schnellste Wechseltag in der Geschichte, dachte Molly dankbar. Sie rief Bobo zu, sie solle bleiben, und rannte zum Roller. Bevor sie losfuhr, versuchte sie es noch einmal bei Ben. Immer noch keine Antwort.

Molly fuhr normalerweise schnell, aber nicht leichtsinnig, doch auf der kurzen Fahrt zu Lapins Laden hätte sie beinahe eine alte Frau angefahren, streifte ein Auto, das ein Stück weit in die Straße hineinragte, und überfuhr eine rote Ampel (nachdem sie in beide Richtungen geschaut hatte). Schnell parkte sie vor dem Laden und hämmerte gegen die Tür, öffnete sie dann und rief nach Lapin.

„Molly", sagte er und trottete hinter einem Turm neuer Kartons hervor. „Beruhige dich und sag mir, was so wichtig an dieser Halskette ist?" Er deutete auf eine kleine Schale auf der Theke, in die sie sie vorsichtig gelegt hatte, bevor sie ging.

Molly blickte auf die Halskette und dann zurück zu Lapin. „Diese Halskette..." Sie zögerte, unsicher, wie viel sie ihm erzählen sollte. „Hör zu, du weißt das wahrscheinlich schon, da es in Castillac anscheinend wenige Geheimnisse gibt, so wie die Leute reden. Dufort und ich haben nach Valerie Boutillier gesucht."

Lapin riss die Augen auf wie eine Zeichentrickfigur.

Molly schüttelte mit einem halben Lächeln den Kopf. „Siehst du, ich dachte mir schon, dass du es wahrscheinlich wusstest. Also hör zu, diese Halskette? Sie gehörte *ihr*. Valerie. Nein, ich mache keine Witze. Du hast den Schlüssel zu ihrem Verschwinden hier, Lapin. Du musst doch irgendwo Aufzeichnungen haben? Du musst doch Inventarlisten machen, wenn du dich um die Nachlässe von Leuten kümmerst oder was auch immer du tust, du verdammter Geier?"

Lapin grinste. „Kein Grund, unfreundlich zu werden, la bombe." Er rieb sich mit einer Hand das Kinn und zuckte dann mit den Schultern. „Ich weiß, ich sollte bessere Aufzeichnungen führen. Das ist ein Fehler, ich gebe es zu. Ich bin kein Mensch, der jedes i-Tüpfelchen und Kreuzchen macht. Eher ein Künstler, wirklich. Oder zumindest ein Kunstliebhaber."

„Es geht hier nicht darum, wer du bist! Du sagst, du hast *nichts*? Keine Notizen, gar nichts, was wir überprüfen können? Du hast diese Halskette doch offensichtlich von jemandem hier in der Gegend bekommen, oder? Hast du wenigstens eine Liste der Orte, an denen du warst, oder wer dich beauftragt hat?"

„Ähm, ja, das habe ich", sagte er und schob sich an ihr vorbei, wobei er sich seitwärts durch den mit antiken Spielsachen vollgestopften Gang zwängte. „Moment, ich hole das Notizbuch..."

Molly wollte ihm folgen, aber der überfüllte hintere Teil des Ladens machte sie klaustrophobisch und sie beschloss, stehen zu bleiben. Sie öffnete ihre Hand und betrachtete die Halskette erneut. Das Silber war angelaufen. Sie fragte sich, warum Valerie sie so gewissenhaft getragen hatte, dass sich alle daran erinnerten. Was bedeutete die Halskette für sie?

Komm schon, Lapin! drängte sie stumm.

Sie hörte etwas zu Boden krachen und Lapin murmeln. Er kam durch den anderen Gang, der nicht weniger vollgestopft war, zurück zum vorderen Teil des Ladens.

„Nun", sagte er, „ich bin nicht sicher, ob es hilft, aber ich habe das hier. Wenn ich einen Auftrag bekomme, schreibe ich den Namen und die Adresse auf, weil ich vielleicht eine Rechnung oder einen Scheck schicken muss. Also, während ich mir ziemlich sicher bin, dass ich nie etwas über diese bestimmte Halskette aufgeschrieben habe, kann ich sagen, dass sie höchstwahrscheinlich von einem der Namen hier stammt. Manchmal kaufe ich etwas auf einem *Vide-grenier* oder Flohmarkt, wenn es mir ins Auge fällt – aber ehrlich gesagt hat diese Halskette keinen Wert. Ich habe sie nur im Laden, damit ein junges Mädchen etwas bekommen kann, das sie für schick hält. Es ist nichts Besonderes."

„Oh, aber das *ist* es", sagte Molly. „Wenn wir auch nur ein bisschen Glück haben, wird sie uns endlich, endlich zu Valerie Boutillier zurückführen. Bitte sag mir, dass du die Namen wenigstens nach Jahren geordnet hast?"

„Ich bin nicht völlig inkompetent", sagte Lapin und hielt das Notizbuch hin. „Wo sollen wir anfangen? Vor sieben Jahren?"

„Ja. Offensichtlich wird uns alles, was früher ist, nichts nützen.

Und ich nehme an, du könntest die Halskette zu jedem Zeitpunkt seitdem bekommen haben. Jetzt öffne das Notizbuch und lass uns einen Blick darauf werfen."

Lapin öffnete das Notizbuch bei 1999 und legte es auf den Tresen, sodass sie beide hineinsehen konnten.

„Wie kommt es, dass jeder einzelne Mensch in Frankreich eine wunderschöne Handschrift hat, nur du nicht? Meine Güte, Lapin, was für eine Kritzelei", sagte Molly und benutzte das englische Wort für „Kritzelei", da in ihrer Aufregung ihr Französisch wackelig wurde.

Lapin ignorierte den Seitenhieb. „Ich bin mir nicht sicher, was es bringen soll, die Liste der Namen durchzusehen, wenn es keine Aufzeichnungen darüber gibt, welche Familie mir die Halskette verkauft hat", sagte er. „Und es tut mir leid, dass ich keine besseren Aufzeichnungen geführt habe. Aber schau dir diesen Laden an", sagte er und gestikulierte im Raum. „Die Leute sammeln *so* viel Zeug – manchmal sammle ich Hunderte von Dingen aus nur einem einzigen Nachlass. Und das meiste davon ist Schrott, nur unter uns gesagt."

„Du warst in den Angelegenheiten dieser Leute direkt nach einem Todesfall in der Familie – du hast sie in einer schwierigen Zeit ihres Lebens gesehen, einer Zeit, in der ihre Abwehr vielleicht nicht so stark war wie sonst? Wenn du zurückdenkst, kam dir da jemand – oder etwas – ein bisschen seltsam vor? Komm schon, sieh dir jeden Namen an und sag mir, ob du dich an irgendetwas erinnerst."

Lapin nickte und kaute auf seiner Lippe, während Molly langsam mit ihren Fingern über die erste Seite mit Namen fuhr.

„Schaust du hin, Lapin? Und denkst du nach?"

„Ja! Beruhige dich, Molly. Ich habe eine Flasche Pineau in meinem Schreibtisch, möchtest du einen Schluck?"

„Nein! Ich will, dass du dich auf diese Namensliste konzentrierst und mir sagst, was du weißt. Warum scheinst du der

Schlüssel zu der Hälfte der Morde in Castillac zu sein und bist so zurückhaltend damit?"

Lapin grinste und zuckte theatralisch mit den Schultern, wobei er versuchte, seine Reaktion auf die Erwähnung des Amy-Bennett-Falls zu verbergen, der für ihn immer noch schmerzhaft war.

„Warte mal", sagte Molly langsam. „Welches Jahr betrachten wir in dieser Spalte?"

Lapin beugte sich vor, um genauer hinzusehen, dann blätterte er eine Seite zurück. „2004."

„Vor zwei Jahren?"

Lapin nickte.

„Diese Namen", sagte Molly und zeigte auf Jean-Pierre Labiche und Marie Labiche, Route de Canard, Castillac.

„Ja? Milchbauernhof gleich außerhalb des Dorfes. Ähm, unscheinbares Bauernhaus, aber ein schönes Stück Land. Ihr Sohn bewirtschaftet es jetzt."

„Und du wurdest nach ihrem Tod engagiert?"

„Ja. Ein gewöhnlicher Auftrag, glaube ich, nichts von besonderem Wert dort. Ich habe ein paar alte Landwirtschaftsgeräte an ein paar Briten verkauft, die sie als Dekorationen im Garten benutzen."

„Aber also... Jean-Pierre und Marie, sie waren Achilles Eltern, und sie starben im selben Jahr, 2004?"

Lapin nickte. „Wenn ich mich richtig erinnere, wurde ich 2004 engagiert, um einige Dinge zu verkaufen, die Teil ihres Nachlasses waren. Ich glaube, sie starben eine Weile davor."

Molly sagte langsam: „Ich habe den Sohn getroffen. Achille. Er hat mir erzählt, seine Eltern wären am Leben."

Lapin und Molly sahen sich forschend an.

„Ich weiß nicht, warum er das tun würde", sagte Lapin. „Er ist eher ein schüchterner Typ. Harmlos genug, nehme ich an. Kommt nicht gern ins Dorf. Bleibt für sich."

„Könntest du die Halskette von ihm bekommen haben?"

„Ich habe dir gesagt – ich bin zu 99,9% sicher, dass sie von jemandem aus dem Notizbuch stammt..."

„Was meinst du mit ‚eher ein schüchterner Typ'?"

Lapin hob die Handflächen. „Ich will nicht-"

„Oh mein Gott", sagte Molly langsam. „Er lebt... Ich habe damit recht, oder? Er lebt direkt neben Gilbert Renaud? Dem vermissten Jungen?"

※

„GOTT SEI DANK HAST DU ABGENOMMEN", sagte Molly, nachdem sie Dufort zum gefühlt millionsten Mal angerufen hatte. „Wo warst du? Bei Rémy?"

„Nein", sagte Dufort. „Ich war spazieren, in La Double."

„Ich habe Neuigkeiten", sagte Molly. „Ben, eine *Spur*. Wirklich. Kannst du mich jetzt sofort in Lapins Laden treffen?"

„Bin unterwegs." Das war etwas, das sie an ihm liebte, dass er sich nicht mit vielen Fragen aufhielt, sondern verstand, dass es ernst war, und sofort kam.

Es gab keinen Platz, sich im Laden zu bewegen, also trat sie auf den Bürgersteig und ging auf und ab, Lapin folgte ihr. „Erzähl mir alles, was du über Labiche weißt", sagte Molly. „Es ist erst zwei Jahre her, dass er dich engagiert hat. Wie dicht beieinander sind seine Eltern gestorben? Schien er dir, ich weiß nicht, fähig zu... zu..."

„Valerie zu entführen? Das könnte ich nicht beantworten, Molly. Wie soll man diese Möglichkeit in einem anderen Menschen sehen?" Lapin dachte einen Moment nach. „Seine Eltern waren schon eine Weile tot, bevor Achille mich engagierte, da bin ich mir ziemlich sicher. Vielleicht vier oder fünf Jahre früher, so etwas in der Art? Es ist nicht ungewöhnlich, dass Menschen nach einem Todesfall eine Weile warten, bevor sie mich engagieren. Sie wollen Erinnerungen um sich haben, es hilft ihnen bei der Trauer, verstehst du? Und dann später denken sie vielleicht, sie könnten ein bisschen zusätzliches Geld verdienen, wenn sie Sachen verkaufen, die sie sowieso nicht wirklich wollen, und dann bekomme ich den Anruf.

„Offensichtlich hätte ich es bei Dufort vielleicht erwähnt, wenn ich auf die Idee gekommen wäre, dass er etwas im Schilde führt. Aber ehrlich gesagt, glaube ich, du bist auf dem Holzweg. Na und, wenn er gelogen hat? Vielleicht tut er so, als wären seine Eltern noch am Leben, weil er einsam ist. Das muss nichts bedeuten."

„Sag mir einfach, woran du dich erinnerst, Lapin. Was für ein Mensch ist er?"

„Achille ist... lass mich überlegen... irgendwie gelassen. Wie eine Kuh. Ich erinnere mich, dass ich dachte, hier war ein Mann, der genau den richtigen Job hatte. Milchbauer, verstehst du. Die letzte Person, der ich Gewalt zutrauen würde, oder etwas Krankes wie Valerie zu entführen."

Sie hörten ein lautes Motorrad und beide zuckten zusammen und schauten die Straße hinunter, um zu sehen, wer es war, aber die Straße war leer. Molly versuchte, größtenteils erfolglos, sich vernünftige Erklärungen dafür auszudenken, warum Labiche über das Leben seiner Eltern lügen sollte.

Manchmal platzen Menschen mit irgendetwas Dummen heraus, das sie nicht meinen, und sind dann zu verlegen, um zuzugeben, dass sie das Falsche gesagt haben. Molly hatte das sicherlich getan, obwohl sie besser darin wurde, sich zu korrigieren.

Das war glaubwürdig. Es passte auch zu Labiches sozialen Schwierigkeiten. Aber... sie glaubte nicht, dass das passiert war. Sie konnte sich an seinen Gesichtsausdruck erinnern, als er sprach, und es war nicht der verwirrte Blick von jemandem, der Worte herausgeplatzt hat, die er nicht sagen wollte. Es war... verschleierte Feindseligkeit, würde sie es nennen. Sie stellte sich vor, dass ihm die Vorstellung gefallen hatte, seine Eltern würden auftauchen und diese lästige Person – sie – loswerden, und das nicht gerade sanft.

Sie dachte, dass Labiche sogar in seinem Alter und in einer so harmlosen Situation, in der eine ihm unbekannte Frau ein paar Fragen zur Genealogie stellte, seine Eltern brauchte, um für ihn zu managen. Seine Eltern waren seit Jahren tot, und trotzdem brauchte er sie immer noch so sehr, selbst für einen einfachen sozialen Austausch, ein paar Sätze hin und her.

„Was noch, Lapin? Gib mir mehr Details. Kannst du dich erinnern, was du von ihm gekauft hast? Hat er einen ordentlichen Gewinn gemacht?"

„Nö", sagte Lapin. „Einen antiken Pflug, ein Wagenrad, er hatte nicht viel." Lapin machte eine Pause. „Na ja, er ist schon ein bisschen seltsam", sagte er schließlich. „Aber weißt du, mit so einer Mutter aufzuwachsen, das kann nicht einfach gewesen sein. Er war schrecklich schüchtern. Wurde in der Schule wahrscheinlich gehänselt. Du weißt ja, wie das ist."

„Was meinst du mit ‚so einer Mutter'?"

„Ich weiß nicht, wie ihre Diagnose lautete, aber äh, *totalement loufoque*. *Dingue*. Völlig durchgeknallt. Sie wurde mehr als einmal in die Psychiatrie eingeliefert." Er winkte Dufort zu, der eilig die Straße entlang auf sie zukam.

Molly konnte keine Sekunde länger warten, um ihm zu erzählen, was sie gefunden hatte. „Ben! Lapin hat Valeries Halskette!", rief sie und hielt sie ihm entgegen, damit er sie sehen konnte. Ben eilte zu ihnen.

„Was? Lass mal sehen..."

„Und Achille Labiche – er hat mich über seine Eltern angelogen. Er sagte mir, sie wären auf der hinteren Weide, als ich ihn besuchen kam, und Lapin sagt, sie seien seit Jahren tot. Hat mich ohne jeden Grund direkt ins Gesicht angelogen. Und – wie ich dir nicht sagen muss – er wohnt *direkt neben* den Renauds. Er könnte auch Gilbert haben." Sie lieferte diese letzten Sätze, als wären sie die Krönung eines wasserdichten Falls gegen Labiche, aber Dufort sah unbeeindruckt aus.

„Molly, du musst verstehen. Achille... er hatte ein ziemlich trauriges Leben. Seine Mutter war nicht gesund, und ich glaube, sie starb vor langer Zeit in der Psychiatrie. Er hatte das Glück, einen guten Vater zu haben, aber trotzdem, wie du dir vorstellen kannst, ist so etwas sehr hart für einen Jungen. Ich glaube nicht –"

„Aber Ben! Die *Halskette!*"

Dufort streckte seine Hand aus und Molly ließ die Kette in seine Handfläche fallen. Er betrachtete sie einen langen Moment, dann hielt er sie hoch, aber sie war zu angelaufen, um das Licht einzufangen.

„Wo hast du sie her?", fragte er Lapin.

Lapin zuckte mit den Schultern. „Nur ein Schmuckstück. Nichts, dem jemand viel Beachtung schenken würde."

„Sie ist aber aus Silber, ja? Echtes Silber?"

Lapin zuckte erneut mit den Schultern. „Die Kette schon. Aber nicht der Anhänger, der ist aus Nickel. Ich habe Molly gesagt, dass ich sie nur im Laden hatte, weil es etwas ist, das einem kleinen Mädchen gefallen könnte."

„In der Tat. Ich erinnere mich, dass ihre Mutter mir erzählte, Valerie trug sie, weil ihr älterer Bruder sie ihr geschenkt hatte, als sie jung war. Sie vergötterte ihn. Er hatte eine Herzkrankheit, von der niemand wusste, und starb plötzlich im Schlaf, als er an der Universität war."

„Wie schrecklich", murmelte Molly.

„Ja. Nun, die Halskette zu finden ist ein Anfang, Molly. Gute Arbeit." Er lächelte sie an und hob seinen Arm, als wolle er ihn um ihre Schultern legen, ließ ihn dann aber wieder fallen.

„Aber... du wirst nichts unternehmen? Was ist mit der Lüge, die Labiche erzählt hat? Findest du das nicht seltsam? Es war, als wollte er mich abschrecken, als würde er sagen, die Erwachsenen kämen und ich solle besser verschwinden."

Dufort sah Molly an. „So ist das hier in Castillac", sagte er langsam. „Wir versuchen unser Bestes, uns um unsere schwächeren Mitglieder zu kümmern. Gemeinschaft bedeutet alles. Na, und wenn Achille Probleme hat, mit Menschen zu reden und sich zurückzieht", er zuckte mit den Schultern. „Das ist kein Grund, zu dem Schluss zu kommen, dass die Halskette von seinem Hof stammt. Nicht, wenn Lapin nicht sagt, dass sie das tat."

Molly wollte verzweifelt mit den Füßen aufstampfen und schreien, aber sie beherrschte sich. „Das Problem ist", sagte sie, während ihr Gesicht rot wurde, „dass du hier aufgewachsen bist und diese Loyalität zu allen im Dorf so tief sitzt, dass du nicht wirklich akzeptieren kannst, dass jemand zu etwas Bösem fähig ist. Du hast keine *Objektivität.*"

Dufort sah getroffen aus. Es half nicht, dass mangelnde Objektivität genau der Grund war, warum die Gendarmerie nicht wollte, dass Beamte in den Gemeinden dienten, in denen sie aufgewachsen waren, und er sie trotzdem überredet hatte, ihn in Castillac arbeiten zu lassen.

Molly sah, dass sie einen wunden Punkt getroffen hatte, und sagte mit sanfterer Stimme: „Sollten wir nicht wenigstens dort hinausfahren und uns umsehen, ein paar Fragen stellen?"

„Wir haben nichts, was ihn mit der Halskette oder mit Gilbert in Verbindung bringt", sagte Dufort. „Und heute ist Samstag – ist das nicht dein großer Arbeitstag der Woche, an dem du Gäste ein- und auschecken lässt?"

„Ja", sagte Molly mürrisch. „Das ist alles erledigt – es ist fast Abendessenszeit, Ben. Ich denke, wir sollten schnell zu diesem Hof fahren, das meine ich wirklich, wirklich ernst. Können wir ihm nicht einfach einen freundschaftlichen Besuch abstatten?"

Dufort blickte die Straße hinunter. „Nun, ich bin nicht mehr offiziell, jetzt, wo ich bei der Gendarmerie gekündigt habe."

„Genau! Und du kennst Labiche doch, oder? Es ist nicht so, als würdest du bei einem Fremden auftauchen. Komm schon, lass uns gehen!"

„Ich würde nicht sagen, dass ich ihn *kenne*, Molly. Aber gut. Du versprichst, nichts zu tun, was ihn dazu bringen könnte, Maron anzurufen? Das wäre unangenehm", sagte er mit einem leichten

Lächeln. „Kein Vorbeilaufen an ihm, um einen Blick auf den Dachboden zu werfen, keine Anschuldigungen?"

Molly warf ihre Arme um ihn. „Für wen hältst du mich? Ich werde mich benehmen."

Dufort nickte und steckte die Kette in seine Tasche. „Ich bin skeptisch, Molly. Nur weil der Mann nicht zu den anderen passt, heißt das noch lange nicht, dass er fähig ist, Mädchen von der Straße zu entführen." Trotz seiner Worte ließ er für einen Moment die Möglichkeit zu, dass der Fall tatsächlich kurz vor der Lösung stand. Aber er konnte es nicht länger als eine Sekunde zulassen, bevor seine Abwehr gegen Enttäuschung so fest wie eh und je hochfuhr.

„Und wenn ich falsch liege und Valerie *ist* dort, nun, niemand wird glücklicher sein als ich, glaub mir. Ich laufe schnell zurück zu meiner Wohnung und hole mein Auto. Wir treffen uns an der südlichen Kreuzung kurz vor dem Dorf."

Molly nickte, ließ den Motor aufheulen und fuhr los. Lapin und Dufort sahen zu, wie Molly auf ihrem schlammigen Roller die Rue Saterne hinunterbrauste.

„Sie ist wirklich etwas Besonderes", sagte Lapin.

„Ja", sagte Dufort und errötete. „Das ist sie auf jeden Fall."

43

In der Scheune war es kühl. In dem Raum, wo Gilbert am Boden angekettet war, gab es ein Fenster, durch das er die warme Sonne sehen, aber nicht spüren konnte. Er breitete die Decke, die Achille ihm gegeben hatte, auf dem Boden aus und rollte sich auf die Seite.

Er hatte solche Angst.

Meistens konnte er die Gedanken an seine Mutter verdrängen. Er wusste, dass sie alles in ihrer Macht Stehende tat, um ihn zu finden – sie war nicht der Typ Mensch, der hysterisch wurde und nur im Kreis lief oder aufgab. Nein, sie würde hysterisch sein und alle paar Minuten die Gendarmen anrufen und selbst im Wald suchen, bis sie vor Erschöpfung umfallen würde. Er versuchte, sich vorzustellen, wie Dufort zur Rettung kam und Labiche in Handschellen abführte, aber das Bild fühlte sich erfunden an und machte ihn nicht wirklich glücklicher.

Außerdem konnte er nicht vergessen, dass niemand Valerie in all den Jahren gefunden hatte, obwohl sie praktisch direkt vor ihrer Nase gewesen war.

Niemand hatte ihm zugehört, als er versuchte, es ihnen zu

erzählen. Und jetzt... Gilbert machte sich Sorgen, dass er nie die Chance haben würde, es zu erklären.

Gilbert setzte sich auf und untersuchte die Kette erneut. Sie war mit einer Schlaufe an dem dicken Ledergürtel verbunden, den Monsieur Labiche ihm umgeschnallt hatte. Wenn er den Gürtel nur loswerden könnte! Er zog den Bauch ein, um ihn ein wenig zu lockern, und versuchte, das kleine Metallstück aus dem Loch im Leder zu hebeln, aber er konnte es nicht einmal ein bisschen bewegen. Er versuchte es immer wieder, kam aber nicht weiter, und die Spitzen seiner Finger waren nun wund.

Ist Valerie auch irgendwo in der Nähe angekettet?, fragte er sich.

Er hatte keinen Hunger. Monsieur Labiche hatte ihm am Morgen etwas Milch und Toast gegeben. Seit dem Morgenmelken war alles ruhig gewesen.

Er hatte Angst, aber schließlich beschloss Gilbert, das Risiko einzugehen und einige Vogelrufe zu machen. Zuerst machte er sie leise, aber als Monsieur Labiche nicht erschien, machte er sie lauter und dann noch lauter. Er wusste nicht, was er sich davon erhoffte, nur dass er sich besser fühlte, nachdem er etwas Lärm gemacht hatte. Vielleicht würde Valerie, falls sie noch am Leben war, es hören und wissen, dass sie nicht allein war.

Er kannte eigentlich keine Vogelrufe, nicht wirklich. Aber er machte vogelartige Geräusche, zwitscherte und pfiff und krächzte und störte die ruhige Stille des Bauernhofs. Er hielt von Zeit zu Zeit inne, um zu lauschen, hörte aber keine Antwort.

Monsieur Labiche hatte Valerie die ganze Zeit über, all diese Jahre lang, festgehalten... aber Gilbert verstand, dass es bei ihm nicht dasselbe war. Labiche hatte ihn nicht ausgewählt.

Es gab keine gute Art, darüber nachzudenken.

Ein Rascheln draußen auf dem Hof. Ein Jaulen des Hundes, und dann hörte er Labiches Schritte auf dem Betonboden der Scheune, die auf ihn zukamen.

44

Molly ließ den Roller laufen, während sie ängstlich darauf wartete, dass Dufort an der südlichen Kreuzung auftauchte. Wo zum Teufel ist Ben, dachte sie und zog ihr Handy heraus, widerstand aber dem Drang anzurufen. Sie reckte den Hals, um beide Straßen, die aus dem Dorf führten, zu überblicken, in der Hoffnung, seinen verbeulten grünen Renault zu sehen.

Das Warten war eine Qual. Sie konnte es kaum erwarten, zum Bauernhof zu kommen und sich dort umzusehen. Vielleicht wäre Labiche beschäftigt und sie könnte sich davonschleichen und richtig umsehen. Sie erinnerte sich nicht, es bei ihrem ersten Besuch bemerkt zu haben, aber wahrscheinlich hatte der Hof zahlreiche Nebengebäude, der perfekte Ort, um jemanden versteckt zu halten.

Molly fühlte sich wie aufgeladen, als ob sie sich bewegen müsste, Geschwindigkeit brauchte. Ihr Geist flitzte schnell durch verschiedene Szenarien und Bilder wie ein Diaprojektor auf Steroiden. Oscar. Der Abschied von Wesley Addison. Bobo, die freudig durch die Wiese einem Maulwurf nachjagte. Das warme, feste

Gefühl von Bens Hand, als er ihre beim Spaziergang mit Boney gehalten hatte.

Valerie. Gilbert. Die Halskette. Der Zettel.

Schließlich kam der grüne Renault in Sicht. Molly winkte, Dufort winkte zurück und fuhr dann vor ihr her, bog auf die Route de Canard ein. Der Labiche-Hof war nur noch wenige Kilometer entfernt.

Molly warf einen Blick auf das Renaud-Bauernhaus, als sie daran vorbeifuhr, und fragte sich, ob Madame Renaud zu Hause war oder ob vielleicht Gilbert aufgetaucht war, aber dann galt ihre Aufmerksamkeit wieder Labiche und Valerie.

Dufort hatte ein kurzes Stück die Einfahrt hinunter geparkt, weit vom Haus entfernt, und Molly sprang vom Roller und benutzte den Ständer. Der Bauernhof war ruhig. Sie sahen keine Hühner, keine Hunde, nicht einmal Kühe. Für Molly fühlte sich der Ort zeitlos an, die alten Steingebäude (mit Ausnahme der neuen Scheune) sahen aus, als müssten sie schon immer dort gewesen sein.

„Kein Auto, aber ich bin nicht sicher, ob er eins besitzt", murmelte Dufort.

Molly drehte ihren Kopf hin und her und suchte nach allem, was ungewöhnlich erschien, genau wie bei ihrer vorgetäuschten Umfrage. *Vielleicht bin ich einfach nicht gut darin, etwas zu finden, wenn ich nicht weiß, wonach ich suche*, dachte sie. Sie ging leicht hinter Ben her und erinnerte sich daran, ihn die Führung übernehmen zu lassen, falls Labiche zu Hause sein sollte.

„Monsieur Labiche!", rief Dufort mit dem, was Molly als seine gendarmenfreundliche Stimme betrachtete. Er klopfte an die Tür des Bauernhauses.

Keine Antwort.

„Vielleicht sollten wir in der Scheune nachsehen?", sagte Molly und hoffte, dort einen guten Blick herumwerfen zu können.

Dufort klopfte erneut. „Labiche!", sagte er. Sie warteten, dann begannen sie, zur Scheune zu gehen.

Ben und Molly waren gerade um die Seite des Hauses gekommen, als sie den Hund sahen. Ein Border Collie, der in dieser glatten, geschäftsmäßigen Art lief, wie es Collies taten, wenn sie eine Aufgabe zu erledigen hatten.

„Hallo, Hund!", sagte Molly und streckte ihre Hand aus. Aber der Hund war daran nicht interessiert. Sie bellte kurz und stupste Dufort an der Rückseite einer Wade an und drängte ihn in Richtung Scheune.

„Sie treibt dich", sagte Molly.

„Labiche!", rief Dufort erneut.

Der Hund schnappte nach Mollys Bein. „Au! Schau, ich gehe, wohin du willst, zeig einfach den Weg!" Der Hund machte einen weiten Bogen und lief hinter ihnen her, hin und her, bellend, während sie der Scheune immer näherkamen. Als sie am Ende ankamen, wo die breite Öffnung war, lief der Hund an ihnen vorbei und in einen Raum an der Seite, in Richtung des hinteren Teils.

Dufort sah Molly an. „Es ist Hausfriedensbruch, wenn wir da reingehen."

„Ben", sagte Molly, „folg einfach dem Hund!"

Als sie in den Schatten der Scheune traten, konnten sie ihre Schritte auf dem körnigen Beton mit einem leichten Echo hören, und dann, schwach, ein anderes Geräusch. Stöhnen? Schluchzen? Der Klang der Qual. Ben und Molly liefen darauf zu. Sie kamen zu der Türöffnung, durch die der Hund gegangen war, und sahen Achille Labiche auf dem Betonboden sitzen, mit seinen Armen um Gilbert Renaud.

Gilberts Augen weiteten sich vor Überraschung und dann Freude.

„Ihr seid gekommen!", sagte er zu Dufort, der ihn von Labiche wegzog und in Mollys Arme schob.

„Achille", sagte er traurig.

„Ich wusste nicht, was ich sonst tun sollte", antwortete Achille. „Es ist nicht so, dass ich ihn hier haben wollte", sagte er, von Tränen erstickt. „Nehmt ihn! Ich wollte ihn nie, ich schwöre es."

Molly arbeitete an dem Gürtel, um Gilbert zu befreien. Es war so ein Schock, den Jungen hier zu finden, wo sie so sicher gewesen war, dass es Valerie sein würde, dass sie kaum mit dem Geschehen Schritt halten konnte.

„Achille, warum ist Gilbert hier?", sagte Dufort. Seine Stimme war sanft, aber Molly hörte viel Kompliziertheit in seinem Ton - sie hörte seine Aufregung, seine Besorgnis, seine Sorge, dass selbst jetzt das, wofür er so lange gearbeitet hatte, wieder keine Auflösung finden würde.

„Ich rede nicht darüber", sagte Achille und stand auf. „Ihr habt ihn jetzt, geht zu Madame Renaud. Sie wird krank vor Sorge sein." Er rieb seine Hände aneinander, als ob die ganze Angelegenheit abgeschlossen wäre, und steckte sie dann in den Latz seiner Latzhose. „Ich muss zu Abend essen und dann das Abendmelken machen. Meine Mädels sind auf mich angewiesen. Das ist meine Routine. Das ist das, was ich als nächstes tun muss."

Er ging schnell aus dem Raum und die Mitte der Scheune hinunter, und Dufort folgte ihm rasch. „Ruf Maron an!", rief er über seine Schulter.

„Soll ich mitkommen-", fragte Molly.

„Nein! Kümmere dich einfach um den Jungen und ruf Maron an!"

Molly spürte einen heißen Anflug von Sorge. Ben sollte nicht allein mit diesem Mann sein, dachte sie und biss sich auf die Lippe.

„Ich bin so froh, dass du in Sicherheit bist!", sagte Molly zu Gilbert. „Warte kurz, ich rufe die Gendarmerie."

Gilbert nickte, seine Augen wichen nie von Molly.

„Thérèse? Hier ist Molly. Kannst du Maron anrufen und zum Labiche-Hof kommen? Wir haben Gilbert." Sie blickte dankbar zu dem Jungen, der immer noch am Gürtel herumfummelte und nicht aufgab.

„Ja. Nein. Nein, wir sind gerade erst angekommen. Hatten noch keine Gelegenheit, nach Valerie zu suchen."

„Sie ist hier!", meldete sich Gilbert zu Wort, erschrocken darüber, dass er schon wieder vergessen hatte, es sofort zu sagen, als Madame Sutton und Kommissar Dufort aufgetaucht waren.

„Moment, was?", sagte Molly.

„Es ist – ich habe sie gesehen. Sie ist hier auf dem Hof! Labiche hat sie die ganze Zeit über hier gehabt!"

Molly erstarrte für einen Moment, um das zu verarbeiten. Dann informierte sie Perrault und sagte ihnen, sie sollten sich beeilen, weil Ben irgendwo allein mit Labiche war, und wer wusste schon, wozu er fähig war? Er brauchte Verstärkung, und zwar schnell.

Der Ausdruck „in die Enge getriebene Ratte" ging ihr immer wieder durch den Kopf.

„Also gut, lass uns dich aus diesem schrecklichen Ding befreien", sagte sie zu Gilbert, „und warum erzählst du mir nicht alles, was du über Valerie Boutillier weißt."

45

Und dann, wie ein Kartenhaus, das irgendwie länger gestanden hatte, als es die Physik für möglich gehalten hätte, und plötzlich in die Luft explodierte: Die Welt von Achille Labiche, die sieben Jahre lang prekär intakt geblieben war, brach in sich zusammen.

Maron und Perrault trafen binnen Minuten ein, die Sirene heulte, genau wie Labiche befürchtet hatte. Dufort bereitete ihm in der Küche eine Tasse Tee, in der Hoffnung, ihn zu beruhigen. Der Bauer saß auf einem Hocker, murmelte vor sich hin, rang die Hände und starrte auf den Boden.

Molly hatte Gilbert den Gürtel abgenommen, obwohl es keine leichte Aufgabe gewesen war. Sobald er frei war, bestand der Junge darauf, nach Valerie zu suchen, und Molly hatte ihm die Hand geschüttelt und zugestimmt. Zuerst suchten sie überall im Erdgeschoss der Scheune, da sie sich zufällig dort befanden.

„Ich glaube nicht, dass sie hier drin ist", sagte Gilbert. „Zumindest denke ich, sie hätte gerufen. Ich habe Lärm gemacht", sagte er, ohne zugeben zu wollen, dass ein Großteil dieses Lärms Weinen gewesen war.

„Was ist mit den Nebengebäuden?", fragte Molly.

Sie rannten nach draußen und schauten sich um. Es war Zeit für das Abendmelken, und die Kühe drängten sich entlang des Zauns, stießen sich gegenseitig und muhten.

Es gab eine kleine Garage, die an das Farmhaus angebaut und nach außen offen war. Sie war vollgestopft mit Fässern, einem Rasenmäher und Kisten. Molly sah keine weiteren Nebengebäude, außer der verschlossenen Tür, die direkt in die Seite eines kleinen Hügels zwischen dem Haus und der Scheune zu führen schien.

„Was ist das?", fragte Molly und zeigte auf den Erdkeller.

„Valerie!", rief Gilbert und hob sein Gesicht, um die Sonne zu spüren. „Valerie, wir kommen!"

Aber sie hatten keinen Schlüssel, und das Schloss war fest verschlossen. Molly klopfte an die Holztür. „Ist da jemand drin?"

„Ja", sagte eine Stimme. „Bitte. Ich bin's. Ich bin eure Valerie."

46

In dieser Nacht, nachdem Valerie von einem Arzt untersucht und dann zu ihrer Familie gebracht worden war und Achille hinter Gittern auf der Wache saß, aßen Molly und Dufort im Chez Papa zu Abend. Sie wussten, dass alle vor Fragen platzen würden, und dachten, es sei am besten, ihre Freunde alle auf einmal zu sehen. Wie es in Castillac üblich zu sein schien - wenn eine gute Nachricht einschlug, wollten die Dorfbewohner instinktiv zusammen sein - um darüber zu reden und vor allem zu feiern.

Der Koch bereitete die sautierten Pilze zu, die Molly liebte, zusammen mit einem Kartoffel-Zwiebel-Gericht voller Sahne und mit einer Käsesorte, die sie noch nie zuvor gekostet hatte und die sie einfach großartig fand. Lawrence trank natürlich Negronis, und Frances saß am Ende der Bar und nahm immer wieder Küsse von Nico entgegen, wenn er einen freien Moment hatte. Manette war mit einer ihrer Töchter aus ihrem Haus in den Hügeln gekommen. Duforts Kräuterkundler war da. Sogar Madame Gervais stattete einen kurzen Besuch ab, blieb aber nicht lange.

„Ich kann es einfach nicht fassen", sagte Manette. „Achille

Labiche, die ganze Zeit? Ich kenne ihn mein ganzes Leben lang", sagte sie verwundert.

„Genau das ist so beunruhigend", sagte Lawrence. „Wir leben Tag für Tag hier und denken, wir kennen die Menschen. Aber", fügte er nach einem tiefen Schluck Negroni hinzu, „wir sind alle unergründlich, das ist die unbequeme Wahrheit."

„So weit gehe ich nicht", sagte Molly. „Klar, vielleicht haben manche Menschen eine dunkle Seite, die vor dem Rest von uns verborgen ist. Aber niemand hier kann behaupten, dass er Labiche wirklich kannte. Sie haben ihn nur auf dem Markt gesehen, und das war selten. Er war einfach Teil des Hintergrunds, weißt du? Eine Person auf einem Traktor, ein Haus, an dem man manchmal vorbeifuhr. Das bedeutet nicht, ihn wirklich zu kennen, egal wie vertraut er einem vorkam."

„Punkt für dich", sagte Lawrence und hob sein Glas, um ihr zuzuprosten.

Dufort sagte: „Ich würde hinzufügen, dass die Situation auch sehr seltsam war. Vielleicht wäre es nicht so lange weitergegangen, wenn er sein Opfer missbraucht hätte, wie es in solchen Fällen normalerweise geschieht. Menschen, die mit ihm zu tun hatten, hätten vielleicht etwas bemerkt. Oder er wäre zumindest als jemand mit einer dominierenden Persönlichkeit oder einem beängstigenden Bedürfnis, alles zu kontrollieren, bekannt gewesen..."

„Oder vielleicht ist das eine weitere Fiktion, die wir uns selbst erzählen", sagte Lawrence. „Dass wir es irgendwie erkennen könnten, wenn jemand wirklich labil und zu extremer Grausamkeit fähig ist."

„Du bist heute Abend ja der Inbegriff des Sonnenscheins!", sagte Molly, klopfte ihm auf den Rücken und küsste ihn auf die Wange. Sie fühlte sich ein wenig schuldig, weil sie Lawrence nicht öfter sah, besonders da sie das Gefühl hatte, dass er sein gebrochenes Herz noch nicht überwunden hatte.

„Stimmt es also, dass Labiche sie nie angefasst hat?", fragte Manette.

„Ja", sagte Molly. „Ich bin sicher, Valerie wird noch viel mehr darüber zu sagen haben, wenn sie sich entscheidet, die ganze Geschichte öffentlich zu erzählen. Aber als wir sie aus diesem Wurzelkeller befreiten, erzählte sie mir, dass er sie nur gefangen gehalten, ihr aber nie wehgetan hat. Sie sagte, er habe gelernt, ihre Lieblingsgerichte zu kochen, was einfach so... bizarr erscheint."

„Es war, als wäre sie eine Art Haustier", sagte Dufort. „Er wollte, dass sie für immer bei ihm bleibt, ihm ergeben ist, immer für ihn verfügbar..."

Er musste die anderen Dorfbewohner nicht an das Schicksal von Madame Labiche erinnern, die während Achilles Kindheit so oft weggebracht worden war. Es war die Art von Geschichte, die jeder kannte, deren Auswirkungen aber niemand vorhersehen konnte.

„Oh, Ben", sagte Molly, „das erinnert mich daran. Ich wollte dich fragen - wer ist Aimée?"

Dufort sagte zu den anderen: „Als Achille weggebracht wurde, murmelte er Entschuldigungen an Aimée. Ich habe keine Ahnung, von wem er sprach, und kann mich nicht einmal an eine Aimée in Castillac erinnern."

Die Menge war still und dachte darüber nach.

„Perrault hat das Grundstück gründlich durchsucht, aber ich nehme an, es besteht die Möglichkeit, dass er irgendwo noch jemanden versteckt hält. Wir werden weiter suchen. Und auch weiter mit Achille sprechen. Er hat uns vielleicht mehr zu sagen, als er heute Abend bereit war. Maron überprüft die Vermisstenliste für das weitere Gebiet", sagte Dufort und verspürte einen Stich des Wunsches, noch in Uniform zu sein und die letzten Details des nun abgeschlossenen Falles des Verschwindens von Valerie Boutillier aufzuklären.

„Ich dachte nie, dass wir sie wiedersehen würden", sagte Nico.

„Und ehrlich? Ich dachte wirklich nie, dass wir sie lebend finden würden. Also – ein Hoch auf euch beide, dass ihr nicht aufgegeben habt!"

Nico hatte laut gesprochen und alle im Lokal brachen in Applaus aus.

„Es war der Mut von Gilbert Renaud, der uns zu ihr führte", sagte Molly, kniete sich auf ihren Hocker und sprach laut genug, damit alle es hören konnten, und die Menge klatschte noch lauter.

Dufort legte seinen Arm um Molly, als sie vom Hocker sprang. „Gilbert hat uns auf den Weg gebracht", sagte er. „Aber sie - und ihn - zu finden, das geht alles auf dein Konto, Molly Sutton." Und dann näherte er sein Gesicht dem ihren und küsste sie dort, vor fast allen, die sie im ganzen Dorf kannten, direkt auf den Mund.

Und sie erwiderte den Kuss.

EPILOG

Ein Gefühl unbändiger Freude senkte sich über Castillac nach dem Ende des Falls Boutillier. Da war Valerie, die wieder zu Kräften kam, mit Michel in der Presse scherzte, Pascal im Café de la Place neckte und überall gesichtet wurde in ihrem Verlangen, ihre alten Freunde wiederzusehen. Gilbert war sicher bei seiner Mutter zu Hause, obwohl sie drohte, sein Fahrrad auf unbestimmte Zeit wegzuschließen und ihn nie unbeaufsichtigt den Hof verlassen zu lassen, bis es Zeit für die Universität wäre.

Aimée erzählte ihren Eltern nicht, dass Achille ihr Cannelés gegeben hatte, aber sie genoss es, ihren Freunden zu berichten, wie nahe sie daran gewesen war, zu verschwinden und Teil von Labiches Menagerie zu werden.

Achille wartete auf seinen Prozess und wurde von einem Gremium von Psychiatern befragt. In einer dieser Sitzungen, mit zitternder Stimme, aber einem Hauch von Trotz, gab Labiche zu, dass er Erwan Caradec getötet hatte, was Maron und Perrault gründlich überraschte (und erleichterte).

Molly schrieb Wesley Addison eine E-Mail, um ihm mitzuteilen, dass Valerie wieder bei ihrer Familie war, und er machte eine Reservierung für den Juni des folgenden Sommers, unter der

Bedingung, dass er das gleiche Zimmer in La Baraque bekommen würde.

Das Gerede im Dorf drehte sich nicht mehr um Entführungen oder psychische Erkrankungen oder die Wurzeln des Bösen. Jetzt ging es um Dufort und Sutton, die an jenem Abend Chez Papa händchenhaltend verlassen hatten und danach tagelang von niemandem gesehen wurden.

ENDE

EBENFALLS VON NELL GODDIN

Das dritte Mädchen (Molly Sutton Mysterien 1)
Die Königin des Glücks (Molly Sutton Mysterien 2)
Die Gefangene von Castillac (Molly Sutton Mysterien 3)
Mord aus Liebe (Molly Sutton Mysterien 4)
Der Château-Mord (Molly Sutton Mysterien 5)
Tödliche Ferien (Molly Sutton Mysterien 6)
Eine offizielle Tötung (Molly Sutton Mysterien 7)
Tödliche Finsternis (Molly Sutton Mysterien 8)
Keine Ehre unter Dieben (Molly Sutton Mysterien 9)
Auge um Auge (Molly Sutton Mysterien 10)
Bittersüße Vergessenheit (Molly Sutton Mysterien 11)
Sieben Leichen schön aufgereiht (Molly Sutton Mysterien 12)
Kein Geheimnis vor Madame Tessier (Molly Sutton Mysterien 13)

DANKSAGUNG

Ein herzlicher Dank geht an Elizabeth Cogar Batty und Nancy Kelley für ihre hilfreichen Kritiken und Ermutigung. Vielen Dank!

ÜBER DIE AUTORIN

Nell Goddin ist seit den Tagen, als sie mit ihrer besten Freundin an langen Sommertagen Agatha Christie las, ein Krimi-Fan. Sie liebt alles Französische und hat zwei Kinder, zwei Katzen und zwei Hunde (beides Mischlinge ohne jegliches Würdegefühl).